大师经典
ROUSHI

柔石
精品选

柔石 著

中国书籍出版社
China Book Press

图书在版编目（CIP）数据

柔石精品选 / 柔石著.—北京：中国书籍出版社，2015.12（2024．1重印）
ISBN 978-7-5068-5260-9

Ⅰ.①柔… Ⅱ.①柔… Ⅲ.①中国文学—现代文学—作品综合集 Ⅳ.①I216.2

中国版本图书馆CIP数据核字（2015）第265320号

柔石精品选

柔 石 著

图书策划	武 斌　崔付建
责任编辑	成晓春
责任印制	孙马飞　马 芝
出版发行	中国书籍出版社
地　　址	北京市丰台区三路居路97号（邮编：100073）
电　　话	（010）52257143（总编室）　（010）52257140（发行部）
电子邮箱	chinabp@vip.sina.com
经　　销	全国新华书店
印　　刷	三河市华东印刷有限公司
开　　本	710毫米×960毫米　1/16
字　　数	300千字
印　　张	23
版　　次	2016年3月第1版　2024年1月第4次印刷
书　　号	ISBN 978-7-5068-5260-9
定　　价	68.00元

版权所有　翻印必究

出版前言

我国现代文学是指用现代文学语言与文学形式，表达现代中国人思想、情感、心理的文学，是在20世纪初"五四"新文化运动的影响下，广泛接受外国文学影响而形成的新兴文学。其不仅用现代语言表现现代科学民主思想，而且在艺术形式和表现手法上都对传统文学进行了革新，建立了新的文学体裁，在叙述角度、抒情方式、描写手段以及结构组成等方面，都有新的创造。

我国现代文学的主流是人民的文学，集中表现为大大加强了文学与人民群众的结合，文学与进步社会思潮及民族解放、革命运动的自觉联系，构成了我国现代文学的基本历史特点与传统。此时的文学，以表现普通人民生活、改造民族性格和社会人生为根本任务。

在创作实践上，我国现代文学中出现了从未有过的彻底反封建的新主题和新人物，普通农民与下层人民，以及具有民主倾向的新式知识分子，成为了文学主人公，充分展示了批判封建旧道德、旧传统、旧制度以及表现下层人民不幸、改造国民性与争取个性解放等全新主题。也是通过这些内涵和元素，现代文学对推动历史进步起到了独特作用。

我们已经跨入21世纪，今天的历史状况和时代主题与现代文学的成长背景存在巨大差异，但文学表现人物、反映社会、推动进步的主旨并没有改变，在此背景下，我们非常有必要重温现代文学的经验，吸取其有益的因素，开创我们新世纪的文学春天。我们编选《中国书籍文学馆·大师经典》丛书，精选柔石、胡适、叶紫、穆时英、王统照、缪崇群、陆蠡、靳以、李劼人、张资平等我国现代著名作家的文学作品，正是为了向今天的读者展示现代文学的成就，让当代文学在与现代文学的对话中开拓创新，生机盎然。因为这些著名作家都是我国现代文学的开拓者和各种文学形式的集大成者，他们的作品来源于他们生活的时代，包含了作家本人对社会、生活的体验与思考，影响着社会的发展进程，具有永恒的魅力。

中国书籍出版社

2015年10月

柔石简介

柔石（1902~1931），浙江宁海人，姓赵，名平福，后改为平复，笔名柔石，还有金桥、赵璜、刘志清等名。著名共产党员，"左联"五烈士之一。

1917年秋，柔石进入台州省立第六中学读书，因为各种原因中途被迫退学，回家进行自学。1918年夏，他考取浙江省立第一师范学校，跨入了他梦寐以求的校园。柔石积极向上、勤奋好学、多才多艺，深得老师和同学们赞赏。在求学期间，他与后来成为著名画家的同乡潘天寿结下了深厚友谊。

1921年10月，他参加了由著名新文学作家叶圣陶、朱自清任顾问，浙一师同学潘漠华、冯雪峰负责的"晨光文学社"，开始从事新文学运动。

1923年夏天，柔石从浙一师毕业后，应聘到杭州当家庭教师。因为与他"教育救国"的抱负相去甚远，不到半年，他便辞教回乡了。1924年春，他到慈溪普迪小学任教，在教学之余坚持文学创作。1925年元旦，他在宁波出版了他第一部短篇小说集《疯人》。

1925年2月，柔石怀着求知渴望北上，到北京大学当了一名旁听生。在此期间，他听过鲁迅先生讲授中国小说史和文学理论课，受到了深刻影响。"五卅"惨案爆发后，他的思想受到极大震动，开始把个人命运和国家命运联系起来，并用小说、独幕剧、诗和散文等各种文体，写下了大量作品。这些作品或诅咒现实黑暗，或歌颂爱情坚贞，或倾吐个人心头郁闷。同时，他在作品里也发出了改造世界的呐喊。

1927年，柔石到镇海中学任教。1927年9月底，他积极募款集资创办新校，并担任宁海县教育局长。1928年5月26日，亭旁起义爆发，月底起义失败，柔石只得赴上海。到了上海后，柔石埋头读书作文，历时两个月修改并写完长篇小说《旧时代之死》。

1928年9月，柔石经友人介绍，拜会了他敬仰已久的鲁迅先生，获得了这位导师的信赖。鲁迅热情为他校阅《旧时代之死》，并推荐给北新书局出版。在鲁迅的帮助下，柔石思想发生了深刻变化。柔石视鲁迅如严师和慈父，而鲁迅也确像父亲般地关爱柔石。在经常接触鲁迅和他周围众多文化界知名人士过程中，柔石文学创作的积极性得到进一步激发。

1928年深秋，在鲁迅帮助下，柔石等人一起组织了旨在介绍东欧、北欧文学，输入外国版画，提倡刚健质朴文艺的"朝花社"。"朝花社"为当代中国文学发展做出了巨大贡献。后来，鲁迅又推荐柔石担任《语丝》编辑。

同时，柔石仍然笔耕不辍，这一年多时间，堪称是他创作的黄金时代。他出版了长篇小说《旧时代之死》，中篇小说《二月》和《三姊妹》，短篇小说、散文集《希望》，还有两部独幕剧、诗歌，以及被收入《近代世界短篇小说集》之一、之二中的译作，收获十分丰盛。

1929年秋，党中央决定组建一个以鲁迅为首的革命统一战线的文艺团体，这就是中国左翼作家联盟，柔石为筹备"左联"的12名基本构成人员之一。1930年3月2日，"左联"成立大会秘密召开，柔石被选为执行委员，不久又任常务委员兼编辑部主任。

1929年5月，柔石在上海加入中国共产党。从此，党的一些精神，有时就通过柔石转达给鲁迅先生，他成为了党组织和鲁迅联系的一个桥梁。

1930年，柔石担任"左联"领导职务期间，创作了短篇小说《为奴隶的母亲》、通讯《一个伟大的印象》和诗《血在沸》。

1931年1月17日，柔石因叛徒出卖，被军警逮捕，后壮烈牺牲。鲁迅闻此噩耗，深感震惊和悲痛，写了《为了忘却的记念》等许多文章沉痛地缅怀柔石。

目录

诗歌

无弦的琵琶	2
秋风从西方来了	5
战！	7
夜　色	9
晨　光	10
辽远的心	11
夜半孤零的心	13
人　间	16
遐　思	17
血在沸	18

散文

生　日	26
一篇告白	36
别　蕙	42
还乡记	43
不　安	55
如　是	57

死神的翅膀好像在头上拍着 59
偷果子的小孩　　　　　61
一群蝌蚪　　　　　　　64
死所的选择　　　　　　67
就　诊　　　　　　　　69
卖笔的少年　　　　　　71
狗的自杀问题　　　　　74
上　当　　　　　　　　76
一个白色的梦　　　　　79
六月的赐惠者　　　　　82
一个褴褛的老医仙　　　85
果筵散后　　　　　　　87
丰子恺君底飘然的态度　89

— 小说 —

三姊妹　　　　　　　　92
二　月　　　　　　　　140
刽子手的故事　　　　　256
一个春天的午后　　　　261
V之环行　　　　　　　268
会　合　　　　　　　　272
没有人听完她底哀诉　　276

目录

死　猫	280
夜底怪眼	283
别	286
遗　嘱	292
摧　残	297
希　望	302
怪母亲	308
夜　宿	313
为奴隶的母亲	318
船　中	339
一线的爱呀！	344

―书信―

致双亲	350
致许峨	351
致冯雪峰	353
致王清溪	354

大师经典

诗歌
柔石精品选

无弦的琵琶

盲目的慈悲的乐师，
跄踉于深山空谷间，也有时
奔走于街头和巷尾——
弹着他无弦的琵琶。

没有声音的韵文呀，
有时飘动凝思的白云，
有时激起低泣的流水，
也袅袅地来到人们的耳际。

但有谁知道他悲哀的呜咽，
如除夕之夜的小姑娘，
哭地板上新死的母亲！

但有谁知道他雄壮的呼喊，
如朔风严厉的城头上的壮士，
正对着敌人挑战！

但有谁知道他甜蜜的细语，
如新婚之夕的女郎向她情人
红润的颊上接吻。

但有谁知道他惆怅的悲怨，
如落月孤灯将远行的年少
听他老母细腻的叮咛！

尽人间的声音，
三春桃李般的嫣笑，
九秋虫豸般的悲泣，
万籁自然的妙音。

只有他自己听到了，
心微微地颤着，
手微微地震着，
眼圈儿微微地酸起了！

盲目的慈悲的乐师，
跄踉于深山空谷间，也有时
奔走于街头和巷尾——

弹着他无弦的琵琶。

一九二五年

（据手稿）

秋风从西方来了

秋风从西方来了，
听芦苇的萧萧；
秋风从西方来了，
看落叶的飘飘。

秋风从西方来了，
青天遮起灰淡的云幕；
秋风从西方来了，
我心荡起辽远的波潮。

大地收敛了火焰似的狂飚，
三夏的威严与骄傲那里去了？
蝉无声了，午后陡然地岑寂，
昼梦也将如蝉翅而羽化了。

浮上薄薄的寒霜的滋味，
平原展开了千里可驰骋的怀抱；
万有隐寓于天边，和平的休息，
恋爱也有如双双回北的候鸟。

我望着秋风所来自的西方，
西方告我永无消息；
我望着秋风所自去的东方，
东方又说漫无踪迹。

秋风秋风，
我将长在你的歧途中叹息，
秋风秋风，
我将长在你的歧途中呜咽。

一九二五年秋偕光熠作于北京白塔上

（据手稿）

战！

尘沙驱散了天上的风云，
尘沙埋没了人间的花草；
太阳呀，呜咽在灰黯的山头，
孩子呀，向着古洞深林中奔跑！

陌巷与街衢，
遍是高冠大面者的蹄迹，
肃杀严刻的兵威，
利于三冬刺骨的飞雪！

真的男儿呀，醒来罢，
炸弹！手枪！
匕首！毒箭！
古今武器，罗列在面前，

天上的恶魔与神兵,
也齐来助人类战,
战!

火花如流电,
血泛如洪泉,
骨堆成了山,
肉腐成肥田。
未来子孙们的福荫之宅,
就筑在明月所清照的湖边。

呵!战!
剜心也不变!
砍首也不变!
只愿锦绣的山河,
还我锦绣的面!
呵!战!
努力冲锋,
战!

一九二五年七月八日夜

(原载《诗刊》1960年3月号)

夜 色

大而黑的手掩住了人类的眼睛,
谁都昏昏地如死后的麻木呀!
只多着烦恼的缠绕那灵魂之梦,
如死囚的挣扎于临刑之前。

一九二七年初

(据手稿)

晨　光

东方微现出他的笑窝了，
太阳如远征待发的壮士，
门前拴着晨风中高嘶的白马，
声音正激荡着壁上沉思的宝剑呀。

一九二七年秋初

（据手稿）

辽远的心

向何处去寻求?
又向何处去诉说呵?
笑声早已休歇了,
同流过的河水的飘渺,
小石沉到大海中去一样了。

南风从窗中吹近的时候,
我就想体验那青春的滋味,
我已经不能再见的你,
凭空的呼吸呀,你的
又何处是你微弱的声音呵?

从此我的心是撩乱了,
又如秋一般将老了,

但还是踯躅，还是徘徊，
还是将眼睛放在脚步的前面，
一步步地依着你的足印在找！

我的好妹妹你知道，
曾经被你呼过一百回的哥哥，
心是不在他自己的身内，
游荡呀！游荡呀！
在辽远的辽远的四方了。

一九二八年八月十六日

（据手稿）

夜半孤零的心

夜呀,假如你还有一分悯怜人们底不幸的意欲,
请赶快将"破晓"从东方的海上送来吧!
沉没了,我颠簸而动荡如风涛中的破舟的心儿。

只有星光底红色的哭肿了的泪眼瞧着我,
冷风从窗外刺进我冰冷的麻木的脚底;
我底乱发,团结而蓬松地揉擦着在枕上。

唉,追不回来的过去的美丽的痕迹,
一幕幕地如赛马的飞影一般溜过眼前。
怎样痛心呵,我至今成为孤零的人了!

美味的酒筵散了,你当不会再记住我,
虽则你曾经牢牢地用爱丝绕住过我身的。

现在，你终酒醉一般带着你微红的脸儿去了。

错误的，你底皇宫一般的庄严与美丽，
我惟恐你一时崩溃或毁伤了。
那时我和你都成了一对灰色的枯朽的罪囚。

你也追不回来仅留剩一堆堆灰烬的时候。
小羊在蔓草之中哀叫着，你或会感到凄凉。
现在，你是不懂得晚鸦的啼叫是我们的预言吧？

你挟着你被人们环你的欢呼，你骄傲地走了，
你连眼儿都不曾回一回，表示些最后对我的余意。
我固知野花眩耀着你底身前，但你不要迷入荒野中。

这是值得我系念的一回事，我永将忘不了你，
直到你心再来回顾我底脆弱的影子的时候。
但这是怎样的一个妄念呀，夜半的孤零的心！

我检视过去对你的行踪如没有云翳的青天，
我不曾对你有个小小的错误的想念，
你为什么看我似一只飞过头上的老鸦呀？

蒙起眼儿来的爱神，请你锐利地瞧着吧。
你应望着东方的彩霞而欢呼，而跳舞，
你不可看化身的魔脸而赞美它底美丽呵！

夜色压住我将使我窒塞而不能呼吸了,
再也没有一句终结的呻吟的话向你烦赘。
你也能再伸一伸你有力的柔手么?

横在我们的身前有巍崚巇的高山,
我不愿说沉沦到深渊中去的弱者的哀音了!
但总望你回顾头来,用手牵着我的前襟。

我也愿将我的全力顶戴你轻轻的身,
搂抱你底病弱,在我强壮而柔和的怀内,
灌溉着你底心使你苞发灿烂的花球。

你能这样勇敢地做么? 我心内的人儿,
运命的多脸的神色围着你,任你冲向何方而去,
昏暗的四周,快到我这一边来吧!

我们可以将过去的一切收藏了,埋葬了,
用新生的意志来开辟未来的小圃。
直向前途的你,请留住脚步呀!

一九二八年九月

(原载《朝花周刊》第2期,1928年12月13日)

人　间

人间本来有些什么呢？
无声的叹息，
隐约的流泪，
和不曾告知的离别。

现在人间有些什么呢？
叹息的默然了，
流泪的沉寂了，
离别到永不相知了！

一九二九年五月二十六日

（原载《朝花旬刊》第1卷第3期，1929年6月21日）

遐 思

白云片片的飞过我头上，
就眩耀着你底影子在身前；
阴阴沉沉的西风天气呀，
山上也有你，水边也有你。

终究难想尽大地的辽阔，
从那里来捉摸你美丽的身？
只微笑地低头看着自己底脚下，
从白云的影子里问问你底消息。

一九二九年七月

（原载《朝花旬刊》第1卷第10期，1929年9月1日）

血在沸

——纪念一个在南京被杀的湖南小同志底死

血在沸,
心在烧,
在这恐怖的夜里,
他死了!
　*　　*　　*
他死了!
在这白色恐怖的夜里——
我们的小同志,
枪杀的,
子弹丢进他底胸膛,
躺下了——小小的身子,
草地上,

流着一片鲜红的血！

* * *

国民党，

魔脸的刽子手。

狼的心，

狐狸的尾巴，

狗的鼻；

嗅到他了，

咬去他了，

吞下他了！

* * *

血在沸！

心在烧！

地球在震动！

火山在爆发！

* * *

帝国主义呀，

记住你们的末日！

大风在飞沙，

猛浪在卷石。

从工厂的烟囱里喷出火，

在犁锄上，土地溅出了血！

一切，你们的一切，

都在崩溃了，

都在收场了！

* * *

金钱，淫威，压迫，剥削，
还给他们罢！
大炮，飞机，毒瓦斯，电网，
你们快些布置罢！
＊　＊　＊
这是最后的一幕，
在人类斗争的历史上。
血腥的历史，
枪和炮的历史，
地球震撼着的历史呀！
＊　＊　＊
我们的小同志，
十六岁的人类底兄弟，
就牺牲在这一幕的历史上了！
——切断！号哭！恸心！
子弹穿过他底脑袋。
伴着他有五人，
排成一列的；
伴着他有五百人，
排成一队的；
伴着他有无数万人，
全世界无产阶级的队伍！
奋斗的队伍呀，
敢死的队伍！
＊　＊　＊
血在沸，

心在烧!
我们小同志有铁的筋肉,
——如火的眼睛。
子弹向他们飞进去了!
他做了打靶者的靶子,
瞄准的黑点,
他被残杀而死了!
* * *
起来!
饥寒交迫的奴隶!
全国的工农劳苦群众呀!
一齐起来,
解放我们自己!
* * *
黄河的红水冲上两岸了,
苏维埃的旗帜,
在全国的山巅上飞!
伟大的革命,
伟大的斗争,
我们的小同志,
少年先锋队的队长,
就死在这里面了!
* * *
疯狂的夜,
白色恐怖的夜。
处处有狼的心,

狐狸的尾巴,

狗的鼻!

* * *

群山号叫了!

统治阶级,

你们的末日,

白衣,

白棺,

快些预备罢!

你们的坟墓,

工农群众,

早已亲手给你们掘好了!

挽歌被唱着:

* * *

  我们有锄,

   我们有斧,

    我们有热血,

     我们有赤心!

* * *

疯狂的夜,

白色恐怖的夜。

鼾卧的人们是——

豪绅,

买办,

资产阶级。

你们从此没有天明,

你们从此不能见晨星，
——"微笑你们自己底罢，
黑暗！在临死的时候！"
*　　*　　*
我们底小兄弟，
可敬可佩的C.Y.同志！
枪杀的，
你微笑而死去！
这是使命，
这是真理！
*　　*　　*
黑夜，
狂风，
迅雷，
暴雨，
——看，斗争的末日！
*　　*　　*
冲向前！
同志们！
我们要为死者复仇，
要为生者争得迅速的胜利！
*　　*　　*

血在沸,

心在烧,

我们十六岁的少年同志被残杀,

在这白色恐怖的夜里!

一九三〇年十月二十三日阴森的夜

(原载《前哨》第1卷第1期,1931年4月25日)

大师经典

散文
柔石精品选

生 日

夏历八月二十七的一天,是萧彬二十三岁的生日。本来,他底生日是不容易忘记的。自从进了小学校以后,这十数年来,当每次举行孔子底圣诞的祀礼时,他总在热闹里面舞跳着,暗地里纪念他自己底生辰。但自从离开中学以后,他底不易开展的运命,就放他在困顿与漂流的途中,低头踏过他无力的脚步。因此,他底生之纪念,也就和他生之幸福同样地流到缥缈的天边。这回,他能够在三天前重新记起了他底久被弃置的生日的就近,全是一位左邻的小学生底力量。

"萧先生,过了后天就是孔子底圣诞了。"

在二十四那一天底傍晚,萧彬正在沿阶上踱来踱去。他底左邻的维小友,腰间挟着书包,从学校跳步回来,这样对他说:"圣诞,是一个什么日子呢?"

萧彬微笑地似问非问的样子。维小友答:"是我们快乐的日子。"

说着便跑进他底家里去了。萧彬底如冬之沉寂的心海内,便霎时起了风涛。心想:"快乐的日子,是谁底快乐的日子呵?在我,已经不会再来了！"一边，他走进一间灰暗的房内，关起门，似乎要隔绝那恼人的思想；可是思想是个无赖汉，仍溜进房内与他为难了：——母亲呀，你何时再能为你流落的儿子烧碗米面呢？在面上放着两只鸡蛋，一条鸡腿，这是多少年以前的事情了？

接着，他更辽远地缥缈地想起——他为什么要这样做人，假如那天他母亲不生他，人间与他无关系；这又何等干净呢！但一边他哈的冷笑一声，似笑他自己想念之愚。最后说："那一天是谁底生日，该是上帝底意旨罢？"

这天早晨，萧彬起来很早。东方底云刚才染着阳光底桃色，他就披着一件青布长衫，拖着一双拖鞋，向淡雾的朦胧的田野间走去。草上底露珠，黏着了他底两脚，湿透他底鞋袜。他在清冷的空气中，深深地呼吸了几口呼吸。觉得空气刺激他底喉咙，有些清快，又有些酸辣。他再向前走，似要走上前面那座小山去一样。他胸中毫无目的，也毫无计划。只是有心无心地向前走去，一种块垒难于放下似的。草底下的虫儿，唱歌还没完毕，树枝上底小鸟，已开始跳舞了。他也毫不留心地走过，简直大自然底早晨底优美，于他毫没关系般。清晨的弥漫的四周激荡他。他就站在田塍上，向东方回忆起来：——今天是我底生日，也是孔子底圣诞，在古今的时间线底这一点上，究竟发生什么特殊的意义呢！二十二年前的此刻，我呱呀一声坠地。这又不过是一种自然的现象，如苹果成熟了的坠地一般。母亲告诉我——在那时，外祖母得到消息，立刻拍手叫我"归山虎"，因这年是寅年。又叫我是"熟年儿郎"，因她正在打稻的时候，禾黍丰登，满田野都是黄金色的佳穗。我四周的人们，个个为我快乐。我固肥白可爱，而天公也似特意厚待我：我生之晨，天空有五彩绚烂的云霞拥护着屋顶；数十头喜鹊不住地在我家屋檐上叫而且跳；父亲拿些檀香在香炉里烧烧，香味也异常透人鼻髓。个个脸上底笑纹,个个口里底祝福——将从我带来许多美丽到人间。可是现在呀,我之为我,正与人们所祈望的相反了!自从十六岁离家,流年漂泊,饱尝风霜野店的滋味。时觉庞大山河,竟没有我驻足之所,更无望前途有所依归了。少年底理想与雄心,一阵阵被春雨秋风所摧残与剥落。现在呀,所遗留的我,不过是一个该忏悔的活尸罢?还有什么别的生命之真正的另一种意义呢?

他不愿再想下去。一边又慢慢地向前走,走到一株苍劲盘曲的老松树下,他蹲下去,似要在它伞一般底荫下安睡一息。但到田间来工作的农夫们多了,一个个走过他身边用奇异的不可解释的目光看一回他,他羞涩了,又立起低头走回来。他一边口里念念:

> 无聊的生命呀,
> 你来到人间何所求?
> 太阳呵,你不过,
> 助无聊的人更无聊罢!

早餐他吃过了一碗稀饭,就站在檐下望天。蔚蓝的天宇满盖屋上,白云有如青草地上底蝴蝶,从西向东掠飞过去。实际,在地面是感不到什么风,虽则庭前底柳树,有时也飘落几片细瘦黄叶到他底身上来。照他自修表上所规定的,这时该是他用功的时候了,而且英译本的莫泊桑底《一生》,已读到最后几页了。但他,不知什么缘故,老是呆立着,不想去完结它,也一些不想去做。他自念:今天应该过个痛痛快快的日子才是,饮酒呢,放开肚皮,喝个酩酊大醉;或到什么高山底极顶上去,大笑一场。忽一转念:"这些都适合我底生日底情调的和谐么,还是静默罢!"一边他又走进那间灰暗的寓室,坐下椅子。一时,又向抽斗里拿出一本簿子,似乎要做过去的回忆:将他二十二年来的生活情形，飘流，失望，烦恼，灰心，以及可纪念可感激的亲友，他要详尽地写在这本簿子上。他还想用美丽的笔写就之后，再找那同调的人儿，敬赠给她，以博得嫣然之一笑，或幽声之一哭。但他磨好墨，濡好笔，又停滞着。他不知从何处写起，又从何事写起，生活是碎屑的，平常的，过去又是恍恍惚惚的，真实的他，一刻刻地在转换着，那过去的他底事迹，也随着时间之影的变幻而倏灭了。"况且你是个庸众！"最后他自己这样咒骂了一句，竟在椅上不稳定起来，身子震撼着，四周觉到空泛。于是他又站起，在房内徘徊了一息。又开了门，用沉重的脚步向门外走出去。

　　走不到半里，他就见对面来了一队约百数十个小学生。他们是到大成殿去祀孔的。他认识在旗帜飘扬底下，衣冠整齐的是某小学校底教员金先生。他忽然觉得不敢往前走去，似有些惶恐。金先生是青年，但有老人似的极严正苛刻的人生观，这时在萧彬看来，简直有一种不可侵犯的神圣围护在他身边，他自己是渺小如有罪的囚犯，他没有勇气去碰见他，点个无聊的勉强微笑的头。就一闪转弯到一条僻静的小巷。

　　他只是没精打采的瞎走，自己是非常消沉。但一忽，却有一种清脆的小女底卖花的声音，从远处叫近了。一位年约十四五岁的女郎，身穿柳条花布衫裤，手挽花篮，盛着一篮香气扑鼻的桂花，几乎拦住在他身前。

　　"先生，你要买桂花么？"

　　"桂花，它已经开了？"

　　萧彬稍稍兴奋地。女郎就从篮里拿取一枝，递给他。

　　"开的盛呀，这枝。"

　　他就受去放在鼻上闻一闻。女郎同时又用微笑的眼给他。他几乎忧戚地问她："多少钱？小姑娘。"

"四枚铜子罢,先生。"

"为什么这样便宜呢?"

"便宜吗?先生。"

女郎活泼地,伶俐的眼珠不住地看他。一个却简直发痴似的,也看看她,缥缈地想开来———一个可爱的女郎,在街头巷尾卖花,喊破她底幽喉,为几个铜子!这样,他一边问:"小姑娘,你家住什么地方?"

"西门,美记花园是我底爸爸底。我们都靠花养活。我们底园里四季都开着好花。先生有闲,可以到我们那里来玩玩的。"

"谢谢你,小妹妹。可是你这篮花要卖几多钱呢?"

女郎轻便地动着两唇:"不过两角钱。"

萧彬却兴奋地说:"那末小姑娘,我给你两角钱,你索性将这篮花都卖给我罢。"

女郎一时说不出话来了。许久,她问:"你要这许多桂花做什么呢?"

"那你今天可以不必到处乱叫了。"

"明天还是要卖的,先生。"

女郎低下头,似触着了什么悲伤。可是一息说:"先生,给我钱。卖花是要赶时候的,花谢了,谁要呢?"

他也立刻醒悟过来,"该死,该死,我还缠着她做什么?"心想,一边就从袋内摸出几个铜子,掷在她手内,愤怒地走开了。

女郎在他底身后说:"先生有闲,可以到我们花园里来玩玩的。"

随即又听她尖脆的凄凉的叫起卖花的声音来,"桂花!桂花!"一声声似细石掷下深渊中去一样,声浪悠远地绕着他耳际。

他手里捻着花,低头默默地前走,也没有方向。心是胡乱地想,一息想那位可爱而又可怜的卖花女郎,一息又想他自己,一息又想那位女郎和他自己的关系——在生日送他芬芳的花，有意点缀他这个无聊的日子似的。他轻笑了一笑，又闻了一闻花。在这冷气涨满的巷里，竟似一个人在演剧一般，表现他喜怒哀乐的各种情绪。

"我不该有这枝花罢？小姑娘是可爱的。"

一息这么想，一息又那么说："荣幸！我该清供在花瓶中。"

同时脚步有些走快起来。刚刚走到巷口，又见国旗飘扬的过去，这是一队女小学校的学生，也是往学宫祀孔的。他被挤在观众中，一时呆立着，百数十个女孩子，从五六岁到十五六岁，身上穿着华美的衣服，脸上浮现出笑容，他想："在圣诞节横行街市，是多么幸福呀！"更有几位年青而美貌的女教师，撑着石榴花色与翡翠色的小伞，掩映她们骄傲的脸儿在阳光之下，而且偷偷地横视他一眼，这使他惭愧了。他底两颊落下红色，心颤跳着，一时怒恨起来："她们得到上帝底什么呢？"他很想将他手里底花掷过去，打在她们底脸上，打破她们薄薄的脸皮。但巷口拥着的观众，个个都是目光炯炯的好汉，好像生来就为保护女性和拥护礼教似的，萧彬怎么敢做一个用花打人的凶手呢？幸得全队也一息就通过他底前面了。

他没精打采地回到寓里。将桂花插在一只缺口的白瓷花瓶里，又将瓶里换了清水。就对花用手支头靠在桌上，呆坐着。他一些也不想什么，也想不出什么来。他很像身体被无聊所凝冻了，而同时又感到要溶解似的。阳光照在他底桌上，桂花底香气一阵阵冲入他鼻，他竟倦倦地想睡去了。但他瞧一瞧他底自修表，觉得工作又紧催着他，他顿时叹息了一声，伸一伸他底腰，似要振作一下的样子。

太阳在他底头上，似乎走的慢极了。红色的无力的脚跟，和他同样地在阶前缓步。这是下午一时，他想他自己底生日，还只有过了一半。"睡罢，睡是死底兄弟！要将这无用的光阴一霎送过去，非求睡神底恩赦不可。"于是他又回到房内，脱了他外面的长衣，睡下。但怎样睡得着呢？一切无挂念，远离颠倒梦想，他能够做得到吗？他只有诅咒他自己，念念南无阿弥陀佛，听听钟摆得答的声音，或记数数一二三四五，但有效验吗？心是愈想弄静而愈躁，脸发烧了，背透汗了，他似睡在赤道底下一样，但他睡不着了。掀开被，昏沉沉地坐起，无所适从的样子。一息，他又重开出房门，心想到他好久不去的悲湖了。"向秋子长空去看看鸢飞鱼跃罢。"一边又用他脚镣镣着犯人似的脚步向一面城墙走出去。

苍穹更展开它宽阔的怀抱，大地吐着媚人的颜色——绿的水，青翠的山，疏散的堤边杨柳，金黄色待割的禾。他走向翠桥底石栏杆边，坐下。口子吮吸着好像鱼吸水一样，这时他好像和阳光接吻。他回首望望城墙的危圮，耳又听到隔岸的捣衣声，想象他自己是一个落魄的英雄，一边就记起了数日前读了的陆放翁作的一首《秋思》来。他不觉低声咏吟道：

　　日落江城闻捣衣，长空杳杳雁南飞。
　　桑枝空后醋初熟，豆荚成时兔正肥。
　　徂岁背人常冉冉，老怀感物倍依依。
　　平生许国今何有？且拟梁鸿赋五噫！

他觉得这首诗非常恰合他这时的心境。只可惜他年龄轻些，不能学放翁一样，寄身于陇亩，酒酣耳热之际，跌荡淋漓，唱唱他自己底"壮心空万里""向暗中消尽当年豪气"的诗句。至于梁鸿呢，他有举案齐眉的妻子，不免连放翁也羡慕起来。但他，又哪里能谈得到呀。他觉得他有一腔无名的幽怨，向他底心坎紧紧地涨上来。这时，有四五个身穿制服的英俊少年学生，从桥上过去，一边议论着，什么"路里丢着银子都没人拾去"，"三个月鲁国太平"，一类赞颂孔子底盛德的话。他听过，觉得心里更不舒服。好像连孩子们都比他切实，比他强韧，他们底两脚踏在地球上是稳定的。他垂下头，眼望那桥下的水草，微波激着水草夭夭的动着。可是一忽，他又对他自己说道："走罢！呆坐在这里做什么呢？"

他就站了起来，向桥底那边走去。

随后到了一座寺院，他就跨进大门。他看大笑的弥勒佛似在欢迎他，又看两旁雄纠纠的金刚似威吓他，他乐意又胆怯，但还当作毫没事般进去。寺内十分沉寂，一派阴森的寒气。数十头鸦雀这时正在庭前的松柏上聒噪着。他先到一边厢房，供奉着伽蓝菩萨。它底台座前满挂各种大小不同，新旧不等的匾额，香案上点着煌煌的长蜡烛，香炉里有渺渺的香烟，在烟烛之间放着一只签诗筒，显然是一刻以前有人祈祷过的。于是他也想：伽蓝称护法之神，或者也能指示他底迷途，有些灵验。于是他就借了别人未烧完的香烛，卜他残破的人生底去处的机运，拿了签诗筒来，也不跪下，也不摇，就从许多竹签里面抽出一支竹签来，他看签上写着：

第九十九签，中平。

于是他再到签诗堆里去对，寻出一张第九十九签的签诗纸来。他一读，知道是一首八句的七言律诗。后四句是：

大鹏有翅狂风日，野鹤无粮朗月时。
一片茫茫随君意，车可东行马可西。

他念了几遍，也觉得里面含有一种玄妙的隐机。他向伽蓝微微一笑，似称赞它值得悬挂"丕显哉"的匾额一般。再看签诗底小注，是"行人在""婚姻成""功名第"等，更没什么意义了。于是走出来到大雄宝殿。也没有什么心思，就回出寺门。

太阳与地平线成三十度的角度。他觉得没有新鲜的地方可玩，仍又回到堤上来。

这时，他望见城门内跑出一匹肥大白马，红鞍之上坐着一位丰姿奕奕的美少年。他一手挥着皮鞭，一手揽着缰绳，汗流地飞过他身边。蹢蹢的马蹄翻起泥尘，泥尘就飞扬于湖上，雾一阵地。随后蹄声渐远，飞尘渐低，人与马也悠悠地向山坡隐没而去。于是萧彬底周身底血流又快起来。他想："骑着白马，扬鞭于美丽的湖山间，侧目道旁的弱者，这又何等可羡慕的呵！忍气吞声地在人间偷活着，倒不如自杀了干脆罢！"但不敢用花打人的人，又怎么会有自杀底勇气呢？他终于怅怅然低下头去了。

一边他慢慢地走到水边，就将他手里底第九十九签的签诗，平放在水上。纸湿透了水，沓沓地向湖心流去。同时他昂头高声向天道："车可东行马可西，英雄仗剑正当时！"

他不愿再留恋山水间，正似赴战场一样走了回来。

当晚，他又坐在书桌前，眼望窗外黄昏底天色。房东走到他底房外叫他吃饭，他说："我此刻不要吃。"房东问他为什么。他答："不为什么，只是今天是我特殊的日子。"

约莫呆坐了一点钟，他才站起来，走出去，向一家小菜馆里踏进。心里想：喝点酒罢，喝个醉罢，送过今前之一切陈腐，换得今后底一个新生罢！

他喝了半斤黄酒，神经有些摇动了。他看着他旁边的一桌——三个兵士同一个妇人。她用极丑陋的笑脸丢给兵士，提着酒杯将酒灌下到兵士底喉咙里，兵士用手打着妇人底面颊，还用脚伸放在她底腿上，互相戏谑着，互相谩骂着。菜馔摆满桌上，两个堂倌，来回不住地跑。萧彬看得很气忿，他诅咒人间的丑恶。忽然，堂倌跑来低声说："营长来了。"于是妇人就避入别室，兵士也整理一下他们底衣帽，坐着。可是他不愿吃饭了，不知怎样，全身火焰一般地烧着。就愤愤地站起走了。营长上梯来，跟着四个兵士。他迎面碰着，用仔细的发火的眼向营长一看，营长也奇怪地打量了他一下。他跑下楼很快，护兵回头看着他，似疑心他是刺客一般。他毫不觉得，一直跑到付账处。

掌柜是一个身躯肥胖的矮子，口边有八字胡须。这时却正动着他底八字胡须，骂一个十三四岁的小伙计。小伙计掩着脸在门边哭。堂倌在楼上高声叫，"三角五分呀！"萧彬就递一块钱给他找。掌柜毫不理会，声势汹汹地继续骂着。"请找给我钱罢"他说。掌柜还没有听到，甚至要伸手去打那位小伙计。于是他发怒地问："你们不做生意吗？我站着看你们打骂吗？"这样，掌柜转出笑脸向他说："先生，这小家伙实在坏极！时常没心做事，打碎东西，方才又跌碎一只盆子，还说是我碰着他的。"他说："打碎盆子总有的，盆子也值几个钱呢！"掌柜转一转他底肚皮答："二角二分大洋啊！"他正色的作笑说："那让我赔偿你罢，不要打他了。"掌柜连忙恭敬地答："哪里，哪里。"可是一边却在算盘上打着三角五分，一边又加上二角二分，于是向他说："那末，叨光，先生，一共五角七分。"这时营长和护兵已下楼来，围着付账处看。看到这里才冷笑一声，打着官话去了。掌柜用找还的钱递给他说："这里，先生，四角三分。"他没有说话，受了钱，一径走出来。

路里，他又悲哀又骄傲地叹息一声说："唉，我底无聊的生日总算过去了。"

一九二四年秋作于慈溪
一九二九年一月修改

一篇告白

妹妹在楼下叫我："哥哥，可以吃药了。"我没有回答，赶紧地揭起小襟来揩了一揩眼泪，又用一枚碎去了一角的小镜子，照了一照自己的脸，心里微悲地想："不会被人瞧出我是在哭过么？"但带着红红的眼圈，就不得已地走下楼了。

药的滋味太苦了，简直麻裂了我的喉和舌。但一个要想吞金的青年竟喝不下一杯苦的水么？——是的，我很知道，在妻的小箱子内，有一只纸的小方盒，里面藏有一只重四钱的赤金戒指，这可以解决我和他们中间的一切纠纷与烦恼了。但当母亲走近时，自己又转过头闪开了。"还是走出屋外罢，"心想，——何苦以自己的秘密，宣示给惯好怪论的侦探似的家人们知道。

瘦长的影子落在田中成了灰色。长工正在田中耕田，对隔岸的农夫说："是稻株活了呢，还是自己没有气力？假使自己有气力，哪怕犁头被鬼拖着呵！"因为那个农夫叹——田真难耕吓！他们都没有留心我。我是低着头，慢慢地向西北小山走去。

"有谁会了解你？有谁会了解你？"一边就向山脚的C君的坟前俯蹲下去了。"朋友，我的朋友，生命之绵延，究竟等待着什么呢？一个吞人的浪头过去了，接着又是一个；渣滓一样的我了，被权威所鞭挞着前去，究竟有什么意义呢？"自己含泪地念着。

午后的秋阳晒在背上很热，于是泪涔涔地滴到草叶上，又渗入到坟土中去了。

前天晚上父亲对我说："你很有些暮景了！一个青年，竟这样憔悴，连背都驼了。"父亲的语气很凄凉。但我是呆站在惨淡的灯前，灯光是如青色的假面一样，照罩在我的脸上。寂静了一息，他接着说："你今年正是二十五岁呀，正该是壮气凌人的时候。你自己知道么？你却带了一身的悲和痛，躲避在家里，负了百万债似的。什么心事呢？谁给你有委屈么？还是你怨你自己之不得志？"父亲是读熟一册《三国演义》的，接着他又要搬出"诸葛亮躬耕在卧龙山"的时候的故事来了。我无心听他，就趁着小妹妹的哭，勉强做着笑容去逗她玩了。父亲是忘记了当日昼后他对我问他要钱买邮票时的态度的，蹙着眉说："两块钱买来又用完了？"——"父亲呀，邮票除出贴信以外是没有别的用处的。我也并没有多写空言信，一年来，因心境更恶劣，笔头也更懒了。虽有时是重要的邮件，不挂号也可以，而我总挂号了，但这能多费多少呢！"可是我没有将这话说出口来，说出来谁又会料到父亲的威权将使用到哪里为止呢？在我的家里，变故是颇难逆料的。何况那时母亲正从房里出来，十分疲倦地说："晒着的谷，还待去翻一翻；你不翻，我不翻，还有谁翻呢？个〔个〕做客一样。"当时父亲即刻从眠椅上站起来，说："你睡你睡，我去翻，我去翻。"父亲走到晒场，我也跟到晒场，父亲回到屋内，我又跟到屋内；只是默默地，默默地，并没有向父亲说一句"让我来翻"。

我近来本有一个新的决定了,——新的生,同着新的死。

前年在N埠做小学教师,结果和校长大闹一场而被辞退。去年到P京读书,阳在P大学旁听,实则是跑马路与借钱。今年春夏,在沪在杭,一些没有事做,只在沪杭车道上,来回地瞎跑了几趟罢了。秋开始,病也开始,结果不能不还家乡了。初到家,给友人的信上这样说:"山村邱壑尚可玩,〔因〕为我是〔诗〕人,还可著作。"半月后,这么向友人说了:"家中嘈杂纠纷,不能读终一篇书,除吃药外,于我身毫无裨益。"近来呢,简直诅咒了:"万罪的家庭,万恶的家庭,他要我的性,他要我的命!"

母亲是爱我的,父亲也爱我,妻,更不用说了;此外哥哥妹妹,总之没有一个不爱我!几天前,母亲烧了一只鸡给我吃,我再三地要他们同坐在一张桌上,可是他们坐下了,却缩回他们向放在我的前面的鸡碗伸来的筷。母亲对妹妹说:"鸡二哥吃的,分了是不滋补的。"这证明他们之用了全力来爱我。可是我却并没有从这只鸡上得到一脔肉的补益,我反而一天天地更瘦了。因此,我想:"用了新的决定来冲破这牢笼的围范罢!"我要脱离家乡了。

密司东差人送给我一封信,我非常快乐。拆信时正在吃饭,就连饭也吃不下去了。父亲疑惑地一边吃着菜,一边问:"谁给你的?"一边又拿去了这个信封仔细地斜看着。我不能不撒谎了,"一位姓陈的。""东缄",这是发信者的简单的两个字,因此,也不能不叫父亲相信了,笑起来说,"陈字的耳朵写作一直,真是个性子粗鲁的人写的。"

(此处中断,有缺页,——编者按。)

（5）

母亲流着泪，流着泪，人们个个默默地。哥哥到处去问菩萨，都是闷头，于是伏在香案前哭了。字测过了，课卜过了，都说侄儿之病难医。"因为生下就没有根，没有根是怎么会长寿呢？"但侄儿今年六岁了，现在是不思食，气息奄奄，眼也终日闭着。"这儿是太不中用了！"父亲叹息而流涕。

一边，我的二周的孩子，更身热的猛！"寒热病是不要紧的，"本来有人对我这样提议，"热是给他发的愈透愈好，假如这是生来第一次。"不是不懂事的妻，却又惊又急，因为已经四潮了。两手抱着，又不住地叫我倒茶给孩子喝，一杯了，又一杯，我竟在房内做茶房。

父亲终日不满意，母亲呢，"人老了，可以不要活，怕也怕煞！"常这样怨着。有时我不自然地劝了一句，却引起母亲更重地说，"怕也怕煞！假如你在外边，老鸦叫了一声，就想到你了，——好呢，还病着？但你哪里能知道！只说要向外跑。"当然，这由我不能体贴他老人家的意思，但家里病人之多，实在该诅咒了，有的患寒，有的患热，有的脚上患湿疮，有的背上发水泡，霍乱，痢疾，竟连佣人都个个在床上呻吟。医生一来就半天，老是吸着旱烟坐着；买药的人往来不住地跑。因此，两三只药罐，竟一天到晚哭泣了。

（6）

妻抱子给我这么说："他，你抱去罢，我呢，腰很酸，怕在今天了。"一个阳光红焰的早晨，她说的是关她怀孕十月的事。我不能不急忙将书册收起，接了孩子来，且逗他玩。母亲要给侄儿到五里路外的庙里去求药。妻说："你请母亲不要去罢,我一定在今天了。"母亲走了,她急来,就没有方法的。于是我向母亲说明,一边请哥哥代去,一边母亲去叫产婆,因为还有别种的机宜。十一时,她产下了,产婆适来。人们忙乱着,拿纸,拿布,拿艾,拿姜,拿剪,拿带,——空气十分紧张起来,我莫名其妙地做了打旋的人众中之一主角。也因婴儿来的太速了,使什么都不及备。婴儿喊的十分厉害,她被落在极粗糙的毛纸上,胎盘,脐带,血,打成一团。房内温度可以穿袍子与马褂,婴儿的两臂颤抖着,痉挛着。我看了不忍就蹑足走出来;而人们又轻问着——雄呢?还是雌?好像在这两字上,就含着他或她的终身极异样的命运似的。我可不以为意,就随便的说出来了。妻早向我说过,"你家人是不喜欢养女的,也因你族没有一个好女儿,非寡妇即私通。你父亲是常常骂你妹妹的!""哼,我可偏要寡妇或私通的做女儿。"我常似笑非笑的这样答。

经过一阵喧闹之后,家里的空气才稍稍平静。我是跑的十分疲乏了,坐在椅上,眼看天上,这样想,——我已有了生的经验了,经此以后可再不要生!

(7)

白云经西飞东,我常要疑心飞不飞过我的头上?不是我的痴呆,被证明了。"仰头望天,真闲着呢!"家人讥笑的声音,不仅嫂嫂一个。虽然我是挂着养病的招牌,可是不能在我的身上寻出疮患来。"神经衰弱",神经又怎么会衰弱呢?明明闲着玩罢了。"你的哥哥真忙呵,从正月初一日起到年满,没有一天安坐过。"一天,母亲对我这样说,而父亲接着疑问道:"一个时刻忙,却很高兴;一个闲着玩,反愁煞似的。"这时一位亲戚在旁边插嘴道:"读书是劳心者呀!"我不觉心头立刻凄楚起来,眼将滴下泪,又回避过了。

　　母亲常常收拾了这块破布,又收拾那块;整理了这个小箩,又整理那个。手浸在冷水中要颤抖,夜间在灯下缝补要出眼泪。常常说:"活不多久了!明年兄弟分分清,安息几年。""还有小女儿呢?"父亲问。"送给陈家算了。"有时我不自量的也插进一句:"妹妹还得多读几年书。"而母亲的答复总是:"你在鼓上打盹!"近来,我很明白自己在鼓上打盹了,从父亲的怒骂里,从母亲疲乏后的唉息里,从家人的私语里,或纠葛与吵闹里,已真正认识了自己微末的影子——但已有新的决定了!

（8）

　　"外面西北风这么大,向哪里来?"傍晚父亲问我。我不能回答,而那位在耕田叫怨的长工却代说道:"从西山上走下来呀,跑山过了。"态度几分骇异。但是父亲简短说:"你的药真白吃!"半响又说:"你怎么会蓦生鸡一样。"我止不住滴下泪,幸天已暗,门角落后,会有谁见呢?

　　晚餐摆好了,我前去吃。席间,人们很少有话,竟连子侄辈都一声不响。我呢,低头眼看着饭碗,一粒一粒地向嘴角边送。"我为什么要坐在这里吃饭呢?"自己总觉不出解答的理由。"呱呀,呱呀,"房内新生的小女叫了,我明白——忍耐!努力,我已有了新的决定了。

　　赤金的想念,至此已忘却。

一九二六,秋

别　蕙

　　只两心知道，谁懂得一声惘惘时的勉强欢笑，正是离情浓郁的心泪！难洒呀，难洒呀，半醒半睡的魂儿，更缠绕着千条万条的丝，揪揪扭扭地斜倦着，追叙了过去，祝愿着未来，重重的一切，沉浮在我俩之间，蕙妹，怎能丢开手，随着今宵去呀！

　　明镜般月，高悬在墙东，寒寒深影处，似有人来窥窃我俩了。不，还是无情的催促，催促！蕙妹呀，你不要用头眠着我，让我吻个口干罢；你不要用臂挽着我，让我握个手疲罢！谁想在此后，再能受你杯茶饮，再能受你脔肉吃，还能让我在青草色般的蓐茵床儿睡眠呀！向那边去，何昔是重来的日子，路与天一般长，怕只能瞩明月之西去，望白云之东来，寄问一声，——蕙妹好也否？

　　你说留我到明朝，明朝也是匆匆的；蕙妹呀，去的太速，悔那昔辞的太早；总之，亦在我俩的不得已间，一条没法的运命所注意的路呀！蕙妹，还是丢开手，随着今宵去罢！

一九二三年冬

还乡记

一

我提了旅行的皮包，走上了跳板，在茶房招待了我以后，才知道自己所坐的是一间官舱了。一个老婆子跟随在我后面，——她穿着蓝布的衣服，胁下挟着一个大布包，一看就可知道是从乡下来的。她，好像不知哪里是路，到处畏惧地张望着，站在官舱的门首，似将要跨进右腿来。这时，茶房向她高声地呵斥道：

"喂，走出去，这里是官舱。"

老婆子"唔唔"地急忙退缩着，似吓得要向后跌倒了。我猜测她，是想要借宿在官舱的门口边，可是门口边的地板是异常地光滑红亮，不能容许她底粗糙的蓝布衫去磨擦的。我，是坐在"官"的舱内了，对那抨老的老婆子，觉得有些惭愧。

二

于是我看看官舱内的人们，仿佛他们都像王帝了。

在淡红色的电灯光底下，照着他们多半的脸孔都是如粉团做的一样，有的竟圆到两眼只剩了一条线。他们底肚子，充满了脂肪，走起路来一摇一摆地很像极肥的母鸭。在他们中，没有事做的，便清闲地在剥着瓜子；要做事的，便做身子一倒，卧在床上，拿起鸦片管来吸了的工作。郁郁不乐地似怒视着世界的人也有，——一个穿着蓝缎长衫，戴着西瓜小帽的，金戒指的宝石底光芒，在他的手指上闪射着。他不时地呼唤茶房，事情比别人有几倍的多，于是茶房便回声似的在他前面转动，我不知道他到底做什么事。到晚上，在临睡时前，他又怒声地叫喝茶房。

"老爷，还有什么事？"

茶房似心里不耐烦，而表面仍恭顺地问。"打开这只箱子。"

声音从他的鼻孔里漏出来。可是茶房底举动，比声音还快地打开一只箱子。这时我偷眼横看，这位王帝似的客人，慢慢地俯下他底腰，郁郁不乐地从里面取出了一本书。在茶房给他关好了箱子以后，我瞥见这本书的书面，写的是《幼学琼林》。

三

船到码头的一幕，真是世界最混乱的景象。喊叫着，拥挤着，箱子从腿边擦过，扁担敲坏了人底头。挑夫要夺去你的行李，警察要你打开铺盖，给他检查，……总之，简直似在做恶梦一般。

中国，不知什么时候可从这个混乱中救出来。像这样码头上的混乱是全国一致的——广州、天津、上海，长江各埠，……这个混乱，真正代表了中国。现在，就连家乡的小埠，都是脚夫拼了命地涉过水，来抢夺客人的行李挑了。

四

我在清晨的曦光中，乘着四人拼坐的汽车。车在田野中驱驰着。田野是一片的柔绿色，稻苗如绿绒铺成的地毯一般。稍远的青山，在这个金丝似的阳光底反映中，便现出活泼可爱的笑脸来。路旁的电线上是停着燕子，当汽车跑过，它们一阵阵地飞走了。也有后跑的，好像燕子队中也有勇敢与胆怯的分别。蝴蝶从这块田畦飞到那块田畦，闪着五彩的或白色的翅膀。农夫与农妇们，则有的提着篮，有的背着锄，站在路边，等待汽车的驰过。

美丽的早晨，可被颂赞的早晨呀。建设罢！农夫们，愿你们举起你们底锄来；农妇们，愿你们顶起你们底筐来！世界是需要人类去建设的。这样美丽的世界，我们更当给它穿上近代文化织成的锦绣的外衣。——在别离乡村三年了的我，这时的心花真是不可遏抑地想这样喝唱出来。

五

可是绿色的乡村，就是原始的乡村。原始的山，原始的田，原始的清风，原始的树木。

我这时已跳下了汽车，徒步地走在蜿蜒曲折的田塍中了。

两个乡下的小脚的女子，一个约莫十七八岁，穿着绿色的丝绸衫裤，一个约莫二十四五，穿着白丝的衣和黑色的裤，都是同样的绣花的红色的小鞋,发上插着两三朵花。年少的姑娘,她的发辫垂到了腰下,几根红线绕扎着。在这辫子之后,跟随着四五个农人模样的青年男子,他们有的挑着担,有的是空手的,护卫一般地在后面。其中挑担的一个——他全身穿着白洋布的衫裤,白色的洋纱袜,而且虽然挑着篮,因为其中没有什么东西,所以脚上是一双半新的皮底缎鞋。他,稍稍地歪着头,做着得意的脸色,唱着美妙的山歌式的情诗:

"郎想妹来妹想郎,

两心相结不能忘;

春风吹落桃花雨,

转眼又见柳上霜。"

女子是微笑的袅娜地走着,歌声是幽柔的清脆的跟着,清风吹动她们底丝绸的衣衫,春风也吹动他们底情诗的韵律,飘荡地,悠扬地,在这绿色的旷野间。

这真是带着原始滋味的农业国的恋爱的情调——我想,可是世界是在转变着另一种的颜色了。使我忽然觉得悲哀的,并不是"年少的情人,及时行乐罢"的这一种道学的反对,而是感到了这仍然是原始的乡村,和原始的人物。

六

我走到一处名叫"红庙"的小村落,便休息下来了。

好几家饭店的妇人招呼我,问我要否吃饭。她们站在茅草盖的屋子的门口,手里拿着碗和揩布。我就拣一家比较清净的走了进去。

"先生,你吃灰粥么?"一个饭店里的妇人问我。可是我不知道什么是灰粥。

"吃一碗罢。"我就随口答。

"先生，"她说，"你是吃不惯的。"

"为什么呢？"我奇怪地问，因为我知道卖主是从来不会关心买客的好坏的。

可是她说了：这粥是用了灰澄过的水煮的，没有吃惯的人吃下去，肚子是要发胀的。

"那你们为什么用灰水煮呢？"

"因为'耐饥'些，走长路的客人是不妨碍的。"她笑了。

这时在我旁边一个挑重担的男子，已经吃完他的灰粥了。

"多少钱？"他粗声问。

"六个铜板一碗，两碗十二个。"妇人答。

那男子，就先付了如数的铜子，另外又数了两枚，交给她，同时说："这当做菜钱。"

"菜钱可以不要的。"妇人说，并将钱递还他。

我很奇怪了，——他们为什么这样客气呢？吃饭的菜钱可以不要，恐怕全世界是少有听到的。挑重担的男子和饭店妇人互相推让着，一个说要，一个说不要，我就问她为什么不要的理由。

"这四盆小菜值得什么呢？"她向我说明。"长豇豆，茄子，南瓜，都是从自己的园里拿来的。"一边她收拾着他吃好了的碗筷。"假如在正月，我是预备着鱼和肉的，你先生来，可以吃一点，那也要算钱的。现在天气暖，不好办，吃的人少。"

这样，我坐着几乎发怔。——这真有些像'君子国'里来的人们。在他们，'人心'似乎'更古'了。同时我又问：

"像这样的一个小街坊，为什么有那样多饭店呢？"

"是呀！"妇人一边又命令她底约十岁的小孩子倒茶给我。继续说："现在是有七家了。三年前还只有三家的。小本经营，比较便当些，我们女人，又没有别的事可做。"

过客又站到了门口,她又向他招揽着。我因为要赶路,又不愿担搁了她的时间,也就离开板桌和木桩做的凳子,和她告别走了。

七

在每一座凉亭内,在每一处露廊中,总听见人们互相问米价。老年的人总是叹息,年少的人总是吃惊,——收获的时期相近了,为什么不见米价的低跌呢?

在某一处的墙壁上,写着这两句口号,字是用木炭写的:"打倒地主,田地均分。"

有一个青年的农夫,指着这几个字向一班人说道:

"这是××党写的呢!他们要将田地拿来平分过,没有财主也没有穷人。好是好的,但多难呵!"

大家默默的。说话的人也说他们自己底话。我这时在旁边,就听见一个十七八岁的农夫,他是口吃的,嗫嗫说道:"天、天、天下无难事,只、只、只怕有心人。我们为、为什么没有饭吃,还、还、还不是,财、财主吃、吃的太好。"

许多人笑了起来。这时我心里想:

"革命的浪潮,已经冲到农村了。"

八

这是必然的,你看,家家没饭吃,家家叫受苦,叫他们怎么样活下去呢!

在我到家的两三天内,我访问过了好几家的亲戚。舅母对我诉了一番苦,她叫我为表弟设设法;姨母又对我诉了一番苦,她叫我为表兄设设法；一个婶婶也将她底儿子空坐在家里六个月了的情形告诉我；一个邻舍的伯伯，他已经六十岁了，也叫我代他自己设设法，给他到什么学校去做门房。我回来向母亲说：

"妈妈，亲戚们都当我在外边做了官，发了财了。我哪里有这样多的力量呢！"

"不，"我底母亲说，"他们也知道你的。可是这样的坐在家里怎么办呢？你底表兄昨天是连一顶补过数十个洞的帐子，都拿出去当了四角钱回来，四角钱只够得三天维持，蚊子便夜夜来咬的受不住。所以总想到外边去试试。你有办法么？"

我默默地没有答。以后母亲又说：

"在家里没有饭吃，到外边只要有一口饭吃就好了。她们总是想，外边无论怎样苦，青菜里总还有一点油的，家里呢，连盐都买不起了！"

母亲深长地叹息了一声。我心里想：农村的人们，因为破产，总羡慕到都市去，谁知都市也正在崩溃了，于是便有许多人天天的自杀。我，怎样能给他们有一条出路呢？我摇摇头向母亲说：

"我没有办法，法子总还得他们自己去想。"

母亲也更沉下声音，说道：

"他们自己能想出什么办法子？是有法子好想，早已想过了。现在只除出去做强盗的一条路。"

九

在我到家的第三天的午后，太阳已经转到和地平线成九十度直角的时候，我和几个农夫坐在屋外的一株树下——这个邻舍的伯伯也在内。东风是飘荡地吹来，树叶是簌簌地作响，蜜蜂有时停到人们的鼻上来，蜻蜓也在空中盘桓着。这时各人虽然在生计的艰难中，尝着吃不饱的苦痛，可是各人也都微微地有些醉意，似乎家庭的事情忘却了一半似的，于是都谈起空天来。以后他们问我外边的情形怎么样，我向他们简单地说道：

"外边么？军阀是拼命地打仗，钱每天化了几十万。打死的人是山一般的堆积起来。打伤的人运到了后方，因为天气热，伤兵太多，所以在病院里，身体都腐烂起来，做着'活死人'。"接着，我又叙述了因为打仗的关系而受到的其余的影响。他们个个发呆了，这位邻舍的伯伯就说：

"这都是'革命'的缘故，'革命'这东西真不好。为什么要打仗？都说是要革命。所以弄得人死财尽。我想，首先要除掉'革命'，再举出'真主'来，天下才会太平。"

于是我问他：要除掉革命用什么方法呢？你能空口喊的他们不打仗么？

他慢慢地说，似乎并不懂得我的意思。

"打仗打仗，我们穷人是愈掉在烂泥中了！前前年好收获，还不是因为打了一次仗，稻穗都弄得抽芽了。那一次，也说是革命呢！现在，我们有什么好处。"

这时另有一个农夫慢慢地，敦厚地说："是呀，革命革命，还不是革了有二十年了么？我十八岁的那年，父亲就对我说：'革命来了，天下会太平了。柴也会贱了，米也会贱了。'可是到现在，我今年有三十七岁，但见柴是一年比一年贵，米是一年比一年买不起，命还是年年革，这样，再过二十年，我们的命也要革掉了，还能够活么？"

我对他的话只取了默默的态度。要讲理论呢，却也无从讲起。大家静寂了一息，只见蝉底宏大的响亮的鸣声。以后，我简单的这样问：

"那么你们究竟怎样办呢？你们真的一点法子也没么？"

第三个农夫答，他同时吸着烟：

"我们是农民，有什么法子呢！我们只希望老天爷风调雨顺，到秋来收获好些，于是米价可以便宜，那就好了。"

我却微笑地又说：

"单是希望秋收好是不够的。前前年的年成是好了，你们自己说，打了一次仗，稻穗就起芽来了。这有什么用呢？"

邻舍的伯伯就高声接着说，摔利似的：

"是呀！所以先要除掉革命才好！"

我却忍不住地这样说道：

"伯伯，用什么方法来除掉革命呢？还不是用革命的方法来除掉革命么？辣椒是要辣椒的虫来蛀，毒蛇是怕克蛇鸠的。你们当然看过戏，要别人底宝剑放下，你自己非拿出宝剑来不可。空口喊除掉革命，是不能成功的。"

我底话似乎有些激昂的，于是他们便更沉默了。我也不愿和他们老年人多说伤感的话，他们多半是相近四十与五十的人了。我就用了别的意思，将话扯到别的方向去。

十

这是另一次。

一天晚上，我坐在姨母底家的屋外，是一处南风最容易吹到的地方。繁星满布在天上，大地是漆黑的，我们坐着，也各人看不清各人底脸孔。在我们底旁边，有一堆驱逐蚊子的火烟，火光和天上的星点相辉照。我们开始是谈当天市上的情形：一只猪，杀了一息就卖完了，人们虽然没有钱，可是总喜欢吃肉。以后又谈某夫妻老是相打的不好，有一个老年人批论说：虽然是'柴米夫妻'，没柴没米便不成为夫妻了，但像这样的天天相骂相打，总不是一条好办法。再以后，不知怎样一下，谈锋会转到××党。有一个农夫这样说：

"听说××党是厉害极了。他们什么都不怕，满身都是胆，已经到处起来了。"

就另有一个人接着说：

"将来的天下一定是他们的。实在也非他们来不可！"

于是我便奇怪地问他们为什么缘故这样说。前者就答：

"他们是杀人放火的。人实在太多了，非得他们来杀一趟，使人口稀少了，物价是不能便宜的。至于有许多地方，如衙门之类，是要烧掉才干净，烧掉才痛快的。这是自然的气数，五百年一遭劫，免不掉的。"

我深深地被置在感动中了。——他们底理论，他们的解释。我一时没有接上说话，他们也似讳谈似的，便有人将话扯到别处去了。

十一

可是乡村的小孩子，都会喊"打倒帝国主义"了。

我底五岁的侄儿，见有形似学生的三五人走过，便高声地向他们喊："打倒帝国主义！"

有时他和五六个同伴在那里游戏，他也指挥似的向他们说："我们做打倒帝国主义罢。你们喊，打倒帝国主义，我们便将一两个人打倒了。"

孩子们多随他说，同样高声地，指出他们底手指，向一个肥胖的笨重人喊："打倒帝国主义！"

我们还能看见到处的墙壁上，这样的口号被写着。虽然"打"字或者会写木边，"倒"字会落掉了人旁。但是横横直直满涂在墙上，表示他们意识着这个口号,喜欢用这句口号,是显然的了。

十二

一到晚上,商人们都在街上赤膊的坐起来了。灯光是黝暗地照着他们底店内,货物是复复杂杂地反映着。街并不长,又窄又狭的,商人们却行列似的赤膊的排坐在门首,有的身子胖到像圆桶一样,有的臂膀如两条枯枝扎成的,简直似人体展览会一般。

我穿着一通青布的小衫,草帽盖到两眉,从东到西地走着。可是在我底后面,有人高声地叫呼我底名字了。我回转向原路走去。

"是你么,B君?"

一个小学时代的朋友,爽直而天真的人。

"你回来了么?"

他的身躯是带黑而结实的,他底圆的脸这时更横阔了。

"生意好么?"

我问他。同时又因他顺手地向椅上拿衣服,我却笑起地又向他问:"你预备接客么?"

"不是啊,"他说,"我们好几年没有看见了,我想问问你外边帝国主义的情形怎样,国货运动又怎样。"

我一边坐下他底杂货店的门口,一边就向他说:关于商业,我是从来不留心的,至于一批投机商人的国货运动,我也觉得讨厌他们。

"比奸商的私贩洋货总好些罢?"

他声音很高的向我责问。可是我避过脸孔没有回答。接着,我就问他在商业上,他近来有怎样的感想。他说:

"总还是帝国主义呵!帝国主义的经济侵略实在太厉害了!同是一种货,假如是自己的,总销行不广;即使你价值低跌到很便宜,他也会从政府那里去贿赂,给你各处关卡的扣留。想起来真正可怕。"

他垂下头了。静寂一息,他又继续说:

"所以帝国主义这东西不打倒,中国是什么法子也弄不好的!你看,近几年来的土布,还有谁穿呢?财源是日益外溢了,民生是日益凋敝了,——朋友,这两句话是我们十几年前,在学校里的时候谈熟的,现在,我是很亲切地感到了!你,弄了文墨,还不见怎样罢?"

这位有着忠诚的灵魂的朋友,是在嘲笑我了。他底粗厚的农民风很浓的脸孔,是带着悲哀而苦笑了。我不知道自己怎样向他作解辩的回答。我只是神经质的感叹着:中国的人民实在是世界上最良好的人民,——爱国,安分,诚实朴素地做事,唉,可惜被一班军阀,官僚,豪绅,地主弄糟了!我就纯正地稍稍伤感地向他答:

"B君,你底话是不错的。书是愈读愈不中用的。多少个有学问的经济学博士,对于国民经济的了解,怕还不如你呢!所以,B君,目前救中国的这重任是要交给于不识字的工农的手里了。"

我受了他底一杯开水,稍稍谈了一些别的就离开他了。

第二天,我也就趁了海船,回到我孤身所久住了的都市的他乡底家里。

一九三〇年九月十七日夜半上海

不　安

去，不能倦了，心灰灰的，身懒懒的，说是一切吗？眼前是一切吗？花似非红色，叶似非绿色，存在中的个个不是庐山真面目，只傲傲倨倨地在假扮。飘荡的清风中，有一缕缕的酸气。

不闻有哈哈的笑声反闻有睡鼾的呓语，怪在人间吗？天寥廓而明明，地广漠而每每，怪在人间吗？老鸦蹲在屋角，默然而不歌，含泪的少女倚在门前，憨然而不语，眼前的世界，怕是梦中的世界吗？理想的人儿招呼我，到山穷水尽的所在。去，不能倦了！

心被请到天宫，慰问上帝的轻愁；心被请到地府，解劝阎王的暴怒；山巅，水底，凤尾，云端，游说了宇宙的遍周。但流浃着一身冷汗，只剩两支空空的白手！怀春少女的胸前倚门娇妇的眼内，叱牛老农的犁边，弥陀老袖的钵上，都挂着我所馈赠的心之照相了。他们呼喊我做一个仅有的伴侣，到一切忘怀的时候。但我去，不能倦了！

父亲远在想，母亲远在念，——一个终年在外的儿子，不知消瘦到如何了！但有谁在流泪伤心呢？死了的老祖宗正在拭泪，一个可怜的孙子，已跌下深坑中匍匐而哭，终于不知何时可归来，到所要去的家乡。虎已在前啸了，狼已在后吼了，荆棘在他脚下撩拌住了。终于去，不能，倦了！

一九二三，春，午后百无聊赖之际

如 是

　　一切淡薄而无味，只是，如一日在空想，忽然，字桌前牡丹的清香摄入我鼻中来，似唤醒我异样的感觉，因写是诗。

从窗口所窥见的天空，被风吹绉云了。
阳光隐约地，人间不知何处在勾留而眠宿呵！
只觉得一无所存在，——
飘忽，洸漾，变幻，消沉。
空空然有一个我，也无所归依的，无所留恋的，无所亲昵的，更松散散地难于自主的。
只有如是，惟有如是，——
坐，默然地坐，
立，兀然地立，
走呀，无聊地牵动两脚轻轻地徘徊于泥尘之上。
虽有回忆，也埋葬了回忆于云山万里之外，

虽有希望，也禁锢了希望于烟花咫尺之间，过去与将来，一块块皆做影子一般看待。

所谓现在的乐土啊，早在脑中消灭了，消灭了！连自己亲爱的父母，还有一个伊，也云雾一般的迷濛，

迷濛在仿仿佛佛的天边！此外，更一毛不有的空虚了，霎时间的，过去，过去了！

一九二三，四，午后

死神的翅膀好像在头上拍着

全不见有明月所吐露的清辉,星众也呼吸紧张地收敛起它们疲倦的两翅,朝阳沉在东方的大海中,曙光还没有吻着东山眉角的时候,到处都是些寒肃狰狞的恶象的结合。今夜呀,不能毁灭的今夜呀,叫我如何走,叫我如何渡过呀!

记得四周都是景色:山,聚翠的,水,扬波的,花草,娟好的,虫鸟,疼爱的。现在,齐成了魔鬼的俘虏,幽囚在铁门铁壁的地牢中!美的髓液被收吸尽了,代替着的不是骄横暴厉地蹲踞着,就是阴险谄媚地诱引着;不是无妻的恶棍,就是多夫的妓女。一个个骗人们到奴隶的死国。一个怯弱的孩子,没有两鳍和两翼,怎能渡过今夜呀!

阴霾哀声在低叫,黑熊的影子处处在蠢动,荆棘遍地蔓延着,行一步,即教人颠仆了。鹳鸟一声,正如狮子的狂吼,存在在昏蒙黝黯中的人呀,怎能渡过今夜呀!

神女,普济群黎的神女,难在想象中出现了;先知,也叫人无从相信了。使我颤怕之心之安宁,急迫之肺之平静网膜上印着是光明,鼓膜上震着是美声，灵魂时时能在空中长歌而欢舞，怕只有接受那——死神的翅膀好像在头上拍着。美丽而善翱翔的翅膀，可飞离人间而直冲九霄呀。

一九二三，七月夜

偷果子的小孩

吃过了晚饭，顺便我向一家水果店走去，想买几个苹果回来。

在我手里一共拣了四只苹果，照他小签上写着是"每只铜元十枚"，而这水果摊的女主人已经允许我的还价，三十二枚铜子卖给我。我就从皮夹里摸出两毫的一个银币请她找还我。女主人受了钱，即刻命一个孩子向烟纸店换铜子去了；而我这永远做不相像郑脱耳曼的人，也就放一只在嘴里大嚼了。

这时来了两个约七八岁模样的小孩，一样长，一样赤膊，一样穿着破短裤，一样赤脚，更一样脸孔圆圆，乌珠漆黑。他们站在水果摊的小海棠果放着的旁边，眼瞧着烂的半边切了只剩半只的梨子，和我成五步的对照。女主人立刻向他们说：

"要么？一只铜板，梨子两只。"

完全的意思是小海棠果一只铜子卖一只，梨子两只铜子卖一只。因为任凭梨子怎样半个，终比小海棠果要甜的多大的多了。小海棠果是怎样又小又青呵！

两个小孩子中的一个，终于不得已地拿出一个铜板放在摊上，同时就向小海棠果堆中拿了一只去，很像买惯似的。可是他们交易后并不走，他们轻说着别人听不见的话；意思好似——

"这样小的一只海棠果，我们两人怎么分法呢！"

你看，那个手里还没有小海棠果的小孩子，真是多么可怜呀！他眼巴巴地看摊上的半只雪梨，又看看我吃着的大苹果，又看看水果摊女主人的脸孔，——她这时正同另一位姑娘在交易——样子是多么难受呵！一种失望的神情，竟深深地在他的两颗乌珠漆黑的眼睛里荡漾，荡漾！他两人站着不走。这样，我决计等孩子找回钱来的时候，送他们两只大苹果，因我口里的苹果，已经咽不下喉咙了！

突然，——我看得很清楚——那位手里有一只小海棠果的小孩子，却将这只小海棠掷在摊上，同时很快地拿去了一只半个的梨，又向那位做手势，意思似说——

"现在我们可以分吃了！"

他俩走了。但不幸，举动被这位过分凶狠的女主人看见，她并没有看清楚，只恍惚如此。她立刻骂，"偷去什么？"可怜小孩们接着就跑，女主人也丢下交易的姑娘接着就追，小孩子哪里能彀不被迫着呢？不一忽，捻着梨子的小孩的手却被捻在女主人的掌内而捉回来了。大概是小孩的母亲的一位妇人也急忙在后面跟来，女主人立刻说，——真是杜撰的灵巧！

"他已吃了一只，又拿了一只就跑呀！"

做母亲的妇人，也不问青红皂白，接着就用粗硬的大手掌向这位我相信他是为小海棠果不能分吃才这样做的可怜的小孩的背上乱敲。小孩当然放声大哭了，除出哭以外，再也没有辩白一句。而那位手里没有捻着小海棠果的小孩，却站在二丈远的那边，看的呆了。我这时不能不代他分辩，向她们说：

"他并没有偷,不过换去一样,我看见的。"

而这位厉害的女主人却郑重告诉我,说:

"先生,他已经在我这里偷过三四回的香蕉了!"

我再也没有话可以代这个小孩申冤了,就眼看看买香蕉的姑娘,似乎请她不要太买多;一边受了找回来的十几枚铜子,冰冷地走了。

一群蝌蚪

茫君为想建筑新校舍,邀我同至某王府看地址和旧屋。

我们向一条深的胡同闯进去,转了一个弯,看见一片长满乱草的空地。旁边有一带小屋,约数十间,大约是以前的厢房,现在是住着寥寥落落的王公子孙。

我们向一家走进去,因为要探问这地的主人和价目。但这家的男主人不在家,一位老婆婆抱着一个不满三周的小孩来招待我们,请我们里边坐一息。房子是很窄的,堆满各色的破旧物。一个约周岁的婴儿,坐在竹椅车中,旁边一个五岁模样的小孩子在逗他玩。这三个小孩子,身裹着破衣服,龌龊不堪,且都赤着脚。但他们的脸孔,一样的额角高突,鼻小眼圆,极像胎生学上绘着的六七个月的胎儿图。这时从里面又来了一个比竹车边的稍大一些的孩子,手里捧着一碗饭,站在我们的前面。而一息,又从里边来了一个和上个孩子差不多大的孩子,也两手捧着饭碗,似奇怪地瞧着我们的生面孔,站在我们的前面。但不到一忽,随着又有一个约十岁模样的孩子出来了,两手里也有一只饭碗,滑稽而如小丑一般地面向我们站着。这三个孩子,并排地站在我们身前,更一样的额角高突,眼圆鼻小,像胎生学上绘着的六七个月的胎儿图。身子裹着破衣服,赤着两脚,臂腿都非常强壮,嘴里嚼着饭,似有韵律的,眼呆睁着我们,茫君禁不住发笑了。他向我问:"怎样来了这许多模样仿佛的孩子?"我答:"一群蝌蚪。"而茫君竟"哈"的一声笑了。幸得这位老婆婆不懂我们的话,一时又和我们谈着别的。以后,我向老婆婆问:

"这都是你的孙子罢?"

"是呀。"她笑眯眯地答。

我说:"你的孙子很多呢!"

"是呀,已经有八个了。"

接着,她就将这一群蝌蚪的岁数告诉我们:"这个二岁,这个三岁,这个五岁,这个七岁"等,一边指着孩子,一边还加注些所生的月份;在她老年的记忆中,已经不甚清楚的了。茫君私向我说:

"我们变做调查户口的警察了。"

我答"是。"

而这位老婆婆接着大声叫:

"阿大,你再出来,给这两位先生看一看。"

随着,又有一个孩子从里面走出来,更一样的额角高突,眼圆鼻小,可是手里没有饭碗,只捻着一双筷。我问:

"他几岁了?"

老婆婆答:"十三岁了。"

而茫君又要哈哈了。

这时,从里面走出一位妇人来,约三十五六的年纪,也是额突眼小的人,一望可知是他们的母亲。不料这位母亲,还膨胀着肚子,蜘蛛一般的。老婆婆说:

"她不久又要产了。"

于是我微笑的问老婆婆道：

"你说有八个孙子，连肚里也算一个么？"

"不，还有阿二，十二岁的一个，跟他阿爷出去了。"

茫君又向我私说：

"也是一个蝌蚪罢？"

"大概是的。"

我答，而茫君又要笑了。

男主人还没有回来，第八个蝌蚪不想见了。他们围绕着我和茫君，一边捧着饭碗吃饭一边看我们的生脸孔，我们又问他们话，可是他们一句都不答，甚至没有听出来。我很觉得这是一回有趣的事，但无心再看了。老婆婆虽说，男主人一定要带她的阿二回来吃中饭的。我们说：我们也要回去吃中饭了；仍可第二次再来，因为这是有趣的事。

"明天再会罢！"

我们也就别了这一群蝌蚪。

死所的选择

一个穷孩子，睡倒在路边，不幸的他，病了！而且病的是急性的痧症。他全身抽筋，肩膀左一耸，右一耸，两腿也左一伸，右一伸。脸色青的和烤熟的茄子一样，唇黑，眼闭着无光。有时，虽眨眨地向环立在他四周的群众一眼，好似代替他已不能说话的口子求乞一般，但接着蹙一蹙眉头，叫声"啊唷"，又似睡去一样的了。眼泪附在眼睑上不曾滴下，两颊附着两窝泥块，他似要用手去抓，但五指似烧熟的蟹脚一般，还颤抖的厉害。

孩子约十岁模样，不是乞丐的兄弟，就是苦力的儿子。衣服烂破；这时还在地上卷去不少的泥灰。他没有帽，也没有鞋袜，两胫圆而有劲，但这时也失了支撑力了。总之，他像一只垃圾堆里的死老鼠，他除了叫声"啊唷"，和喉中有时"嗡嗡"以外，他竟和死去没有两样了。

围拥着在他的四周，足有几十个群众。公公，婆婆，青年，孩子不等，都是些善男信女，营营地在谈论他，谈论的很厉害。有的还不住地问他，——他父母是谁，住在哪里，今年几岁。好似要在他死后，给他编年谱一般。但他一句没有答,且一句没有听。

一位偻背的老人提议道:

"最好送他到医院里去,这是痧症,极危险的,不能随便吃点什么药就会好,最好送他到医院里去。"

可是一位妇人,却又自己对她自己叹息:

"给他吃点什么药呢?可怜的孩子,这样是就要死去的,唉,给他吃点什么呢?可怜的孩子!"

但又有一位矮胖的男人,好似他自己是惟一的慈善家,他说:

"给他几个铜子,我们合拢来给他几个铜子。病好像厉害,又好像不厉害;总之,给他几个铜子,我们合拢来给他几个铜子。"

可是他还没有摸他的皮夹,又有人说道:

"他还要钱作什么用呢?"

一边又有人驳道:

"有铜子病或会好了!"

而一边却更有人笑问:

"他的腿为什么这样粗大呢?"

一时,一位穿洋服的先生走来,他大概以为人群中总是在变把戏。但当他一伸头颈去看到以后,立刻掉过脸,用手帕掩住鼻,快快走了,一边说:

"传染病,传染病,传染病人的身边会有这许多人围着,中国人真要命!传染病!"他的语气中还有一句"我是一看就走",没有说出来。接着又回头叫了一句:"警察为什么一个也没有。"于是昂然地去了,几乎连呼吸都屏息着。谈论的结果是什么也没有。孩子这时还会抽动着他的手和脚,可是我诅咒道:"你为什么要死在路边?死到荒山里去罢!"

就 诊

今天喉咙的咳痛更厉害，好似有一只大爬虫正伏在喉咙边吃肉。白喉么？我自己想，一边倒害怕起来。死呢，本不值得什么。但生病，实在有些苦恼了。一回，更想起少时母亲吩咐我的话——有病要在一起就医。何况我的病到今天已四天了。心想是不得已，就带了一大包铜子，雇洋车向一家诊察所去。因为朋友说，诊察所比医院看的仔细，它是私人办的，有招徕的性质。

医生看过了。但这位医生很像一位审判官，他动起他白胖的脸孔中所嵌着的高傲轻视的眼球，对我诊病，恰似裁判犯人一般。不过审问的毫不详细，有如赃证显明，难于辩护和抵赖似的。他的视线，似X光线一般，能透入我肌肉，而且还能卷曲射到我的喉咙里。

这位医生的开药方也很快，不费思考，同公司的经理先生签字一样。这大概以我的病是一种时髦的流行症，但既然如此，他为什么不到印刷公司去印了一千张来，放在桌上，同商店的货价单一样，来一个人，就给他一张呢？那同我这样喉咙痛咳的，只消半分钟就可赚落半元钱的挂号费了；又何必对我好像一只死马呢？

　　一位助手拿这药方去配药。——是从我手里夺去的，板着脸说："药配去！"

　　我胆怯，站在廊下，看看天井里的花草：缸中的荷花已谢了，石榴云，月季正鲜艳；满阶有秩序的草，还有各样小树，总之天井里是有美丽的颜色。一个大约五六岁的小孩，一样白胖的小脸孔中所嵌着的高傲轻视的小眼球，对我仔细地动了几动。但我不知道他小小的心里对我怀着什么，——一个病人，一个要死的病人；大概不错的。我突然觉得难受，好似惭愧，全身的血都奔到脸上来，幸这小孩子转过头，背拌着手，向花间盘桓去了。虽脸热，也只有冷静的空气觉得。

　　我疑心天要下雨。

　　"药配好了！先生。"那位助手从一间药房里出来。

　　"啊，多少钱？"我问。

　　"一块二毫。"他十分轻便地说出。

　　我吓住了，简直不知所措。当然因为钱带的太少。但药既不能少价，更不能不买，怎样好呢？一边，我没有露出惊惶的脸色来，仍和平常一样，看了一看两样药：一样是白粉，盛在一个小盒子里，盒子的圆周和铜子的差不多大；上面有钢笔写的二个大字"鼻闻"。一样是盛在四百毫升药瓶里的浅黄色的药水，瓶旁贴着一张有"漱喉用"三个同笔法的字的小纸。一边我数了三百三十六枚铜子给他，数到最后的一二枚，我运气真还好，背脊汗吓透了，而那时这助手的眼睛，却极奇异惊怪地盯住我。

　　我一路回来，心里极气闷。劳着两条酸腿，在灰色的天空下走，我恨不得将药瓶抛在地上，将药粉撒满空中；使患我这同样的病的人，可不致受这同样的医。

卖笔的少年

我和Ｋ君从某大笔庄出来。Ｋ君买来了两支"纯羊毫小楷"。笔杆是古铜色的,上端镶着一块骨的头子。每支大洋两角,不折不扣。

离这家笔庄的门口没有几步,有一位少年,身前怀着一只蓝布的袋,袋内有许多种笔出卖。我就向Ｋ君说:"待我买他底两支,你看价钱多少?"

"喂,有小楷羊毫么?"

"有,先生。"

他答应的很快,近于慌张。一边就从他的袋内取出两支交给我。我先将这笔的外形一看,古铜色,上有"小楷纯羊毫"五个字,也有一块骨的头子。再将笔毛和Ｋ君所买的一比,自想,是两种完全一样的。我就问:

"多少钱一支?"

"先生,老老实实的,小洋一角。"

我吃了一惊。但人是便宜还想便宜的,况且在我也要看看它便宜到何种程度为止。我又向他说：

"我买三支，两角钱好么？"

"先生，我的笔是纯粹的，——算两角半罢。"

而他却眼睛不住地左右顾，好似怕惧什么。K君在旁默然。

"好好，就两角五枚。"我说。

他答："那末，先生，请快一些。"

我却奇怪的对他瞧了瞧，几乎要喊出：

"看你这个样子，你生意不做了么？"

一边心里想，对K君想：

"实在便宜呵，比起你的来。"

K君也奇怪为什么会这样便宜似的；细看我的笔，似要找寻出漏洞来。我一边摸钱。

这时却突然从背后来了两位警察，捉住卖笔的少年的肩膀，喊：

"去，去，又要罚！"

卖笔的少年立刻青了面孔，红起眼圈，哀求地苦告：

"我已经罚过一回了！饶饶罢！"

警察重说：

"所以，又要罚！又要罚六角！"

我和K君都非常地奇怪。心想："他的笔是偷来的么？为什么说又要罚？犯什么？"很以为自己买他的赃了，不应该，也要罚，害怕起来。同时钱已经拿出来了，两角五个铜板，只好递给他。他做着哭脸，完全没有心思地受去，似乎铅角子给他，也都可以。一边仍向警察哀求道：

"饶饶罢，我已经罚过一回了！我不卖了！"

K君几乎怒起来，问：

"为什么？"

"这里不能卖。"警察答。

"为什么不能卖呢?"

"因为妨害他们笔庄的营业。"

K君也就微笑起来说:

"警察先生,于你有什么关系啊?他一天有几角好赚?你却忍心要他去罚两次的六角?"

警察因为K君的求情,一边就将他放了,一边说:

"我们是不管的,不过商铺不准他在门口卖。"

K君接着又说:

"笔是他的便宜,人当然向他买了;假如笔庄便宜些,他自然没有生意。你看,这两支笔要四角大洋,这三支笔却不到两角大洋呢!笔完全是一样的,同一种类的笔。"

警察也摇摇头说:

"商铺请我们的上司叫我们这样做,我们也没有办法。"

"强权的商铺!"

K君骂了出来。一边,我们,警察,卖笔的少年;分离地走开了。

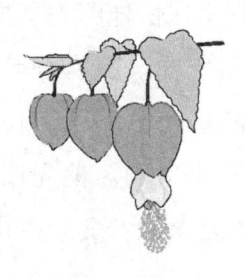

狗的自杀问题

我和未君无聊的走过一条街。

一只癞皮狗——看来已经活着多年了。——全身已没有一根光滑的毛，只有正在霉烂的皮和肉，看得使人发疼。它的后两腿已不能走，大概因偷吃的缘故，被人家打断脚骨。当它走起路来，只是前两脚一步一步的爬，后两腿跟着拖去。但走不到一丈路，又停住，喘着，两颗使人讨厌的眼睛，左右乱望，恐惧地，又迟钝地，它好像要求别人给它东西吃。但当别人走近它时，它又怯怯地爬去了拖着后两条腿。

果然，谁也没有东西给它吃。只有强壮的男子要在它的身上踢一脚，小孩子也要用棒向它的头上敲一下，因为它还能呜呜的叫。

未君有些忿忿，代狗不平似的。他先用手挥开孩子，以后说道："可恶的畜生，它为什么不自杀呢？贪恋些什么？还要贪恋！生命真值得这样贪恋么？"

过一息，他更起劲的："可怜的畜生，已经变做一只人类都讨厌的死物。它不应该在人类面前呜呜的叫，它应该自杀，跳到一条河里去！"

这时我说,——我是有些冷淡的。

"自杀是权利呀,自杀不是义务呀,但有这种权利的,怕还不会使用这种权利呢!否则,你看,谁还愿帖耳俯首的活,地球上只怕剩着几人享福了。"

"哼,人类是有责任,狗有什么责任呢?"未君血气沸腾的,不以我为然。一息,他又说:"革命,反抗,和恶势力宣战,人类是会造成有幸福的将来。"

"但狗这样的活,也是勇敢的,忍耐的。它也还希望它有幸福的将来,虽则它有幸福的将来,或只仅仅是一块别人所遗落的猪肉骨头而已。它的偷生,我想,倒比我们更有实在性的。"

我微笑地说了,未君却更忿忿地,几乎对我发起怒来。

"你真没有道理,人有向上性,狗有向上性么?"

"怕不见得。"我说,"我不相信,我只觉得人有奴隶性,处处表现他的动物的劣等的样子。依赖,仗势,贪利,胡闹等等,你看,满目都是。"

未君一时默然。以后说:"人总没有自杀的充分的理由,像这只狗,实在可以去跳河而死了!"

我说:"你不要在狗的前面骄傲,它到这样的地步还活给你看,这真是它应在你的前面骄傲的地方呢!狗无论你们如何打它,踢它,它饿着肚皮,它还是这么说,——我要活,我怎样也要活!这正是它厉害的地方。人有这样的勇气么?"

未君没有再说,但他心里还是对我不舒服的。

上 当

可怜的未君,他今天将到过当铺的情形告诉我。他说:"我上了经济制度的当了。"下面是他的话:三套白洋布小衫,一件爱国布长衫,一顶夏布帐子。天气冷起来,我想今年不再用它了。我用了三张新闻纸包了一大包。我挟在腋下。手臂简直围不拢来。当走过街上的时候,同学们对我注目;可是我也不觉得什么,实在弄惯了。

当铺子的柜台特别高,这是你所知道的;我用双手提上去,很觉费事。我实在不了解为什么柜台要这样高?

一位朝奉先生,他是立在柜台上的特殊阶级的,来受去我的包裹。这人的脸孔团团,眼睛成正三角形,眼珠很小,好像象的眼睛一样,肚子膨胀到极大,正好似怀了十四个月的孕。走起路来肚子是左右转动的。

他乱七八糟地翻了我的帐子和衣服,一边转了两转他三角形眼里的细眼珠,声音沉重而简慢的向我问:"要当多少?"

"有多少可以当?"我一边答,心里是想,最少五元是一定有的,愈多当愈好。这位朝奉先生,又转了一转他三角形眼里的细眼珠,斜着头向我说:"值两块钱。"

我不禁大骇!这还是当铺么?诈骗罢了!我的心急,我的脸色一时红一时白,我实在说不出什么话来。

"怎么只值两块钱呢?"以后我决心问他。

而那位朝奉先生,又转了一转他三角形眼里的细眼珠,提起我的小衫的袖子道:"小衫的袖子很小。"再提起我长衫的袖子道:"长衫的袖子已破。"

一边又乱七八糟地翻着找寻我帐子的缺点,——他做这种举动的时候,我可以猜出他的心是注意在柜台那端也正在当衣服的一位中年妇人的脸上。他一边没精打采地对我说:"帐子既旧,又破了,也不值钱,……"过了半分钟,又说:"算了两块半罢。"

我全身发抖,气极了,恨不能伸出拳头在他的头上痛打一下!我很想一手夺回来,上别家去当。但转想他们是一丘之貉,别家未必不更苦恼我。没有法子,我说:"我是有东西给你,也是要来赎的,不是向你讨,也不是送给你,向着你诈取!"

他没有说话,他实在没有留心我说话,他留心那位中年妇人,——她也和别一位朝奉先生论衣价,笑眯眯的要多加钱。——他拿了我的包裹,左右转动身子,到里面去转一回,又回来问我说:"算三块钱。愿,当;不愿,拿回去。"

拿回去,我很愿!但我还是在高柜台下呆立着。

这时他又同和中年妇人论价的那位朝奉说了几句,笑了一下。笑起来,他的眼睛竟成一条线,我实在气极了!半响,他又没精打采地转向我道:"你来当过一回罢?"

"简直笑话。"我不觉怒道,"管他做什么?"

他还是没有听见,——可恨的东西!

"好，算了三块半罢，"他最后开恩似的说。

"算了，算了。"我也没有法子了！

未君说到这里，垂下头去。一息，他悲伤的起劲地重复说："我上了经济制度的当了！"

一个白色的梦

只是一片的模糊,除了颤动着的冷气以外,再也不见有什么?我的身体似僵卧在坚冰的河底的一块石。

雪纷纷地落着,愈落愈紧的。整千万朵的绒花,回旋飞舞于白茫茫战抖的空际;占据了大地上的平原河岳,压服了枯枝败叶,收拾去鸟迹莺声。

我立在窗前,眼向窗外远望。冷气衔着威风,凛凛地送进窗内来,沁入我肝脾,我又鞠手鞠脚地徘徊,循着房的四壁。一回我想:"究竟有什么意思?假使这是自然的装饰品,点缀这枯槁而寂寞的'冬'的,哪有少女的心肠;假使这是一种刑罚,来施行肃杀的'冬之使命'的,凶呀,有暴徒的用意!"

以后,我提起无聊的精神,坐在Pianoo的旁边,奏那Mendelssohn的,"我欲乘风翼"。红肿的两手,在黑键白键上流动着,好像机器的一般。琴声飘荡在房内,又疏散的溜到窗外,牵着那雪的手,在高低上下而妙舞。

忽然，房外歌声起了：

纷纷白战的雪哟，

知道是那一夜，

世界全是白色的。

爱者破逆那长空的寒威，

手捻黄梅三五朵，

轻步踏雪送来哟。

足印留给凶毒的姑婆；

少妇鞭挞而死了！

人间的寒泪，

凝冻在心头。

爱者哟，洗心浴体了一个你。

埋在雪中，

同伊长逝罢！

　　歌声和人影同到房内，是披着白斗篷的茜君。一手脱下她的绒手套，一手放在我的肩上说道："你忘记时候的到了么？虽则这么大的雪，苍白了你的面庞，但人们的扰嚷，已如演剧的开始。你怎么还能五线谱上作哀怨，得过且过这日子呢？"

　　我被刺激一些懵懂的冷心，自由开展唇齿了："你看天上还有一只飞鸟么？我亦怎能自展两翼飞渡那冷气浓密的关山？要消磨这枯枝一样可燃烧的时光，还有什么好的方法呢？"

　　但她皱一皱她的眉，声音更低哀了："现在你的心虽可乐化了琴和雪的白质，但人们的扰嚷，正如临头的大雨，哭声冲到我们的窗外来，我们也要被这洪水的泛滥所吞卷，现在，时候已经到了！"

　　我没有回答。她扭了一扭她的身，唇也接触到我的颜面："你是过于聪明了，恐恩你狭小的探求，这不是时代所归汇而寄托的话。人们的扰嚷将如大火一般燃烧了，现在时候已经到了！"

　　我低头注视着自己的胸膛内隐隐在跳动的心弦。心想那"失爱于姑婆的少妇，怎么可见怜于雪夜的游客"的悲剧。一时抬起眼，淡淡的光儿正接着她摇摇欲滴的泪珠。她说："莫再犹豫了。"于是我们就走了。

　　实在，自己是不知到哪里去。不过，她挽着我的臂，轻轻地拉动就罢了。两足也飘飘地落在雪的表面上，回头一看，自己没有过去的一脚的印子。

　　越过了山，穿过了森林。

　　雪是愈下愈大，一团团如绣球花；更大，一层层如棉絮般压下了。

　　我自觉这时我是一个火线上的兵士，且正在枪林弹雨中剧战。我回头看一看她，她也微笑地看一看我，一边，她指着前面说道："你看见么？在那辽阔的河的彼岸，山脚的林边，有一块红的么？几立在白色的中央，这是我们所要到的房子的屋顶。——快些走罢。"

六月的赐惠者

炎炎的太阳,高悬在世界的当空。红的光如火箭般射到地面,地面着火了,反射出油一般在沸煎的火焰来。蒸腾,窒塞,酷烈,奇闷,简直要使人们底细胞与纤维,由颤抖而炸裂了。

一位赐惠的孩子,给人们以清凉的礼物。他,光着头,赤着脚,半裸着身体;汗浴着他一身——流在他底额上,流在他底胸上,流在他底两股间。他却手里提着一只篮,和太阳订过条约一样,在每天的日中,来到街之头,衖尾,急急地跑,口里急急地叫"卖呀冰呵!""卖呀冰呵!"声音在沸煎的空气中震动,听去似叫"卖冰花"。卖冰花的孩子,六月的赐惠者,带着他底脚影与声音,同赛马般飞逝。

十三四岁的孩子,载着黧黑的头,裹着黧黑的皮的人。两眼似冰所从采取的寒渊,永远闪着凛冽的寒气逼到人们身上,在此溽暑,也一同如他底冰花般卖给人们。他底胸膛紧胀着,他底呼吸迫促着,但他底声音叫着:"卖呀冰呵!""卖呀冰呵!"声音如闷雷一般在人们耳边响着。但声音是尖锐而无力的,能叫醒几人的昼梦?

可怜的孩子，六月的送寒者！手里提竹篮，篮内放冰块；冰块却又融为水，滴滴地漏出篮外来，随着他奔跑的足影，沿街沿衖滴过去。冰水流落在干热的地面上，地面给它化为汽，阳光吸收去了，带到炎炎的太空；于是孩子底足迹没了，孩子的叫声也消逝了。

三夏的严威底反抗者，火锅上的蚂蚁，带着人类底理想，意义。跑着，叫着，卖他底清凉给人们——六十岁的老婆婆；十二岁的小妹妹，都来买他底冰花。她们底身上穿着绸，她们底身上穿着纱，她们底皮肤是白的，因为她们藏她们的皮肤在北窗中的南风下。可是她们汗涔涔地来买他底冰块，两枚铜子，二枚铜子，铜子在卖冰者底手心上，他微笑地从盖着厚粗布的篮中取出冰，一块，两块；水晶般的冰，白玉般的冰，就送给老婆婆，小妹妹。终于他又急急地跑，又急急叫着："卖呀冰呵！""卖呀冰呵！"他也毫不介意老婆婆底肥胖的身，小妹妹底美丽的脸；她们底影子，早已为热力从他脑中榨取去了，他底脑子枯干了。

他也卖冰块给他的兄弟们，坐在马路旁常绿树下纳凉的人，一块，两块。可是他们却常用他们底粗肢暴手，执住孩子底冰篮，要他加添。冰容易化为水，孩子不能多在路边站，孩子加给他们冰，一块，两块。于是他又急急地跑，急急地叫着："卖呀冰呵！""卖呀冰呵！"地上有他底冰水，地上也有他底汗珠，可是有时他被人们缠的久，地上更有他底泪珠了；冰水，汗珠，泪珠，随着他，落在街之头，落在衖之尾！

可是他却也有不能急忽地跑，不会急急地叫的时候。冰篮不知与冰丢到何处去了，从他软弱的手内溜落了。他底热的额变冷了，他底黑的唇变白了，他底寒潭似的眼儿无力放光了。他去，慢慢地沿着路边走，酒醉一般。或倒在衖口，人们聚拢来，也有树下纳凉的工人，也有北窗中高卧的老婆婆，但他手内没有冰，他们失望地退回去了。"孩子，你底冰呢？"也有小妹妹这样问的。可是孩子摇摇头，对她苦笑地，喉间格格似说他底生命也将与他底冰一同化为蒸汽升天了。

一个褴褛的老医仙

你真太苦了！背着囊，囊中盛百草的古根，采之于悬崖，采之于海底，费了你精壮的少年时节，正可行乐的青春的光阴，眼被药气熏赤了，腰被药椎捣偻了。而今，你还在街头走，你还在巷尾叫，

"百病好医！"

但你腹中已三天没见白米，你的声音也低了。

你真太苦了！你没有谋生的本领，你却有救人的方法，你不能先医自己的饿腹，你却说能医世上的奇病怪毒，除了你欺骗你的良心外，谁能信任你？有谁来信任你？

你真太苦了！你看，那高楼大厦中的文人，他先穿上那堂皇的衣冠，走着那和钟摆一样的脚步。他说："世界糟到这个地步了，非我的力量不可。"

于是人们就和逐臭的苍蝇般来了。

再看，那金鞍肥马上的兵士，他先吃圆他的脸孔，养壮他的身躯，背上了枪，系上了弹，扳出谁敢凌他的威风。他说："世界糟到这个地

步了,非我的力量不可。"

于是人们又和得粪的狗一般听命了。

你真太苦了!你穿着褴褛的衣衫,你饿着腹,形容憔悴,你的呼声低弱,你踏遍街头,你叫遍巷尾,谁能信任你,有谁来信任你?

或者,你用滑稽的手段,你用夸张的口吻,你向人迷笑,你向人吹嘘,万一有老太太,少奶奶,她们能求你一问,但你又低着头过去了。

你真太苦了!你不懂谋生的方法,你却有救人的心志,不先医你自己,却先去医人世,何〔你〕真太苦了!

你还天天不息地走,轻轻地叫,或者,你的精神不死了!

一九二六,五,九　国耻日

果筵散后

朋友们已经散了,果筵也只剩着皮壳。虽则从香蕉碧色的蒂上,柑子朱红的皮里,隐约可以窥见过去底影子,——笑的脸,高声的谈话,和一二句不自觉的溜出口边的歌声。总之,朋友们已经散了。

过去是值得留恋的么?我不这样相信!过去是不值得留恋的么?我又不愿这样说了。那在我底过去里,留给我些什么呀?——春雨下的同伞的女伴;十月的芙蓉前,爱者唱起歌声来了;还有同几个朋友的狂歌与豪饮。唉!但留给我些什么呢?我还留恋起它们么?

现在,我不活泼了?我对十七八岁的少友底滔滔如流水的传情,我只微笑地静默了。他们底话是说的何等可爱呀,我只静心倾耳听着罢了。自己已不能叩开生命底真正的幸福之门,回身于年少,自己又将有何种冀求呵!但这不是我悲哀,我已经没有悲哀了。

月亮从东而西,朋友们则从西而东:澄清而幽渺的明月呀,你将何所营?你将终古而不息?筑室在南山之南,尽力地犁锄了乱草之后,朋友们,自有我们底茅房,自有我们底芦屋,造物是不会欺负我们的,只要你们底忠诚不灭,我底努力不歇,将永有我们自己底一片土,又何用我今夜之悲哀?

虽则朋友们已经散了。

丰子恺君底飘然的态度

　　最近在一本杂志上读到两篇丰子恺君底随笔。他在这两篇随笔上底意思，都叫青年学生们放下课本去观赏梅花，似乎不去观赏，连做人的意义都要失去了一样。他彻底地赞美了当作国花的梅花，似乎非常地用了他底思想与美丽之笔。可是我看了，几乎疑心他是古人，还以为林逋姜白石能够用白话来做文章了。

　　本来丰子恺君是"最欢喜在吴昌硕的梅花图前低徊吟味"，则赞美我们底数千年来文化所钟的国花，原也是丰君的自由；他"又欢喜坐在黄包车中低声背诵暗香疏影的词"，（当然，这时黄包车夫底喘气与流汗他是看不见的），我们自然也不能将他从车中拉下来；正如他之欢喜喫素，我们不能硬用牛肉来塞在他底口里一样。可是他用著作的形式，来发表他底教学生的议论，却令人有点骇异。我虽知道"我们的地位是中产阶级"的学生诸君，不尽是个个人在放下课本之后，就在做有意义的社会的革命工作，他们有的连课本都没有拿起就在和舞女拥抱了。但我以为，在这个"中产阶级已在崩溃的途上"的时代，他们比较的应该走进社会一些,向社会底核心钻研一些,也就好一些。在访问了河浜上的以船为家的他们底苦况以后,或去看看马路上的美国的带白帽的水兵,用棍棒似的短 stick,没头没脑地敲着拉不快的老黄包车夫底头皮,我以为定比去看梅花要多一点感想,多一点益处,至少,当回来再拿起课本的时候,比较的总要认真些,着实些,也有志气些,不致如丰君做那两篇文章时的态度的那么飘然了。(当然,丰君是在观赏了梅花以后做的。)

　　还有最后几句话,是对丰君底那两篇文章底最后一段说的。丰君自赞了他底自画的"护生画集",我却在他底集里看出他底荒谬与浅薄。有一幅,他画着一个人提着火腿,旁边有一只猪跟着说话:"我的腿"。听说丰君除吃素以外是吃鸡蛋的,那么丰君为什么不画一个人在吃鸡蛋,旁边有一只鸡在说话:"我底蛋"呢?这个例,就足够证明丰君底思想与行为底互骗与矛盾,并他底一切议论的价值了。

大师经典

柔石精品选

小说

三姊妹

　　为深沉严肃所管辖着的深夜的西子湖边,一切眠在星光的微笑底下;从冷风的战栗里熟睡去了。在烟一块似的衰柳底下,有一位三十岁的男子,颓然地坐着;似醉了,痴了一般。他正在回忆,回忆他几年来为爱神所搬弄得失败了的过去。他的额上流着血,有几条一寸多长的破裂了的皮,在眉的上面,斜向的划着,这时已一半凝结着黑痕,几滴血还从眼边流到两颊。这显然是被人用器物打坏的。可是他并不怎样注意他自己的受伤,好似孩子被母亲打了一顿一样,转眼就没有这一回事了。他的脸圆,看去似一位极有幸福的人一样;而这时,一种悔恨与伤感的苦痛的夹流,正漩卷地在他胸中。夜色冷酷的紧密的包围着他,使他全身发起颤抖来,好象要充军他到极荒僻的边疆上去,这时,公文罪状上,都盖上了远配的印章。他朦胧的两眼望着湖上,湖水是没有一丝漪涟的笑波,只是套上一副黑色而可怕的假面,威吓他逼他就道。一时,他又慢慢的站起来,在草地上往回的走了几圈。但身子非常的疲软,于是又向地上坐下,还卧倒了一时。

下面是他长夜的回忆：

一

八年前，正是他的青春在跳跃的时代。他在杭州德行中学里最高年级读书，预备再过一年，就好毕业了。那时他年轻，貌美，成绩又比谁都要好。所以在这校内，似乎占着一个特殊的地位。这都由他的比其他同学们不同的衣服，穿起一套真哗叽的藏青色制服来，照耀在别人的面前的这一种举动上可以证明。

秋后，学生会议决创办一所平民女子夜校，帮助附近工厂里的女工识字。他就被选为这夜校的筹备主任兼宣传员。当筹备好了以后就着手宣传，这时一位同学来假笑的向他说："Mr.章，你有方法使校后的三姊妹到我们这里来读书么？你若能够，我就佩服你宣传能力的浩大了。"

他随问，"怎样的人呢？"

"三姊妹，年纪都很轻，长的非常的漂亮。"

"就是你们每星期六必得去绕过她们的门口的那一家么？"

"是啊！我们是当她花园看待的。"

这位同学手足舞蹈起来。他说："那有什么难呢，只要她们没有受过教育，而且没有顽固的父母就好。"

"条件是合的，她们仅有一位年老的姑母，管理她们并不怎样好的家。她们是有可能性到我们这里来读书的。"

"好，"他答应着，"明天我就去宣传。我一定请到这三朵花，来做我们开学仪式的美丽的点缀。"

"看你浩大的能力罢。"那位同学做脸的说。

第二天，他就挟着几张招生简章，和一副英雄式的态度，向校后轩昂的走，他的心是忙碌着，他想好一切宣传的话；怎样说起，用怎样的语调，拣选怎样的字眼，————一路他竟如此想着。

走进她们的门口，他一径走进去。但三位可爱的姑娘，好似正在欢迎他一样，拍手大笑着。在她们的笑声中，他立住了。唉！真是三位天使，三只彩色的蝴蝶，三枝香艳的花儿。她们一齐停止了笑声，秀眼向他奇怪地一看，可是仍然做她们自己的游戏了。一位五十余岁的头发斑白的老妇人从里面出来，于是问他做什么事，他稍微喘了一喘气，就和这位慈善妇人谈起来了。

谈话的进行是顺利的，好似他的舌放在顺风中的帆上一样。他首先介绍了他自己，接着他就说明他们所以办这所夜校和女子为什么应当读书的理由，最后，他以邻里的资格，来请她们去加入这个学校了。他的说话是非常的正经有理，竟使这位有经验的老姑母失了主张。她们也停止了嬉笑，最幼的一位走到他的旁边来。于是姑母说："章先生，那末这个丫头，藐姑，一定送到贵校里来，你们实在有难得的热心。"一边她随向藐姑问：

"藐姑，这位章先生叫你们到他校里去读夜书，愿意么？"

藐姑随便点一点头说："愿意的。"

于是他说："好，那末到开课的那天再来接她。"稍稍息了一息，又说，"还有那两位妹妹呢？"

姑母说："年龄太大了罢？莲姑已经二十岁，蕙姑也已经十七岁了。"

"也好，不过十七岁的那位妹妹，还正好读几年书呢！有两个人同道，夜里也更方便些，小妹妹又可不寂寞了。"

"再看，章先生，假如蕙姑愿意的话。我是不愿意她再读书了，而她却几次嚷着要再读。"

这样，他就没有再多说。以后又问了藐姑的年龄，姑母答是十四岁，"她们三姊妹，每人正相差三岁呢。"又转问了他一些别的话，他是很温柔的答着。姑母微笑了，并嘱他以后常常去玩，——这真是一个有力量的命令，顿时使他的心跳跃起来。他偷眼向窗边一看，叫做莲姑的正幽默的坐着，她真似一位西洋式的美人，眼大，闪动的有光彩，脸丰满而洁白，鼻与口子都有适度的大小和方正，唇是嫩红的，头发漆黑的打着一根辫儿垂在背后，身子穿着一套绿色而稍旧的绸夹袄裤，两足天然的并在地板上。他又仔细地一看，似乎他的神经要昏晕去了。一边听着姑母说话，他就接受了这种快乐，走了出来。

二

光阴趁着人们的不留意，飞快地过去。平民女子夜校也由热烈的进行，到了冷淡的敷衍了。这一以学生们的热情是有递减性的缘故，二以天气冷起来，姑娘们怕得出门，三呢，似乎以他和蕙姑姊妹的亲昵，引起其他的同学们的不同情。可是他并不怎样减低他的热度，他还是极力的设法，维持。这其间，他每隔一天就跑到莲姑的家里一趟。莲姑微笑的迎接他，姑母殷诚的招待他，他就在她们那里谈天，说笑，喝茶，吃点心，还做种种游戏；他，已似她们家的一位极亲爱的女婿一般。他叫这位姑母也是姑母，叫莲姑，对别人的面是叫莲妹，背地里只有他俩人时，就叫妹妹。总之，这时他和莲姑是恋爱了。他的聪明的举动，引起她们一家非常的快乐；再加他是有钱的，更引得她们觉得非有他不可，简直算是一位重要而有靠的宾客了。

有一天晚餐前，房内坐着他和莲姑，姑母三人。他正慢慢的报告他家中的情形，——说是父母都在的，还有兄弟姊妹，家产的收入也算不错。于是这位姑母就仔细的瞧了他，一边突然向他问道：

"章先生，听说你还没有定过婚呢？"

莲姑当时就飞红了脸，而他静默的答："是的。"

姑母接着说："我可怜的莲姑，你究竟觉得她怎样？"

他突然大胆而忠心地答:"我非莲姑不娶!"一面向莲姑瞧了一眼,心颤跳起来,垂下头去。

姑母说:"你的父母会允许么?你是一个有身分的人,我们是穷家呢。"

他没有说,而莲姑却睁大她的一双秀眼,向姑母痴娇的问,

"姑母,你怎样了?"

姑母却立了起来,一边说,悲感的:

"我是时刻担心你们三姊妹的终身大事。你们现在都长大了,可怜你们的父母都早死,只有我一人留心着你们,万一我忽然死去,你们怎么了?章先生是难得的好人,可惜我们太穷了。"

一边,她就向门外走出去,拭着她的老眼泪。这样,他走近莲姑,静静的立在她的身边,向她说:"妹妹,你不要急,我已写信到家里去了。父亲一定不会阻挠我们前途的幸福的。"

莲姑却慢慢的说:"章先生,恐怕我配你不上啊?"

他听了却非常不舒服,立刻用两手放在她的两肩上,问:

"妹妹,你不爱我么?"

她答:"只有天会知道我的苦心,我怕不能爱你。"一边红了眼圈,一边用她的两手取下肩上的他的两手。而他趁势将她的两手紧紧的捏住说:

"妹妹,不要再说陈腐的话了!我假如得不到你的爱,——万一你的爱更宝贵地付给理想的男子的时候,我也一定要得你大妹的爱;假如你大妹又不肯来爱我,我也定非你的小妹爱我不可!除了你们三姊妹,此外我是没有人生,也没有天地,也没有一切了!妹妹,你相信我罢,我可对你发誓。"

一时沉思深深地落在他俩人之间。当然,她这时是愿意将身前的这位青年,立刻变做她理想的丈夫的。

门外传来了貌姑的叫声:"章先生!章哥哥!"

于是他就将她的手放在嘴边吻了一吻，说：

"你的小妹回来了。"

一边，他就迎了出去。

继续一星期，他没有到她们的家来，老姑母就奇怪了，问莲姑道："章先生好久没有来，你前次怎样对待他的呢？"

莲姑没有答，蕙姑说道："真奇怪，为什么这样长久不来呢？莫非病了么？"

姑母又问蒵姑，这几天她有没有看见他在校里做些什么事情。蒵姑说："看见的机会很少，只见到两次，好似忧愁什么似的。夜里也并不教我们的书。对我也不似从前亲热。有一回，只说了一句，'小妹妹，你衣服穿得太少了'。一面就冷淡淡的走开。"

这几句话，简直似尖刀刺进莲姑的心。她深痛的想道："一定是他的父亲的回信来了，不许他自由呢，否则，他是快乐的人，决不会如此的愁虑。不过父亲就是不允许也该来一趟，说个明白。莫非从此不来了么？"

她隐隐地想到自己的运命上去，眼里似乎要流下泪，她立起走开了。她们也没有再说话，只有意的看守寂寞的降临似的。可是不到半点钟，他到了，他穿着一件西装大衣，一顶水手帽，盖到两眉，腋下挟着两罐食物，两盒饼干，跳一般地走到了。房内的空气一齐变换了，蒵姑走到他的面前，他向她们一看随即问：

"莲妹呢？"

姑母答："她在房内呵！"

而莲姑房内的声音："我就出来了。"声音有些战抖。一种悲感的情调，显然在各人的脸上。接着他就看见莲姑跑出来，她的眼圈是淡红的，哭过了，她勉强的微笑着。他皱了一皱眉，向她说："你也太辛苦了，时常坐在房内做什么呢？"

蕙姑说:"姊姊是方才进去的,我们正奇怪,你为什么长久不来呢?"

"呵,"他说,"我好久不来了。"

"你又忧愁什么呢?"

"唉,却为了一个题目呀。"他笑了起来,接着叙述的说,"你们知道么?此地中等以上各学校,要举行一次演讲竞赛会了。我已被选为德行中学出席的演讲员。你们也知道,这是一件难事罢?这和我的前途名誉是有关系的,所以为了一个题目,却预备了一整星期的讲稿。为了它,我什么都没有心思;所以你们这里也不能来了。明天晚上就是竞赛的日子,我带了三张的入场券来,你们三姊妹可以同去。地点在教育会大礼堂,那时有一千以上的人与会,评判员都是名人,是值得你们去参观一下的。竞赛的结果是当场公开的,假如我能第一,小妹妹,不知道你们也怎样快乐呢!"

姑母也就插嘴说:

"所以你不到这里来。即使第一,又有什么用呢?"

"第一当然是要紧的,"莲姑说,"一个人有几次的第一呢?我们女子,简直没有一次第一。"

他听了,心里觉得非常的舒畅。同时想,假如明天不第一,岂不是又失望又倒霉么?姑母一边忙碌起来,向屋内走动,于是他问:"姑母你忙什么呢?"

"你在这里吃了晚饭去。"

"不,校里还有事。"

"有这许多事么?现在已经是吃晚饭的时候了。"

"我就去,——姑母,这样罢,假如我明天竞赛会得到优胜了,后天到这里吃夜饭。你们庆祝我一下。"

她们都说好的。他看一看莲姑,似轻轻的向她一人说:"明天你一定要到会的。"

莲姑点一点头，他就走出来了。

三

演讲的结果是奇异的优胜的。全堂的拍手声，几乎集中在他一人的身上，给他收买去一样。许多闪光的，有色彩的奖品，放在他的案前，他接受全部的注目，微笑地将这个光荣披戴在身外了。一般女学生们用美丽的脸向他，而他却完全一个英雄似的走了出来。在教育会的门口，他遇见莲姑三姊妹，——她们也快乐到发抖了。他低声的向她们的耳边说。

"妹妹，我已第一了；记住，明天夜饭到你家里吃。"

他看她们坐着两辆车子，影子渐渐地远去了。他被同学们拥着回到了校内，疲乏的睡在床上，自己觉得前途的色彩，就是图画家似乎也不能给他描绘的如此美丽。"美人"，"名誉"，这真是英雄的事业呢！他辗转着，似乎他的一生快乐，已经刻在铜牌上一样的稳固。他隐隐的喊出："莲妹，我亲爱的，我们的幸福呵！"

第二天，他没有上了几点钟的功课，一到学校允许学生们自由出外的时候，他就第一个跑出校门。向校后转了两个弯，远远就望见莲姑三姊妹嬉笑的坐在门边。他三脚并两步的跳上前去，捉住了藐姑的脸儿，在她将放的荷瓣似的两颊上，他给她狂吻了一下。直到这位小妹妹叫起来，

"章先生，章哥哥，你昨夜得了一个第一就发疯了么？"

他说，"是呀。"

藐姑歪着笑脸说，"我假如是个男人，我要得第一里面的第一呢！像你这样说一下有什么希奇？倒还预备了一星期，聚眉蹙额的，羞煞

人。幸得没有病了还好！"

说着就跑进去。他在后面说："等一下我捉住你，看你口子强不强？"

她们也随即走进屋内。说笑了一回，又四人做了一回捉象棋的游戏。在这个游戏里，却常见他是输了的。每输一回，给她们打一次的手心。以后藐姑笑他说："亏你昨夜得了一个优胜，今天同我们比赛，却见你完全失败了！"

这样，他要吻她，她跑了。

吃晚饭的时候，他非常荣耀而矜骄地坐着。姑母因为要给这位未来的女婿自由起见，她自己避在灶间给他们烧菜蔬。他是一边笑，一边吃，想象他自己是一位王子，眼前三姊妹是三位美丽的公主。一边，他更不自觉地喝了许多酒。

吃完了饭，酒的刺激带他陶然地睡在一张床上，这是她们三姊妹的房内。藐姑也为多喝了一杯酒而睡去了，莲姑和蕙姑似看守一位病人似的坐在床沿上，脸上也红的似拈上两朵玫瑰，心窝跳动着，低着头听房外的自然界的声音。他是半意识的看看她们两人，他觉得这是他的两颗心；他手拽住被窝，恨不得一口将她们吞下去。他模糊的透看着她们的肉体的美，温柔的曲线紧缠着她们的雪似的肌肤上，处女的电流是非常迅速的在她们的周身通过。他似要求她们睡下了，但他突然用了空虚的道德来制止他。他用两手去捏住她两人的手，坐了起来，说："两位妹妹，我要回校去了。"

她们也没有说，也是不愿意挽留，任他披上了大衣，将皮鞋的绳子缚好，又呆立了一息，冲到门口。一忽，又走回来，从衣袋内取出一枚桃形的银章，递给莲姑，笑向她说："我几乎忘记了，这是昨夜的奖章，刻着我的名字，你收藏着做一个纪念罢。"

莲姑受了。夜的距离就将她们和他分开来。

第三天的下午，他又急忙地跑到她们的家里。姑母带着蕙姑和藐姑到亲戚那里去了。他不见有人，就自己开了门，一直跑到莲姑的房内。莲姑坐着幻想，见他进来，就立了起来。而他却非常野蛮的跑去将她拥抱着，接吻着，她挣扎地说："不要这样！像个什么呢？"

"什么？像个什么？好妹妹，你已是我的妻子了！"

一边放了手，立刻从衣袋里取出一封信。快乐使他举动失了常态。抽出一张信纸，蔽在她的眼前，一边说："父亲的信来了。"

"怎么呢？"

"他听到我这次竞赛会得了一个第一，他说，可以任我和你结婚，你看，这是我俩怎样幸福的一个消息呀？"

他想她当然也以这个消息而快乐。蜜语，微笑，拥抱，接吻，于是就可以随便地举行了。谁知莲姑颠倒的看了几看信，却满脸微红的愁思起来，忧戚起来，甚至眼内含上泪珠。他看着，他奇怪了，用两手挡着她下垂的两颊，向上掀起来，用唇触近她的鼻，问道："妹妹，你不快乐么？"

她不答。他又问："你究竟为什么呢？"

她还不答。他再问："你不愿么？"

"我想到自己。"她慢慢的说了这一句。

"为什么又想到你自己？想到你自己的什么？"

"我没有受过教育，我终究是穷家的女子，知道什么？你是一个……"

她没有说完，他接着说："你为什么常想到这个呢？"

一边从他的衣袋里掏出一方手帕，递给她，她将泪拭了，说："叫我用什么来嫁给你呢？"

"用你美丽的心。"

他真率的说了出来。她应："这是不值钱的。"

"除了这个，人生还有什么呢？最少在你们女子，还有什么更可以嫁给男人的宝物？"

"唉，我总这样想。姑母是昏的，不肯将我嫁给工人。但我想，我想，我们的前途未必有幸福。章先生，你抛开我罢！你为什么要来爱我？爱我？我连父母也没有，又没有知识。注目你的女学生们很多呢！请你去爱她们。将这封信撕了罢！抛开我罢！"

这样，她退到了床边，昏沉的向床卧倒。他也不安的走到她的身边，一时，他问："莲姑，你痴了么？"

"我不痴。"

"我有什么得罪了你么？"

"哪里。"

"那末，我无论怎样是爱你的！我只要你这颗美丽的心，我不要你其他一切什么，妆奁呀，衣服呀，都是没有意思的。"

停一会，又说："你若要知识，这是没有问题的。我一定送你入学校，我有方法，无论婚前或者婚后。"

她一时呆着没有话。当然，她听了这几句恳切的慰语，烦闷的云翳是消退了。他又说："妹妹，你有读书的志愿，更使我深深的敬佩你。不过知识是骗人的，假如你愿意受骗，这是一件容易的事，而且我们又年青，你如能用心，只要在学校三年，就什么都知道了。你也会图画，你也会唱歌，妹妹，这实在是容易的事。"一边他将手放在她的肩上，凑近说，"你真是一个可爱的人呢！妹妹，现在我求你……"

她是低头默想着。但这时，她似决定了，——早年她所思索的，以及她姑母所盼望的所谓她的理想的丈夫，老天已经遣"他"来补偿这个空虚的位子了。她似乎疑心，身边立着的多情而美貌的青年，是她眼光恍惚中的影子，还是胸内荡漾着的心？一息，她娇憨而微笑的问："你求我什么呢？"

"我求你。"他简直似小孩在母亲身边一样。

"什么呢？"

他将口子去接触她玫瑰的唇边，颤动说："求你快乐一些。"

"我已经快乐了。你岂不是看见我在微笑么？"

她一边用手推开他的脸颊。

四

以后，四周的恶毒的口子，却随着他和莲姑的爱情的加增而逼近了。同学们责难他，校外的人们非议他。姑母听得不耐烦，私向莲姑说，"姑娘，你也知道外界的议论么？章先生到我们家里来的次数实在太多了。下次来，你可以向他说，请他努力读书，前途叙合的时候正多哩，现在不可消磨志向，还得少来为妙。姑娘，这不是姑母不喜欢你们要好，你看，我们这个冷静的家，他一到，就有哈哈的大笑声音了，不过别人的话是无法可想。况且你们也都还年轻呢！"莲姑听了这段话，气得脸上红热了。表面虽还是忍受，心里却想反抗了，"我们已经商量过，我们只有自己的幸福，我们没有别人的非议。别人是因为没有幸福而非议的，假如他们自己也在这样幸福的做，他们也憎恶别人的非议了。"但这全是纯粹幼稚的心，他们不知道社会的非议，立刻可以驱走幸福的；而且从此，幸福会永远消灭了。没有过了几天，他就被校长先生叫到校长室。老校长拨动胡须，气烘烘的严酷而又带微笑的向他说："你是一个好学生，但你们的学生会将你弄坏了！什么自由出入，什么女子夜校，现在，你的名誉好么？恐怕你的竞赛会第一的荣誉，早已被一个土娼式的女子窃取去还不够了！不，是你自己甘心送给她的。社会的舆论是骂你，也骂我；当然，是骂我'管教不严'。不过，我要在这个学校做校长，免不了别人的责难。你呢，你年青，又聪明，有才干，总值得为前途注意一下，以后不要到她们，土娼式的家里去才好。"

他从来没有受过这样的侮辱，况且又侮辱他神圣的恋人，他气极了！两眼火火地对校长说："校长，你只要问我的学业成绩怎样，犯了学校的何项规则就够！假如我并没有犯规则，成绩又是及格的，那我爱了一个女子，和一个我要她做妻子的姑娘恋爱，这是我终身的大事，你不能来干涉我！就是我的父母也来信给我婚姻自由了！"

说完，他就转身向门外走了。

一星期后，中学发生风潮了。这位顽固的老校长，有解散学生会所办的平民女子夜校的动议，——当然，也因平民夜校的教员，爱上平民夜校的女生的谣言，一对一对的起来太多了。平民夜校里的重要人物，多是学生会里面的委员，于是学生会就立刻开会，提出十几条对于学校的要求来。什么经济公开，什么择师自由，于是校长更老羞成怒，——还因第二天早晨，校长揭示处贴着张很大的布告，上写"只准教员宿娼，不许学生恋爱"十二个大字，下署"校长白"。被一位教师看见，告诉校长，校长怒不可遏，就下了一道以学风嚣张为理由，解散学生会的命令。于是学生以为压迫全体的学生，群起反对。接着，校长就出了一张严重的布告，在布告后面，斥退了十六个学生，列着十六个名字，不幸第一名就是他的。他一见，心就灰冷，他觉得他是十分冤枉。他因为爱莲姑的心深切，不能不对于家庭讨点好感，对于学校处顺从的地位。处处想和校长避免了误会，当学校有解散学生会的议案时，他就向学生会辞去执行委员的职，这时被同学们责难了许多话。十几条要求：他并没有提议过一条，甚至同学们表决举手的时候，他也低头沉默着，不置可否。虽则平日他是一个意气激昂的人，到这时他终究知道任性会妨碍他和莲姑的结婚；一时的冲动，会将他的永久的幸福破坏了。所以几次当学生大会时，他想发表一点于校长不利的意见，却几次似莲姑在身边阻止一样，"不要宣布罢，这样我们会被拆散了！"将他锐气所激动的要发音的喉舌，几次的压制下去了。可是校长竟凭情感做事，以他列在斥退榜上的首名，这不能不使他由悲愤而气恨了！当时的错误是在这一点：他这级的级任先生是非常钟爱他的，私向他说，"你单独去请求校长，向校长上一封悔过书。一面我再代你解释误会。现在已经是阴历十一月半，离放假只有一月。你先回家去，明年再来，不使你留级，只要半年，仍旧可以毕业了。你听我的话，上一封悔过书，"他当时竟赌气回答道，"我有什么过？叫我上悔过书？他对学生冤枉了，就不能出一张赦免的布告么？不毕业就是，我无过可悔。"他非特不听这位级任先生的话，反将风潮鼓动的更大起来：捣毁校长室，驱逐校长，学生会组织自卫队管守校门，不准校长的一党入校，一边向省长公署教育厅请愿，下免校长职令；分发传单，向各校请求援助；种种，他竟是一个领导的角色了。结果呢，他和他们被警察驱逐出校，勒令回籍，好像押解犯人一样，将他送上沪杭车，竟连别一别莲姑都不能，一直装到上海了。

　　他是气弱的在上海马路上奔走了一星期，他心里非常的悲伤，失了他的莲姑似乎比失了他的文凭更厉害。他决计要报这次的仇，他不回家去，筹借了二百元钱，预备到北京入什么大学，以备三年后自己要来做德行中学的校长。在他未往北京的前几天，顾念他心爱的莲姑，他偷偷的仍回到杭州，别一别他未来的妻子。

　　风潮的消息，也一条一条的传到她们三姊妹的耳里了。开始是说学生不上课了，接着是说他被校长斥退了，结果是说他被负枪的警察逼迫着走上火车，充军似的送到远处去了。姑母当初听了，战抖的叫藐姑到校里来打听，而藐姑打听了以后，竟吓的两腿酸软了走不回去。她哭着向她的姑母和姊妹们说，"章先生是不会再到我们家里来了！他绑在校内的教室边的柱子上，好像前次我看见的要枪毙的犯人一样了！章先生的脸孔青白，两眼圆而火一样可怕，章先生恐怕要死了！"这几句话，说的姑母她们都流起泪来；莲姑的心，更似被刀割下，放在火上烧一般,她几乎气殪过去。这样,她们在悲伤与想念中,做事无心的,只等待他的消息,无论从哪一方向来,报告他身体的平安就是。

莲姑有时嚼了两口饭,精神恍惚的向她姑母说:"姑母,章哥是有心的人,不久总有信来罢?大概总回到家里去了,不会生病么?他不会把我们甩掉的!"

姑母嗳嚅的安慰她:"是的,是的,是的,邮差走过门口,我就想交给我一封从章先生那里寄来的信才好呢!不过三天之内总会有的。"

蕙姑说:"也许他身体气坏了,病了;也许他从此父母就压迫他,不许他讲什么自由;也许,也许……"

"也许什么呢?姊姊!"藐姑问。

"也许怪我们了,不愿再和我们来往了。"

"什么缘故呢?姊姊!"藐姑又问。

"人家都说他是为了我们才斥退的!"

"为了我们才斥退的?"

"是呀!"

"那末一定不再来了!"

"难说。"

各人一时默然,眼眶上又要上泪了。

五

她们这样盼望了几天,声息终究如沉下海底的钟一样。一天傍晚,在莲姑仿佛的两眼内,他分明的走到她的前面来了。他很快的走,走到了她的身边,将遮住到眼睛以防别人看见的帽子,向上一翻,露出全个苦笑的脸来。在她的眼内,脸比从前清瘦许多了。莲姑一时战抖起来,垂下头,说不出话,只流泪的。他用手去弹了她颊上的泪,姑母进来了，立刻大喊："章先生，你来了么？"

"来了，"他说，"让我休息一下罢。"

他就走向莲姑的床边，睡倒，脸伏在被上，悲伤起来。姑母说："让你休息一下罢，你们还是孩子呢！"

她又避开出去，好象避了悲哀似的。莲姑走到他的身边，坐上，向他问："你没有回到家里去过么？"

"没有。"

"这许多天在什么地方呢？"

"上海。"

"什么时候回来的呢？"

"就是此刻。"

"你来看我们的么？"

"为你来的。"

静寂一息，她又问："你能在这里住长久么？"

"不能。"

"打算怎样呢？"

"到北京去。"

"到北京去么？"

莲姑的声音重了，在她，北京就和天边一样。他答："是的，我没处去了。家里，我不愿去，无颜见父母了。还是到北京去，努力一些，再回到这里来和你结婚，争得一口气。"

"过几时回来呢？"

"总要三年。"

"三年？"

"三年，那时我二十五岁，你呢，二十三岁，——不过两年也说不定。可以什么时候早回来，我还是早回来的。"

这样，莲姑是坐不安定了，将头伏在他的胸上，呜咽的："哥哥，你带我同去罢！你带我同到北京去罢！我三天不见你，就咽不下饭了，三年，三年，叫我怎样过得去呢？哥哥，你带我同去罢！"

他这时似乎无法可想，坐起来说："好的，再商量罢。妹妹，你不可太悲感，你应该鼓励我一点勇气才好。"

姑母拿进茶来，蕙姑也在后面跟进来，她一句不响的坐在门边，莲姑就向她的姑母说："姑母，章先生说要到北京去呢！"

姑母也大惊问："到北京去？什么时候去呢？"

"在这里住三天。就要动身了。"

"什么时候回到这里来呢？"

"三……我想将莲姑……不，再说罢！"

他就将头靠在床边，凝视着不动了。姑母悲伤的摇摇头，好似说："那末我的莲姑要被你抛弃了！"

一过她开口道："章先生，你为什么要闯这个祸啊？我们听也听得心碎了。"

他垂着头说："变故要加到你的身上来，这是无法避免的。"

房内沉静了一息，蕙姑说道："章哥哥，你可以在这里多住一下么？"

"不能，我一见这座学校，就气起来。而且住的长久，一定会被他们知道，又以为我来鼓动同学闹风潮了。"

停了一息，又说："我想早些到北京去，也想早些回来，中间我当时时寄信来。除了你们三姊妹，我再没有记念的东西了。"

这样，他又凝视着不说。

莲姑这时也深深地在沉思：眼前的这位青年，是她可爱的丈夫，她已委身给他了。除了他，她的前途再也不能说属于谁人。可是他俩的幸福生活还未正式的开始，苦痛已毫不客气地将他们拉得分离开来了。他从此会不会忘记了她！这实在无人知道，三年的时间是非常悠远的。她求他同他去，这是一个梦想，她还不是一位女孩儿么？经济与姑母们又怎样发付呢？她不能不感受心痛了！她想，莫非从此她就要落到地狱里去么？但他若真的忘了她，她也只好落到地狱里去，去受一世的罪孽，她已不愿再嫁给谁了。——这时，她抬头看一看身边的他，谁知他也想到了什么，禁不住苦痛的泪往眼角冲上来了。他转一转，斜倒头说："给我睡一睡罢！不知怎样，我是非常地疲倦了！"

姑母也受不住这种凄凉的滋味，开口说："你们姊妹应当给章先生一点笑话，章先生到北京去还要等到后天呢。"

恰好这时，薇姑从外边回来，这位可爱的小妹妹，她却来试着打破这种沉寂的悲情的冰冻了。她不敢声张的起劲说："章先生，你偷偷的来了么？警察会不会再将你捉去？"

"不会的，小妹妹，你放心。"

他随取她的手吻了一吻。始终，他知道他在她们三姊妹中是有幸福的。一边，这位姑母去给他们预备晚饭了。

夜色完全落了下来。

六

他在她们家中这三天的生活，是他和这三姊妹间可以发生的快乐，他们都尽力地去找寻到了。他们竟似有意将这三天的光阴，延长如三年，三十年似的，好像从此再不会回来了的幸福，他们要尽力在其间盘桓一下。谈，笑，接吻，拥抱，他们样样都做遍了；他们的笑声，有时竟张到口子再也张不开来为止。冬天的晚上，似乎变做春天的午后。在他，这次斥退的代价实在有了。可是光阴是件怪物，要它慢，它偏快的使人不能想象。现在，他终于不得不走了。

在这中间，他向她们誓言，尤向莲姑指着心说，——他永不忘记她们了,除非这颗心灭去,他以后按每次星期天的早晨,或长或短的总有一封信来,报告他的近况和安慰;她可以按着一定的时间,向邮差索取的。一到明年暑假,他决定再回到杭州来走一趟,会见这三位刻在他一生的心碑上的姊妹。这都可以请她们放心的,而且可以望她们快乐的,他向她们深切地说过了。

他要走了,似一个远征军出发时的兵士,勇敢而又畏惧的。她们送着他,也似送一个人去冒险一样,战跳着失望的心。他是乘夜班火车回到上海,为要避免人们的看见。当吃这餐晚饭时,她们仍想极力勉强的说笑一番,他也有意逗她们玩,可是在莲姑,笑声终究两样了。她想她渺茫的前途,自己能力的薄弱,又看看眼前这位爱人,是不是到底被她捉住的,这只有天知道。她不敢自由的悲伤起来,他可以从她的做作的脸上看出,而泪珠始终附和着大家的笑声而流下来了。三姊妹送他到火车站,背地里莲姑向他说:"哥哥,愿你处处留着我的影子,我的心是时刻伴在你的身边的。"

他紧急的回答了一句:"假如上帝不相信有真爱情存在的时候,你就出嫁罢!"

火车的汽笛简直吹碎了莲姑的心,火车轮子的转动,也似带了她在转动一样。他这时的眼中,火车内也不仅是一个他,处处还有莲姑呢?

但"时间"终使别离的人感到可怕。

他到了北京以后,开始他的约是守的,除了读书和接洽入学校的事以外,他都用他纯洁幼稚的心来想到莲姑,摹拟她的举动,追求她的颜色,有时从书里字行内也会看出她的影子,路边的姑娘,也会疑作她的化身的。在两个月之内,竟发出了八封信,里面可以叫作"爱情的称呼"的字眼,他都尽量拣选的用上去,而用完了。

两个月之后,倦怠的冷淡的讥笑来阻止他,似叫他不要如此热情而努力。从莲姑手里得来的回信,只有两封,每封又只有寥寥几行字,爱情并不怎样火热地在信纸上面跳跃,而且错字减去她描写的有力。当他一收到她的第一封信时,他自己好似要化气而沸腾了。他正在吃晚饭,用人送进粉红色的从杭州来的洋封的信。他立刻饭就咽不下去了!他将这口饭吐在桌上,怀着他的似从来没有什么宝贝比这个再有价值的一封信,跑到房内。可是当他一拆开,抽出一张绿色的信纸时,他的热度立刻降下来,一直降到冰点以下!他放这封信在口边,掩住这封信哭起来了。他一边悲哀这个运命将他俩分离开来,一边又感到什么都非常的失望。在这中间,他也极力为他的爱人解释,——她是一个发表能力不足的女子,她自己也是非常苦痛的,他应该加倍爱她。他可以责备社会的制度不好,使如此聪明的女子,不能求学;他不能怪他的爱人不写几千字的长信,在信里又写上错字了。当初她岂不是也向他声明她是一个无学识的女子么?他决计代她设法,叫她赶紧入什么学校,他在两个月后的第一封信,明明白白的说了。不知怎样,几个月以后,信是隔一月才写一封了。暑假也没有回到杭州来,在给莲姑的信上的理由,是说他自己的精神不好,又想补修学校的学分,所以不能来。实在,他是不想来了!几时以前,他又收到他父亲寄来的一封信,信上完全是骂他的词句,说他在外边胡闹,闹风潮,斥退,和人家的姑娘来往,这简直使这位有身分的老人家气的要死!最后,他父亲向他声明,假如他再不守本分,努力读书,再去胡作胡为,当停止读书费用的供给,任他流落去了。这样,他更不能不戒惧于心,专向学问上面去出点气。对于莲姑的写信,当然是一行一行的减短下来了。在高等师范里,他算是一位特色的学生。

所谓神圣的恋爱,所谓永久的相思,怕是造名词的学者欺骗他那时的!否则,他在北京只有四年,为什么会完全将莲姑挤在脑外呢?为什么竟挨延到一年,不给莲姑一条消息呢?莲姑最后给他的信,岂不是说的十二分真切么?除了他,她的眼内没有第二个男子的影子,而他竟为什么踌躇着，不将最后的誓言发表了呢？家庭要给他订婚时，他为什么只提出抗议，不将莲姑补上呢？虽则，他有时是记起这件婚事的，但为什么不决定，只犹豫着，淡漠的看过去呢？他要到杭州来才和她结婚，这是实在的，但他莫非还怀疑她么？无论如何，这是不能辩护的，莲姑的爱，在他已感觉得有些渺茫了。他将到杭州来的几个月前，他也竟没有一封快信或一个电报报告她。爱上第二个人么？没有真确的对象。那末他是一心一意在地位上想报以前被斥退的仇了？虽然是如此，"杭州德行中学校新校长委任章某"这一行字已确定了。但人生不是单调的，他那时就会成了傻子不成么？

七

隔离了四年的江南景色，又在他的眼前了。

他到了杭州有一星期。在这一星期中，似乎给他闲暇地打一个呵欠的功夫都没有。他竟为校事忙得两眼变色了。这天晚上，他觉得非去望一望莲姑不可。于是随身带了一点礼物，向校后走去。全身的血跟着他的脚步走的快起来。路旁的景物也没有两样，似乎生疏一些。他想象，莲姑还是二十岁的那年一样，美丽而静默的在家里守着。他又勇敢起来，走快了几步，一直冲进她们的门。房内是黑漆漆的，似比以前冷落一些。蕙姑坐在灯下，他这时立刻叫道，

"蕙姑，你好么？"

蕙姑睁大眼向他仔细一看，说："你是章先生？"

"是。"他答。

蕙姑立刻从里边追出来，他转头一看，稍稍惊骇了一息，伸出他的两手，胡乱的叫出："莲姑！你……"

声音迟呆着没有说完，蕙姑说："章先生，她是蕙姊呀！"

"你是谁？"他大惊的问。

"我是藐……"声音有些哽咽了。

"藐姑！你竟这么大了么？"

"是呀，我们已四年不见面了！我十八岁了，二姊二十一岁了。"

"你的大姊呢？"他昏迷的问。

"大姊？"

"是，莲姑？"

"她，她，……"藐姑一边想，一边吞吐的说，"她已经二十四岁了！"

"啊，好妹妹，我不问年纪，我问你的大姊到哪里去了？"

"唉？"

藐姑骇怪的回问。他立刻想冲进莲姑的房里，她又气喘的叫，

"章先生！"

"什么？"

"大姊不在了！"

"死了么？"

"已经出嫁了！"

"你说什么？"

"出嫁六个月了。"

"出嫁六个月了？"

他回音一般的问。藐姑缓缓的说："你一年来，信息一点也没有。大姊是天天望，天天哭的。身子也病过了，你还是没有消息，有什么方法呢？大姊只得出嫁了，嫁给一个黄胖的商人，并不见得怎样好。"

藐姑不住地流出泪，他也就在门边的门限上坐下了。他将头和手靠在门边，痴痴地说："梦么？我已经说不出一句话来了！"

蕙姑苦痛地站在他的身边，而这位老姑母适从外面进来。藐姑立刻向她说，"姑母，章先生来了。"

"谁？"

"就是我们以前常常记念的章先生。"

"他？"姑母追上去问了一声。

他没精打采的转过头说："姑母，求你恕我！你为什么将莲姑嫁了呢？"

"章先生！你为什么一年多不给我们一点消息呀？我们不知道你怎样了？莲姑是没有办法……"

"我以为莲姑总还是等着的，我可以等了莲姑四年，莲姑就不能等了我四年么？"

"你还没有结婚么？"姑母起劲的问。

"等了四年了！因为我决意要找一个好地位，等了四年了！现在，我已经是，……可是莲姑出嫁了！我为什么要这个？"

姑母停了一息，问："章先生，你现在做了什么呢？"

"前面这个中学的校长。"

"你做大校长了么？"

老人苦笑出来。他颓唐的说：

"是，我到这里已一星期。因为学校忙，才得今晚到你们家里来。谁知什么都不同了！"

老人流出泪来叫道："唉！我的莲姑真薄命啊！"

他一边鼓起一些勇气的立了起来，说："姑母，事已至此，无话可说。我将这点礼物送给你们，我要走了。"

一边手指着桌上的两包东西，一边就开动脚步。藐姑立刻走上前执住他的手问："章先生，你到哪里去呢？"

"回到校里去。"

"你不再来了么？"

他向含泪的藐姑看了看，摇一摇头说："小妹妹呀，你叫我来做什么呢？"

他就离开她们走出门了。

八

当夜，他在床上辗转着，一种非常失望的反映，使他怎样也睡不去。他觉得什么都过去了，无法可想，再不能挽救，——莲姑已嫁给一位不知如何的男子，而且已经六个月了。他想，无论如何，莲姑总比他幸福一些。譬如此时，她总是拥抱着男人睡，不似他这么的孤灯凄冷，在空床上辗转反侧。因此，他有些责备莲姑了！他想女子实在不忠实，所谓爱他，不过是常见面时的一种欺骗的话。否则，他四年可以不结婚，为什么她就非结婚不可呢？她还只有二十四岁，并不老，为什么就不能再等他六个月呢？总之，她是幸福了，一切的责备当然归她。他这时是非常的苦痛，好似生平从没有如此苦痛过；而莲姑却正和她的男人颠倒絮语，哪里还有一些影子出现于她的脑里，想着他呢！因此，他更觉得女子是该诅咒的，以莲姑的忠贞，尚从他的怀里漏出去，其余还有什么话可说呢？他想，他到了二十六岁了，以他的才能和学问，还不能得到一个心爱的人，至死也钟情于他的，这不能不算是他人生不幸的事！他能够不结婚么？又似乎不能。

这样，他又将他的思路转到方才走过的事上去。他骇异蕙姑竟似当年的莲姑一样长，现在的藐姑还比当年的蕙姑大些了。姊妹们的面貌本来有些相象，但相象到如此恰合，这真是人间的巧事。他在床上苦笑出来，他给她们叫错了，这是有意义的；否则，他那时怎么说呢？这样想了一息，他轻轻地在床上自言自语道："莲姑已经不是莲姑了，她已嫁了，死一样了。现在的蕙姑，却正是当年的莲姑，我心内未曾改变的莲姑。因为今夜所见的藐姑，岂不是完全占着当年蕙姑的地位么？

那末莲姑的失却，为她自己的幸福，青春，是应该的。莫非叫我去娶蕙姑么？"

接着他又想起临走藐姑问他的话，以及蕙姑立在他身边时的情景。这都使他想到处处显示着他未来运命的征兆。

房内的钟声，比往常分外的敲响了两下。他随着叫起来："蕙姑！我爱你了！"

一转又想："如此，我对蕙姑的爱情，始终如一的。"

他就从爱梦中睡去了。

第二天一早就起来，洗过脸，无意识的走到校门，又退回来。他想，"我已是校长了，抛了校务，这样清早的跑到别人的家里去，怕不应该罢？人家会说笑话呢？而且她们的门，怕也还没有开，我去敲门不成么？昨天我还说不去的呢！唉，我为爱而昏了。"

他回到校园，在荒芜的多露的草上，来回的走了许久。

校事又追追他去料理了半天。下午二时，他才得又向校后走来。态度是消极的，好像非常疲倦的样子。他也没有什么深切的计划，不过微微的淡漠的想，爱情是人生之花，没有爱情，人生就得枯萎了。可是他，除了和莲姑浓艳一时外，此外都是枯萎的。

路程是短的，他就望见她们的家。可是使他非常奇怪，——他从来没有看见过她们的家有过客，这时，这位姑母却同三位男子立在门口，好像送他们出来的样子，两位约五十年纪的老人，一位正是青年，全是商人模样，絮絮的还在门口谈判些什么。他向他们走去，他们也就向他走来。在离藐姑的家约五十步的那儿，他们相遇着。他很仔细地向他们打量了一下，他们也奇怪地向他瞧了又瞧。尤其是那位青年，走过去了，又回转头来。他被这位姑母招呼着，姑母向他这样问道："章先生，你到哪里去呢？"

他觉得非常奇怪，因为姑母显然没有欢迎他进去的样子。而他却爽直的说,"我到你们家里来的。"

姑母也就附和着请他进去。同时又谢了他昨天的礼物,一边说:"章先生太客气了,为什么买这许多东西来呢?有几件同样的有三份,我知道你是一份送给莲姑的。现在莲姑不在了,我想还请章先生拿回去,送给别个姑娘罢。"

他听了,似针刺进他的两耳,耳膜要痛破了。他没有说话,就向蕙姑的房里走进去。蕙姑和薇姑同在做一件衣服,低着头,忧思的各人一针一针的缝着袖子。姑母在他的身后叫:

"蕙姑,章先生又来了。"

她们突然抬起头,放下衣服,微笑起来。

他走近去。他这时觉得他自己是非常愚笨,和白痴一样。他不知向她们说什么话好,怎样表示他的动作。他走到蕙姑的身边,似乎要向她悲哀的跪下去,并且要求,"蕙姑,我爱你!我爱你!你真的和你姊姊一样呢!"但他忧闷地呆立着。等蕙姑请他坐在身边,他才坐下。薇姑说道:"章先生,你送我们的礼物,我们都收受了。可是还有一份送给我大姊的,你想怎样办呢?"

"你代我收着罢。"他毫无心思的。

薇姑说,"我们太多了,收着做什么?我想,可以差人送去,假如章先生有心给我姊姊的话。"

"很好,就差人送去罢。"他附和着说。

姑母在门外说,摇摇头:"不好的,那边讨厌的很呢!"

蕙姑接着说,"还是以我的名义送给姊姊罢。我多谢章先生一回就是了。等我见到姊姊的时候,我再代章先生说明。"

他眼看一看她,苦笑的,仍说不出话。许久,突然问一句:"我不能再见你们的姊姊一次么?"

蕙姑答,"只有叫她到此地来。"

这位姑母又在门外叹了一口气说："不好的，那边猜疑的很呢！丈夫又多病，我可怜的莲姑，实在哭也不能高声的。"

他似遍体受伤一样，垂头坐着。蘹姑向他看一看，勇气的对门外的姑母说，"姑母，姊姊并不是卖给他们的，姊姊是嫁给他们的！"

老妇人又悲叹了一声说：

"小女子，你哪里能知道。嫁给他，就和卖给他一样的。"

姊妹们含起眼泪来，继续做她们的工作。他一时立起来，搔着头在房内来回的走了两圈。又坐下，嗤嗤的笑起来。他非常苦痛，好象他卖了莲姑去受苦一样。一息，他聚着眉向蘹姑问："小妹妹，你大姊没有回来的时候么？"

"这样，等于没有了！谁能说我大姊一定什么时候回来呢？"

他觉得再也没有话好说，他自己如冰一般冷了。他即时立起来说："还有什么好说呢？——我走了！"

蘹姑却突然放下衣服，似从梦中醒来一样，说："再坐一息罢，我们已经做好衣服了。"

他又在房内走了两步，好似彷徨着没有适当的动作似的。一时，他问，方才这三位客人是谁？但她们二人的脸，似经不起这样的袭击，红了。蘹姑向她的姊姊一看，他也向蕙姑一看，似乎说："事情就在她的身上呢！"

他的脸转成青色了。他退到门的旁边，昏昏的两眼瞧住蕙姑，他觉得这时的蕙姑是非常的美，——她的眼似醉了，两唇特别娇红，柔白的脸如彩霞一样。但这个美丽倒映入他的心中，使他心中格外受着苦痛。他踌躇了，懊伤了，十二分的做着勉强的动作，微笑的向她们说："我要走了，你们做事罢。我或者再来的，因为我们住的很近呢！"

她们还是挽留他，可是他震颤着神经，一直走出来了。

九

路里,他切齿地自语,不再到她们的家里去了!蕙姑想也就成了别人的蕙姑,她家的什么都对他冷淡的,他去讨什么?藐姑还是一位小姑娘,总之,他此后是不再向校后这条路走了。

他回到了校里,对于校里的一切,都有些恼怒的样子。一个校役在他房里做错了一点小事,他就向他咆哮了一下。使这位校役疑心他在外边喝了火酒,凝视了半分钟。他在床上睡了一息,又起来向外面跑出去。他心里很明显的觉得,——一个失恋的人来办学校,根本学校是不会办好的。但他接手还不到十天,又怎么便辞职呢?

他每天三时后到校外去跑了一圈,或到有妻子的教师的家里瞎坐了一息,为要镇静他自己的心意。在他的脑里,他努力的要将她们三姊妹的名字排挤了。

这样又过了一星期。一天,他刚穿好漂亮的衣服,预备出去,而藐姑突然向他的房里走进来,叫他一声:"章先生!"

他转过眼,觉得喜悦而奇怪,呆了一忽,问:"藐姑,你来做什么呢?"

藐姑向他庄皇的房的四壁看了一看,说:"姑母因为你送我们许多东西,想不出什么可以谢谢你,所以请你晚上到我们家里吃便饭。你愿意来么?"

"心里很愿意,可是身体似乎不愿意走进你的家里了!"

"为什么呢?"藐姑奇异的问。

他说,"一则因为你的大姊出嫁了,二则你的二姊又难和我多说话。总之,我到你们家里来,有些不相宜的了。"

藐姑当时附和说:

"这因为章先生现在做了校长了！"

他突然将藐姑的两手执住，问她："小妹妹，这是什么意思呢？"

藐姑抽她的手说："你今晚早些就来罢，现在我要回去了。"

他还是执住的说："慢一些，我有话问你。而且你若不正经的答我，我今晚是不来了，也永远不到你们家里了。"

"什么呢？"她同情的可爱的问。

他急迫的茫然说出："你的蕙姊对我怎么样？"

藐姑的脸红了，娇笑的："这叫我怎样回答呢？章先生。"

他也知道说错了，改了口气说："小妹妹，这样问罢，你的蕙姊有没有订过婚呢？"

"还没有。"

"那末前次的三人是什么人呢？"

"两位是做媒的，一位是看看蕙姊来的。"

"事情没有决定么？"

"似乎可以决定了。"

他立刻接着问："似乎可以决定了？"

藐姑笑一笑，慢慢的说："姑母因为她自己的年纪老，姊姊的年纪也大了，就想随随便便的快些决定，许配给一位现在还在什么中学读书的。不知什么缘故，前次来过的两位媒人，昨天又来说，说年庚有些不利，还要再缓一缓。这样看来，又好像不成功了。"

"又好像不成功了么？"

他追着问。藐姑答："又好像不成功了！"

这时，他好像骄傲起来，换了一种活泼的语气说："嫁给一个中学生有什么意思呢？你的姑母也实在太随便了。"

藐姑低头娇羞的凄凉的说："我们太穷了，又没有父母，谁看重呢！"

他深深的感动了,轻柔的问她说:"小妹妹,你此刻回去罢,我停一下就来了。"

貌姑转了快乐的脸色,天真地跑出去。他又跌在沙发上,沉思起来。

十

他在这次的晚餐席上,却得到了意外的美满。蕙姑的打扮是简单的,只穿着一件青色绸衫,但显出分外的美丽来,好似为他才如此表情的。姑母也为博得他的欢心似的,将许多菜蔬叠在他的饭碗上,而且强他吃了大块的肉。她们全是快乐的样子,在蕙姑虽有几分畏缩,但也自然而大方的。貌姑说了许多有趣的话,使大家笑的合不拢口;似乎姑娘们不应该说的话,她也说出来了,使得她姑母骂她,她才正经地坐着。他在这个空气内,也说了许多的话。他详细地说他家庭的近况,报告了他在北方读书的经过,及到这里来做校长的情形,并他眼前每月有多少的收入。总结言之,他说他这种行动,似乎都为莲姑才如此做的;没有莲姑,他当变得更平凡,更随便了。但莲姑终究不告知他而出嫁了!幸得这消息是到了她们家才知道,假如在北京就知道,他要从此不回到杭州来了。他有几句话是说得凄凉的,断断续续的;但给这位姑母听了,十分真切;也就对他表示了一番不幸的意思。老姑母低下头,他就提出,在这个星期三要和蕙姑貌姑去游一次湖,姑母也答应了。

星期三隔一天就到,他一句话也不爽约的同她们在湖里荡桨。秋阳温艳的漫罩着全湖,和风从她们的柔嫩的脸边掠过,一种微妙的秋情的幽默,沉眠在她们的心胸中。他开始赞了一套湖山之美,似间接的赞美蕙姑似的。接着就说了许多人生的问题,好像他是属于悲观哲学派。但这是他当时的一种做腔,他是一个乐天的人,肯定而且向前的。他所以说，"做人实在没有意思，"是一种恳求的话，话的反面就是，"只有爱情还是有些意思的。"不过蕙姑姊妹，并不怎样对于这种问题有兴趣，她们对于他的话，总是随随便便的应过去了。

荡过了湖，他们向灵隐那边去。太阳西斜了一点，她们选择一所幽僻的山边坐着。蕙姑坐在一株老枫树底下一块白石上，盘着腿，似和尚参禅一般。他在她的身边偎卧着，地上是青草，他用手放在她的腿上。蘋姑，聪明的女孩子，她采摘了许多野花，在稍远的一块地上整理它们。这时他仰起头向蕙姑说："妹妹，你究竟觉得我怎样？"

蕙姑默然没有答。他又问："请你说一句，我究竟怎样？"

蕙姑"哈"的笑了一声，羞红着脸，说："你是好的。"

他立刻坐了起来，靠近她的身边，就从他的指上取下一只金的戒指，放在她的手心内，说："妹妹，你受了这个。"

"做什么呢？"她稍稍惊异的问他。

"爱的盟物。"他答。

她吃吃的说："章先生，这个……请你将这个交给我的姑母罢。"

一边她执着那个戒指，两眼注视着。他随即微笑的用手将那只戒指戴在她的左手的无名指上。同时说："我要交给你，我已经戴在你的指上了。你看，这边是一个爱字，那边有我的名字。"

蕙姑颤荡着心，沉默了许久。她似深思着前途的隐现，从隐现里面，她不知是欢笑的，还是恐怖的，以后，她吞吐的问："章先生，你为什么不差人向我姑母说明白呢？"

"我是赞成由恋爱而结婚的，我不喜欢先有媒妁。假如妹妹真的不爱我，那我们就没有话了！"

可是蕙姑叹息说："姊姊也是爱你的，你和姊姊也是恋爱呢，但姊姊和你还是不能结婚。"

他说，"这是你的姊姊不好，为什么急忙去嫁给别人呢？我是深深地爱你的姊姊的,我到现在还是独身啊!"

蕙姑苦痛的似乎不愿意的说:"你一年没有信来,谁知道你不和别人订婚呢?你假如真的有心娶我的姊姊,你会不写一封信么?现在姊姊或者有些知道你来做校长,不知姊姊的心里是怎样难受呢!姊夫并不见怎样好,他是天天有病的!"

她的眼泪如水晶一般滴下,他用手攀过她的脸说:"不要说,不要说,过去了的有什么办法呢?还有挽救的余地么?我希望你继你的姊姊爱我,你完全代替了你姊姊。否则,我要向断桥跳下去了!"

这样,两人又沉寂了一息。这时也有一对美貌的青年男女,向他们走来。又经过他们的身边,向更远的幽谷里走去。四人的眼全是接触着,好像要比较谁俩有幸福似的。

蕤姑理好了她的野花,走近他们说:"姊姊,我们可以回去罢?"

他也恍惚的看了一看他的表说:"回到孤山去走一圈,现在是四点少一刻。"

一边,两人都立起身子。

十一

从此以后,挫折是完全没有了。爱神是长着美丽的翅膀飞的,因此,他和蕙姑的进行,竟非常的快,俨然似一对未婚的夫妻了。蕙姑对于他,没有一丝别的疑惑,已完全将她自身谦逊的献给他了。他骄傲的受去,也毫不担心的占领了她。他每天必从校门出来,向校后走,到她们的家里。在那里也是谈天,说笑,或游戏;坐了许久,才不得已的离开她们,回到校内。这已成了他的习惯了,他每天到她们的家里一次,就是下雨,还是穿起皮鞋走的。姑母的招待他,更和以前不同了,细心的,周密的,似一位保姆一样,而且每天弄点心给他吃,使他吃得非常高兴。

　　一面，他和蕙姑就口头订下结婚的条件了。他已向她们表示，明年正月在杭州举行婚礼，再同蕙姑回家一次，住一星期，仍回到杭州来。一面，他供给这位姑母和蕙姑每月几十元的生活费，并送蕙姑到女子中学去读书。总之，她们一家三人的一切，这时他统统愿意的背上肩背上去了。

　　多嘴的社会，这时是没人评论他。有的还说以他的年青与地位，能与平常的女子结婚，还算一回难得的事了。学生们，也因校长是一位光棍，找一个配偶，并不算希奇，也没有人非议他。只有几位教师，向他取笑，有时说："章校长，我们一定要去赏鉴一下校长太太，究竟是怎样一位美人呢？"

　　于是他笑答："好的，我领你们去罢。"

　　他就领他们到蕙姑的家里，胡乱地说一回。他们好像看新娘一样的看蕙姑，于是大赞其美丽。而他也几次叫蕙姑是"我的"，使得蕙姑满脸娇羞，背地里向他讨饶的说："章哥哥，你不要这样罢。"

　　而他笑眯眯的要吞她下去一样的说："解放一点罢，怕什么呢？我们终究要成夫妻了！"

　　有时他在摇椅上摇着身子，看看蕙姑想道："我的这一步的希望，已经圆满地达到了！"

　　这样过去了约两月，在太湖南北的二省，起了军事上的冲突了。杭州的军队，纷纷的向各处布防，调动；杭州的空气，突然紧张了。"江浙不久就要开火，"当人们说完这句话，果然"不久"接着就来。人们是逃的逃，搬的搬，不到一星期，一个热闹的西子湖头，已经变成凄凉的古岸了。这简直使他愁急不堪，他一边顾念着蕙姑姊妹，一边天天在校里开会，在学校议决提早放假的议案以前，学生们已经一大半回家去了。一边，学校的各种预备结束。

这一晚，在十时以后，他又跑到蕙姑的家里，蕙姑姊妹正在哭泣。他立刻问，"你们哭什么呢？"

蕙姑说，"邻舍都搬走光了。"

"姑母呢？"

"姑母到亲戚家去商量逃走的方法，不知逃到哪里去好，人们都说明天要打进这里呢！"

他提起声音说："不要怕，不要怕，断没有这件事。三天以内，决不会打到杭州的。而且前敌是我军胜利，督署来的捷报。不要怕，不要怕！"

"人们都说火车已经断了，轮船也被封锁了。"

"没有的事，我们校里的教师，有几位正趁夜班去的呢。"

他说了许多的理由，证明她们可以不必害怕。于是她们放心下来。一时，蕤姑问："章哥哥，我们究竟怎样好呢？"

"等姑母回来商量一下罢。"

"不要逃么？"

"或者暂时向哪里避一避。"

静寂了一息，她又问："那末你呢？"

"我？我不走。等它打进杭州再说。"

"为什么呢？"

"不愿离开杭州。"

"学校要你管着么？"

"并不，不愿离开杭州。"

又静寂了一息，姑母慌张地回来了。她一进门就叫，

"不好，不好，前敌已经打败了！此刻连城内的警察都开拔出去了。"

他随即疑惑的问："下午快车还通的呢？"

姑母沮丧的说："不通了！不通了！车到半路开回来了。"

薇姑在旁边听得全身发抖，牙齿骨骨的作响，她向他问："章哥哥，我们怎样呢？"

他向她强笑了一笑说："你去睡罢，明天决计走避一下好了。"

而姑母接着说："我想明天一早就走，到萧山一家亲戚那里去。现在赶紧理一点东西，薇姑，将你冬天要穿的衣服带去。"

于是他搔一搔头，又向薇姑说："小妹妹，你先去穿上一件衣服罢，你抖得太厉害了。"

薇姑悲哀的叫："事情真多！我们好好的只聚了三月，又什么要避难了！"

同时，蕙姑不住的滴下眼泪。姑母又向他问："章先生，你不逃么？"

"叫我逃到哪里去呢？"

凄凉的停了一息，又说："我本想待校事结束以后，倘使风声不好，就同你们同到上海去。现在火车已经断了，叫我哪里去呢？我想战事总不会延长太长久，一打到杭州，事情也就了结了。所以我暂时还想不走。"

薇姑很快的接上说："你同我们到萧山去好么？"

他随向姑母看了一眼说："我还有一个学校背在背上，我是走不干脆的。"

姑母又问："听说学校统统关门了？"

"是呀，只有我们一校没有关门。因为我们料定不会打败仗的。现在没有方法了，一部分远道的学生还在校内呢！"

喘一口气又说："不过就是打进来，学校也没有什么要紧。最后，驻扎军队或伤兵就是了，我个人总有法子好想。"

姑母着急的说："章先生，眼前最好早些走；现在的打仗是用炮火的。打好以后，你总要早些回到杭州来。"

这句话刚才说好，外面有人敲门。她们的心一齐跳起来，蕤姑立刻跑到他的身边。他探头向外问："哪一个呀？"

外面的声音："章校长，王先生请你去。"

他看了一看表，长短针正重叠在十二点钟。一边姑母已经开了门，走进一位校役来，随向他说："今夜的风声非常紧张，听说前敌已经打败了，退到不知什么地方。火车的铁桥也毁了，还说内部叛变，于是校内的学生们骚扰起来，王先生请你赶快去。"

"还有别的消息么？"他又问。

"听说督军老爷亲身出城去了，城内非常的空虚，连警察也没有。"

"还有别的消息么？"

"方才校门外烧了一个草棚，学生以为敌兵打到校内，大家哗起来。"

校役奇怪的说。他笑了一笑，向校役说："好，你去，我就来。"

校役去了。他一边又向姑母问："你们决计明天走？"

"只好走了！"蕙姑流出泪来。

他执住蕙姑的手说："那末我明天一早到这里来，我们再商量罢。"

姑母说："请章先生一早就来，否则我们要渡不过江的。"

"天亮就来。"

他一边说，一边向门外急忙的走出去，留下蕙姑姊妹。

十二

战争在他是完全该诅咒的！他想到这里，似乎再也不愿想下去了。

那时的第二天，待他醒来，已是早晨七时。他急忙穿好衣服，洗过脸，跑到她们的家里，而她们家的门，已铁壁一般的关起来了。她们走了，他立在她们的门外呆了半晌，没精打采的回到了校内。似乎对于战争,这时真心的感到它的罪恶了!他想蕙姑姊妹,不知走向何方面去了,渡过钱塘江,又谁知道几时渡回来?他愤了,他呆了,在风声鹤唳的杭州城内,糊涂的过了几天,就同败兵一同退出城外。

以后,他流离辗转了一个月,才得到上海。在上海滩上记念蕙姑,已是无可奈何的一回事。再过半月,战争已告结束,败的完全败了,胜的却更改他一切的计划。德行中学的校长,也另委出一个人了。

他非常失意的在上海过了两月,他转变了他教育的信仰心,向政治一方面去活动。以后,也就得着了相当的成功,唉,可是对于蕙姑的爱,觉得渺茫了,渺茫了!他的神经,似为这次战争的炮弹所震撼,蕙姑的影子,渐渐地在他的心内隐没去了。

想到这时,他的气几乎窒塞住了。他展开手足,在湖滨的草地上仰卧多时。于是又立起来,昏沉地徘徊。

此后又过了四年,一直到现在。在这四年内的生活,他不愿想,好似近于堕落的。他有些老去的样子了,四年前的柔白的面皮,现在打起中年的皱纹来,下巴也有丛黑的胡须了。他的炯炯有英雄气的目光,也深沉起来,似经过了不少的世故的烁闪。四年以前的活泼也消失了,现在只有沉思与想念,或和一般胡闹的同僚作乐就是了。

这期间,他也没有去找蕙姑的心思,总之,他好似蕙姑已是他过去的妻子了,和莲姑一样的过去。这四年他都在军队里生活,现在已升到师部参谋之职,他觉得军队的生活是报酬多,事务少,又非常舒服而自由的,因此,将四年的光阴,一闪眼的送过去了。

现在,他和他的一师兵同时移防到杭州来。在到杭州的当晚,他和德行中学一位同事在湖滨遇见。那位同事立刻叫他,

"章先生,你会在杭州么?听说你已经做官了?"

"还是今天同军队一道来的。"

他答,又转问:"王先生现在哪里?"

"我仍在德行教书，没有别的事可做。"

他说，"教书很好，这是神圣的事业。我是一面诅咒军队，一面又依赖军队的堕落的人了！"

"客气客气，章先生是步步高升的。"

两人又谈了一些别的空话。于是王先生又问："章先生从那次战争以后，就没有和蕙姑来往了么？"

他心里突然跳了一跳，口里说："以后就无形隔离了，不知怎样，就无形隔离了！不知道蕙姑现在怎样？"

王先生说："现在？现在我也不知道。不过有一时期，听说她那位姑母到处打听章先生的消息呢！也有几封信写到府上，没有收到一封回信。以后，她们疑心章先生是死了，她们天天哭起来。以后我也不知道。至于章先生升官的消息，我还是前天从友人那里听来的。"

他这时模糊的问："你没有去看过她们一回么？"

"没有，我也离开过杭州一年呢！"息一息又说，"假如章先生有心，现在还可以去找一找她们罢？大概她们都出嫁了。"

他一时非常悲惨，没有答应着什么话。以后又谈了一些别的，就分别了。

十三

这时，他不能不到蕙姑的家里去看一趟。他看一看他的表，时候已经八时，但他的良心使他非常不安，他就一直向蕙姑的家奔走来了。

他在她的门外敲了约有二十分钟的门，里面总是没有人答应。他疑心走错了，又向左右邻舍望了一望，分明是不错的。于是他又敲，里面才有一种声音了，"你是哪个？"

"请开门。"

"你是哪个？"

声音更重，听来是陌生的。他又问："这里是薇姑女士住的么？"

"是。"门内的声音。

"请你开门罢！"

可是里面说："你有事明天来，我们夜里是不开门的！"

他着急了，说："我姓章，是你们很熟的人。"

这样，门才开了。

开门的是一位脸孔黄瘦的约三十岁的妇人。他们互相惊骇的一看，他疑心姑母不知到哪里去了，同时仍和以前一样，直向内走，立刻就遇见薇姑呆呆地向外站着，注视他。他走上前，疯狂一般问道："你是莲姑呢，还是蕙姑？"

"都不是！"

薇姑的眼珠狠狠地吐出光来。他说，狞笑的："那末你当然是薇姑了？"

薇姑不答。接着重声的问他："你是谁？"

"章——"

"谁啊？"

实在，她是认得了。他答："是你叫过一百回的章哥哥！"

"胡说！"

薇姑悲痛地骂了一声，涌出泪来，转向房中走了。他呆立了半晌，一时想："到此我总要问个明白。"

随即跟她到房内。薇姑冰冷地坐在灯下，脸色惨白。他立在她前面，哀求的说道："薇姑，请你告诉我罢！"

"什么？"

"你的蕙姊哪里去了？"

"哼！还有蕙姊么？你在做梦呢！"

"她哪里去了？"

他又颓丧的哀求着。藐姑凛凛的说："早已出嫁了！两年多了！"

"又出嫁了么？"

"谁知道你没有良心，离开了就没个消息。"

他一时也不知从何处说起，恍恍惚惚的呆立了一回，又问道："你的姑母呢？"

"早已死了！"

他随着叫："死了？"

"已经三年了！"

她垂着头答，一息又说："假如姑母不死，二姊或一时不至出嫁。但姑母竟为忧愁我们而死去了！姑母也是为你而死去的，你知道么？姑母临死时还骂你，她说你假如还活着，她做鬼一定追寻你！你昏了么？"

他真的要晕去了。同时他向房中一看，觉得房中非常凄凉了。以前所有的较好的桌子用具等，现在都没有了。房内只有一张旧桌，一张旧床，两把破椅子，两只旧箱，——这都是他以前未曾看见过的。此外就是空虚的四壁，照着黝黯的灯光，反射出悲惨的颜色来。他又看了一看藐姑，藐姑也和四年以前完全两样了，由一位伶俐活泼的姑娘，变做沉思忧郁而冷酷的女子。虽则她的两眼还有秀丽的光，她的两唇还有娇美的色，可是一种经验的痛苦不住地在她的全脸上浮荡着。他低一低头又说：

"藐姑，你必须告诉我，你的两位姊姊眼前的生活究竟怎样？"

"告诉你做什么？"她睁一睁她的大眼。

"假如我能帮忙的时候，我当尽力帮忙。我到现在还没有妻子，也没有家，是成了一个漂流的人了！"

藐姑抬起头来，呼吸紧张地说："告诉你，因为我姊姊的幸福，全是你赐给她们的！"喘了一口气，"大姊已经是寡妇了！姊夫在打仗的一年，因为逃难就死去。现在大姊是受四面人的白眼，吞着冷饭过生活。二姊呢，姊夫是一位工人，非常凶狠，品性又不好的，他却天天骂二姊是坏人，二姊时常被打的！今天下午又有人来说，几乎被打的死去！你想罢，我的二位姊姊为什么到这样？"

"薇姑，是我给她们受苦的了！"

"不是么？"

她很重的问一句。他说："那末你呢？"

"你不必问了！"

"告诉我，你现在怎样？你还不曾出嫁么？"

"我永远不想嫁了！"

这样，他呆了许久，又向房内徘徊了一息，他的心苦痛着，颠倒着，一时，他又走近薇姑的身前，一手放在她的肩上说："薇姑！请你看我罢！"

"看你做什么？"

他哀求而迷惑地说："薇姑，这已经无法了，你的两位姊姊。现在，我只有使你幸福，过快乐而安适的日子。薇姑，你嫁给我罢！"

"什么？你发昏了！"

她全身抖起来，惊怕的身向后退。而他又紧急的说："薇姑，你无论怎样要爱我！你岂不是以前也曾爱过我么？我求你现在再爱我。我要在你的身上，使你有姊妹们三位的幸福，将你姊姊们所失去的快乐，完全补填在你的身上！你的房内是怎样的凄凉，简直使我一分钟都站立不住，我从没有见过姑娘的绣阁是如此的。薇姑，你再爱我。你用你自己的爱来嫁给我，也继续你姊姊的爱来嫁给我！我知道你为什么不出嫁的理由，你还可以等待我。你很年青，你不该将你的青春失去。我忘记你的年龄了，但一计算就会明白，你少我八岁，我今年是，是，是三十岁。藐姑,你为什么发怒?你为什么流起泪来?你的面孔完全青白了!藐姑,你不相信我的话么?我可对你发誓,我以后是一心爱你了!藐姑,你爱我,我明天就可以送过聘金,后天就可以同你结婚,不是草率的,我们当阔绰一下,拣一个大旅馆,请极阔的人主婚,这都是我现在能力所能做得到的。你爱我,不要想到过去,过去了的有什么办法呢?抬起你的眼儿来,你看我一看罢!"

同时,他将手扳她的脸去,她怒道:"你发昏了么?你做梦么?请你出去!"

他继续说:"藐姑,你为什么怕我?你为什么如此对待我?我是完全明白的,我非这样做不可!我已得过你的两位姊姊了,我完全占领过她们;可是她们离弃我,从我的梦想中,一个个的漏去了!现在剩着你了,我的唯一的人,求你爱我,以你十八岁那一年的心来爱我,不,以你十四岁那一年的心来爱我,我们可以继续百年,我们可以白头偕老。藐姑,我是清楚的,你为什么不答?你为什么如此凶狠的?"

"请你出去!"她站了起来。

"你为什么不说爱我?假如你不说,我是不走的。"

"你要在深夜来强迫人么?"

"断不,我还是今天上午到杭州的,我一到杭州,就想到你们了。现在你不爱我么?你不能嫁我了么?"他昏迷了,他不自知他的话是怎样说的。

"哼!"

"藐姑,我无论怎样也爱你。你若实在不说爱我,我明天可以将你掳去,可以将你的房子封掉。但我终使你快乐的,我将和爱护一只小鸟一般的爱护你。你还不说爱我么?你非说不可,因你以前曾经说过的!"

"你不走出去么?"

"你想，叫我怎样走出去呢？"

"你是禽兽！"

同时，她一边将桌子上的茶杯，打在他的额上，一边哭起来。茶杯似炸弹地在他的额上碎裂开，粉碎的落到地下。他几乎昏倒，血立刻注射出来，流在他的脸上。可是他还是笑微微的说："藐姑，我是应得你打，这一打可算是发泄了你过去对我的怨恨！现在，你可说句爱我了。"

她却一边哭，一边叫："张妈！张妈！"

一边用手推他出去，他这时完全无力，苦脸的被她推到房外。张妈自从他走进来，就立在门边看，现在是看得发抖了。她们又把他推出门外，好似推一个乞丐一样。藐姑一边哭道："你明天将我杀死好了！今夜你要出去，我的家不要你站！"

这样，他就完全被逐于门外，而且门关上了。

十四

他被她们赶出以后，昏沉地在她们的阶沿上坐了一息。以后，他不想回到司令部去，就一直向湖滨走了。

现在，他一坐一走的将他和她们的关系全部想过了。这一夜，确是他八年来苦痛最深的一夜。血还是不住的流出来，似乎报酬他的回忆似的。这八年来的生活，梦一般地过去，他想，这好象一串罪恶。他看四年前的蕙姑，就是八年前的莲姑；而现在的藐姑，就是四年前的蕙姑。一个妹子的长大，恰恰替代了一位姊姊的地位和美，好像她们三姊妹只是一个人，并没有三姊妹。他计算，他和莲姑相爱的时候，莲姑是二十岁；他和蕙姑相爱的时候，蕙姑是二十一岁；现在的藐姑呢，正是二十二岁。她们不过过了三年，因此，他今夜还向藐姑求爱了！可是这时他想，他衰老了，他堕落了，以前的纯洁而天真的心是朽腐了！莲姑成了寡妇，蕙姑天天被丈夫殴打着，她们的前途是完全黑暗的，地狱似的！薇姑呢，她不要嫁了，她的青春也伤破了！在他未和她们认识以前，她们的美丽与灿烂是怎样的啊？人们谁都爱谈她们三姊妹，似乎一谈到她们，舌上就有甜味似的。那时她们所包含的未来的幸福是怎样的啊？她们的希望，简直同园丁的布置春天的花园一样；放在她们的眼前，正是一座异样快乐的天地。唉！于是一接触他的手，就什么都毁坏了！他简直是一个魔鬼，吸收了她们的幸福和美丽，而报还她们以苦痛和罪恶！

这样，他又想了一想；他低低的哭了。一边，又向草地上睡了一息。

他决定，她们的人生是被他断送了的，他要去追还她们，仍用他的手，设法的使她们快乐。

冷风吹着他的头，头痛得不堪，身体也发抖起来。于是他重又立起，徘徊了一息。东方几乎要亮了。

第二天很早，他头上裹着一扎白布，脸色苍白的，一直向薇姑的家走去。她的家没有一个人，门也没有锁，景象显然是凄凉。于是他又向薇姑的房内闯进去，脚步很响。

薇姑还睡着，身上盖着棉被，她并没有动，也没有向他看。头发蓬乱的，精神很颓丧。她昨夜也整整哭了一夜，想尽了她的人生所有的灰色，但勇气使她这样做，她还是荣耀的。他呆立在她的面前，许久没有说出一句话。薇姑止不住，向他问道："你又来做什么？"

他慢慢的说："请你恕我，恕我一切的过去。我要同你商量以后正当的事，你必得好好地答我。"

"答你做什么呢？"

她怒气的。他萎弱的说："你必得答我，我昨夜思量了一夜，我非如此做不可。"

"你一定要娶我么？你又来使我受和我姊姊的同样苦痛么？"

她说。同时在床上坐起来。他答："不，并不是。"

"你还想怎样做？"

他也坐下床边，眼瞧住她说："我要娶你的大姊。"

"什么呀？"

她十分惊骇的。他又说一句："我要娶你的大姊。"

"你以为我的大姊还和以前一样美丽么？你昏了！"

"不，无论美丽不美丽，我现在还是爱她。我当使用我的力量，叫你的大姊立刻和那家脱离关系。以后用我的手保护她，使她快乐。"

"你不知道我的大姊已经老了么？"

"没有关系，在我未死以前，她还应该得到快乐的。"

他悲哀的说了，两人沉默一息。一时，他又说："我也要使你的二姊和那位暴虐的工人离婚。"

"做什么？"

藐姑突然又惊骇了。他冷冷的说："自然也是这样。"

"怎样呢？"

"我娶她。"

"你也娶我的二姊？"

"是的，以后我也尽心对待她，使她快乐。"

藐姑冷笑了一笑说："你可以醒了！你不要再住在梦里了！你为什么我的姊姊以前等你迎娶的时候，你连影子都没有了，现在却要来娶她们？你或想她们还和以前一样，对你实说罢，她们都老了，丑了，她们也再不会爱你，她们只有怨你，痛恨你，诅咒你！"

他冷淡的接着说："我只要使她们快乐，我去追回她们的幸福。事实已经布置好要这样做了，藐姑，请你即速差一个人去，请你的两位姊姊，来，我们先商量一下，究竟愿意不愿意离婚。"

"你有这样的力量么？你能使我的姊姊离婚就离婚么？"

"我有的。"

"恐怕姊姊未必愿意嫁给你！"

"等待以后再说罢。总之，我这几年来，已有一万元钱的积蓄，我当分给你们三姊妹。"

"我不要你的，我发誓不要你的！"

房内静止了一息，他又说："藐姑，你为什么这样说呢？你为什么如此怒气对我？事实已叫我如此做，非如此做不可了。人生是为快乐而人生的，莫非你们三姊妹就忍受苦痛到死么？你们以吃苦为人生的真义么？要吃苦，也不该吃这样的苦，这是由别人的指头上随意施给你们的。藐姑，你仔细想一想，有你的勇敢和意志，你应得幸福的报酬的。"息一息又说，"我呢，这是我的错误。我因为要求自己的快乐，竟把别人的快乐拿来断送了。现在，我想做一做，竭力使你的姊姊们快乐，愿意自己成了一位奴隶。你懂得我的意思么？我娶了你的离婚后的两位姊姊，我的名誉恐怕从此不能收拾了，但我不管，我曾经要娶她过的，现在就非娶她不可。事实如此，我们也不必说空话了。"

说完，他垂下头去。她说："我不相信你的话，恐怕姊姊们也不相信你的话了。你自想，你四年前的态度比今日如何？你一离开我们，你就没有心思了。我的姊姊是愿意离婚，但不愿再上你的当。离了婚，你就不会把她们抛掉么？谁相信你！"

他摇一摇头又说："藐姑，请你不要如此盛气罢！你相信我，赶快叫你的两个姊姊来，我当以我的财产担保你们。我锈了的心，昨夜磨了一夜，请你照一照罢。"

他苦痛的用手托一托她的颊，她也随即转过脸来，两人仔细地对看着。

十五

三星期以后，莲姑和蕙姑的脱离夫家的手续完全办好。当然，因为他使用了他的势力，法庭立刻判决了！一面又拿出两百元的钱来还给她们的夫家，好像赎身一样，夫家也满足，事情非常容易的办了。这期间，县长与师长们，却代他愁眉，奇怪，几次向他说，"给她们两百元钱就是；为你着想，还是不判决离婚好些。"而他却坚执的说，"为我着想，还是判决离婚为是，金钱是不能赎我良心的苦痛的。"

现在是一切手续办好的下午，在他的公馆内的一间陈设华丽的房内，坐着他和莲姑三姊妹。她们都穿着旧的飞上灰尘的衣服，态度冷淡而凄凉，精神也用的疲乏了似的。一副对于人生有些厌倦，从她们的过程中已经饱尝了苦味的景象，是很浓厚地从她们的脸上反映出来。年最大的一位，就是莲姑，这时坐在房角一把椅上，显然似一位中年妇人了。美丽消退了，脸上不再有彩霞般粉红的颜色，她的脸皮灰白而粗厚的，两边两块颧骨露出来，两颊成了两个窝。眼睛特别的圆大，可是炯炯的光里，含着前途的苍茫之色，不再有迷人的闪烁了。坐在旁边较小的一位是蕙姑，她很似做苦工的女工似的。脸比前瘦长了，下巴尖下来，额角高上去。两眼也深沉的，似乎没有快乐，从此可以瞧着了。藐姑坐在她们对面的沙发上，也异常憔悴，好像病了许久一般。脸比她的姊姊们还青白，完全没有在她年龄应得的光彩。她们没有一句话，沉思着，似从她们的眼前，一直想到极辽远无境界的天边。

在她们的前面的一张桌上，放着一只银质的奖章，一只金质的戒指。它们都没有光彩，似埋葬在地底许多年了一样。

他坐在桌子的对面，房的中央。两手支着下巴靠在桌面上，似乎一切思路都阻塞了，简直想不出什么来一样。他只有微微的自己觉着，他似乎是个过去时代的浪漫派的英雄。于是他慢慢的苦笑起来。随即，他抬头向莲姑问："依你的意思要怎样呢？"

莲姑也抬头苦笑的答："假如你还有一分真情对我的时候，请你送我到庵里做尼姑去。"

他又低下头去，一息，又抬起来，向蕙姑问："依你的意思要怎样呢？"

蕙姑也抬头凄惨的答："假如你还有一分真情对我的时候，请你送我到工厂做女工去。"

这样，他又静默了一息，向藐姑问："那末，你告诉我，你的意思要怎样呢？"

藐姑目光闪闪的答："我不想怎样，除出被男人侮辱的事以外，什么都会做，我跟我的两位姊姊。"

接着，他摇摇头说："我不是这样想，我不是这样想。"

于是他又站起来，用手去拨一拨戒指和奖章，吐了一口气，在房内愁眉的徘徊起来。

二 月

冲锋的战士，天真的孤儿，年轻的寡妇，热情的女人，各有主义的新式公子们，死气沉沉而交头接耳的旧社会，倒也并非如蜘蛛张网，专一在待飞翔的游人，但在寻求安静的青年的眼中，却化为不安的大苦痛。这大苦痛，便是社会的可怜的椒盐，和战士孤儿等辈一同，给无聊的社会一些味道，使他们无聊地持续下去。

浊浪在拍岸，站在山岗上者和飞沫不相干，弄潮儿则于涛头且不在意，惟有衣履尚整，徘徊海滨的人，一溅水花，便觉得有所沾湿，狼狈起来。这从上述的两类人们看来，是都觉得诧异的。但我们书中的青年萧君，便正落在这境遇里。他极想有为，怀着热爱，而有所顾惜，过于矜持，终于连安住几年之处，也不可得。他其实并不能成为一小齿轮，跟着大齿轮转动，他仅是外来的一粒石子，所以轧了几下，发几声响，便被挤到女佛山——上海去了。

他幸而还坚硬，没有变成润泽齿轮的油。

但是，瞿昙（释迦牟尼）从夜半醒来，目睹宫女们睡态之丑，于是慨然出家，而霍善斯坦因以为是醉饱后的呕吐。那么，萧君的决心遁走，恐怕是胃弱而禁食的了，虽然我还无从明白其前因，是由于气质的本然，还是战后的暂时的劳顿。

我从作者用了工妙的技术所写成的草稿上，看见了近代青年中这样的一种典型，周遭的人物，也都生动，便写下一些印象，算是序文。大概明敏的读者，所得必当更多于我，而且由读时所生的诧异或同感，照见自己的姿态的罢？那实在是很有意义的。

1929年8月20日，鲁迅记于上海

一

是阴历二月初，立春刚过了不久，而天气却奇异地热，几乎热的和初夏一样。在芙蓉镇的一所中学校底会客室内，坐着三位青年教师，静寂地各人看着各人自己手内底报纸。他们有时用手拭一拭额上的汗珠，有时眼睛向门外瞟一眼，好象等待什么人似的，可是他们没有说一句话。这样过去半点钟，其中脸色和衣着最漂亮的一位，名叫钱正兴，却放下报纸，站起，走向窗边将向东的几扇百页窗一齐都打开。一边，他稍稍有些恼怒的样子，说道："天也忘记做天的职司了！为什么将五月的天气现在就送到人间来呢？今天我已经换过两次的衣服了：上午由羔皮换了一件灰鼠，下午由灰鼠换了这件青缎袍子，莫非还叫我脱掉赤膊不成么？陶慕侃，你想，今年又要有变卦的灾异了——战争，荒歉，时疫，总有一件要发生呢？"

陶慕侃是坐在书架的旁边，一位年约30岁，脸孔圆黑微胖的人，就是这所中学的创办人，现在的校长。他没有向钱正兴回话，只向他微笑的看一眼。而坐在他对面的一位,身躯结实而稍矮的人,却响应着粗的喉咙,说道:"哎,灾害是年年不免的,在我们这个老大的国内!近三年来,有多少事:江浙大战,甘肃地震,河南盗匪,山东水灾,你们想?不过像我们这芙蓉镇呢,总还算是世外桃源,过的太平日子。"

"要来的,要来的,"钱正兴接着恼怒地说,"这样的天气!"

前一位就站了起来,没趣地向陶慕侃问:"陶校长,你以为天时的不正,是社会不安的预兆么?"

这位校长先生,又向门外望了一望,于是放下报纸,运用他老是稳健的心,笑眯眯地诚恳似的答道:"那里有这种的话呢!天气的变化是自然底现象,而人间底灾害,大半都是人类自己底多事造出来的:譬如战争……"

他没有说完,又抬头看一看天色,却转了低沉的语气说道:"恐怕要响雷了,天气有要下雷雨的样子。"

这时挂在壁上的钟,正铛铛铛的敲了三下。房内静寂片刻,陶慕侃又说:"已经三点钟了,萧先生为什么还不到呢?方谋,照时候计算应当到了。假如下雨,他是要淋湿的。"

就在他对面的那位方谋,应道:"应当来了,轮船到埠已经有两点钟的样子。从埠到这里总只有十余里路。"

钱正兴也向窗外望一望,余怒未泄的说:"谁保险他今天一定来的吗?那里此刻还不会到呢?他又不是小脚啊。"

"来的,"陶慕侃那么微笑的随口答,"他从来不失信。前天的挂号信,说是的的确确今天会到这里。而且嘱我叫一位校役去接行李,我已叫阿荣去了。"

"那么,再等一下罢。"

钱正兴有些不耐烦的小姐般的态度,回到他的原位子上坐着。

正这时,有一个十三四岁的小学生,快乐地气喘地跑进会客室里来,通报的样子,叫道:"萧先生来了,萧先生来了,穿着学生装的。"

于是他们就都站起来,表示异常的快乐,向门口一边望着。随后一二分钟,就见一位青年从校外走进来。他中等身材,脸面方正,稍稍憔悴青白的,两眼莹莹有光,一副慈惠的微笑,在他两颊浮动着。看他底头发就可知道他是跑了很远的旅路来的,既长,又有灰尘。身穿着一套厚哗叽的藏青的学生装,姿势挺直。足下一双黑色长统的皮鞋,跟着挑行李的阿荣,一步步向校门踏进。陶慕侃等立刻迎上门口,校长伸出手,两人紧紧地握着。陶校长说:"辛苦,辛苦,老友,难得你到敝地来,我们底孩子真是幸福不浅。"

新到的青年谦和的稍轻地答:"我呼吸着美丽而自然底新清空气了!乡村真是可爱哟,我许久没有见过这样甜蜜的初春底天气哩!"

陶校长又介绍了他们,个个点头微笑一微笑,重又回到会客室内。陶慕侃一边指挥挑行李的阿荣,一边高声说:"我们足足有六年没有见面,足足有六年了。老友,你却苍老了不少呢!"

新来的青年坐在书架前面的一把椅子上,同时环视了会客室——也就是这校的图书并阅报室。一边他回答那位忠诚的老友:"是的,我恐怕和在师范学校时大不相同,你是还和当年一样青春。"

方谋坐在旁边插进说:"此刻看来,萧先生底年龄要比陶先生大了。萧先生今年的贵庚呢?"

"二十七岁。"

"照阴历算的么?那和我同年的。"他非常高兴的样子。

而陶慕侃谦逊的曲了背,似快乐到全身发起抖来:"劳苦的人容易老颜,可见我们没有长进。钱先生,你以为对吗?"

钱正兴正呆坐着不知想什么,经这一问,似受了刺讽一般的答:"对的,大概对的。"

这时天渐暗下来，云密集，实在有下雨的趋势。

他名叫萧涧秋，是一位无父母，无家庭的人。六年前和陶慕侃同在杭州省立第一师范学校毕业。当时他们两人底感情非常好，是同在一间自修室内读书，也同在一张桌子上吃饭的。可是毕业以后，因为志趣不同，就各人走上各人自己底路上。萧涧秋在这六年之中，风萍浪迹，跑过中国底大部分的疆土。他到过汉口，又到过广州。近三年来都住在北京，因他喜欢看骆驼底昂然顾盼的姿势，听冬天底尖厉的北方底怒号的风声，所以在北京算住的最久。终因感觉到生活上的厌倦了，所以答应陶慕侃底聘请，回到浙江来。浙江本是他底故乡，可是在他底故乡内，他却没有一椽房子，一片土地的。从小就死了父母，只孑然一身，跟着一位堂姊生活。后来堂姊又供给他读书的费用，由小学而考入师范，不料在他师范学校临毕业的一年，堂姊也死去了。他满想对他底堂姊报一点恩，而他堂姊却没有看见他底毕业证书就瞑目长睡了。因此，他在人间更形孤独，他底思想，态度，也更倾向于悲哀，凄凉了。知己的朋友也很少，因为陶慕侃还是和以前同样地记着他，有时两人也通通信。陶慕侃一半也佩服他对于学问的努力，所以趁着这学期学校的改组和扩充了，再三要求他到芙蓉镇来帮忙。

当他将这座学校仔细地观察了一下以后，他觉得很满意。他心想——愿意在这校内住二三年，如有更久的可能还愿更久的做。医生说他心脏衰弱，他自己有时也感到对于都市生活有种种厌弃，只有看到孩子，这是人类纯洁而天真的花，可以使他微笑的。况且这座学校底房子，虽然不大，却是新造的，半西式的；布置，光线，都像一座学校。陶慕侃又将他底房间位置靠在小花园的一边，当时他打开窗，就望见梅花还在落瓣。他在房内走了两圈，似乎他底过去，没有一事使他挂念的，他要在这里新生着了，从此新生着了。因为一星期的旅路的劳苦，他就向新床上睡下去。因为他是常要将他自己底快乐反映到人类底不幸的心上去的，所以，这时，他的三点钟前在船上所见的一幕，一件悲惨的故事底后影，在他脑内复现了。

小轮船从海市到芙蓉镇，须时三点钟，全在平静的河内驶的。他坐在统舱的栏杆边，眺望两岸的衰草。他对面，却有一位青年妇人，身穿着青布夹衣，满脸愁戚的。她很有大方的温良的态度，可是从她底两眼内，可以瞧出极烈的悲哀，如骤雨在夏午一般地落过了。她底膝前倚着一位约七岁的女孩，眼秀颊红，小口子如樱桃，非常可爱。手里捻着两只橘子，正在玩弄，似橘子底红色可以使她心醉。在妇人底怀内，抱着一个约两周的小孩，啜着乳。这也有一位老人，就向坐在她旁边的一位老妇问："李先生到底怎么哩？"

那位老妇凄惨地答："真是打死了！"

"真的打死了吗？"

老人惊骇地重复问。老妇继续答，她开始是无聊赖的，以后却起劲地说下去了："可怜真的打死了！什么惠州一役打死的，打死在惠州底北门外。听说惠州底城门，真似铜墙铁壁一样坚固。里面又排着阵图，李先生这边的兵，打了半个月，一点也打不进去。以后李先生愤怒起来，可怜的孩子，真不懂事，他自讨令箭，要一个人去冲锋。说他那时，一手捻着手提机关枪，腰里佩着一把钢刀，藏着一颗炸弹，背上又背着一支短枪，真像古代的猛将，说起来吓死人！就趁半夜漆黑的时候，他去偷营。谁知城墙还没有爬上去，那边就是一炮，接着就是雨点似的排枪。李先生立刻就从半城墙上跌下来，打死了！"老妇人擦一擦眼泪，继续说："从李先生这次偷营以后，惠州果然打进去了。城内的敌兵，见这边有这样忠勇的人，胆也吓坏了，他们自己逃散了。不过李先生终究打死了！李先生的身体，他底朋友看见，打的和蜂窠一样，千穿百孔，血肉模糊。那里还有鼻头眼睛，说起来怕死人！"她又气和缓一些，说："我们这次到上海去，也白跑了一趟。李先生底行李衣服都没有了,恤金一时也领不到。他们说上海还是一个姓孙的管的,他和守惠州的人一契的,都是李先生这边的敌人。所以我们也没处去多说,跑了两三处都不像衙门的样子的地方,这地方是秘密的。他们告诉我,恤金是有的,可不知道什么时候一定有。我们白住在上海也费钱,只得回家。"稍停一息,又说:"以后,可怜她们母子三人,不知怎样过活!家里一块田地也没有,屋后一方种菜的园地也在前年卖掉给李先生做盘费到广东去。两年来,他也没有寄回家一个钱。现在竟连性命都送掉了!李先生本是个有志的人,人又非常好,可是总不得志,东跑西奔了几年。于是当兵去,是骗了他底妻去的,对她是说到广东考武官。谁知刚刚有些升上去,竟给一炮打死了!"

两旁的人都听得摇头叹息,嘈杂地说——像李先生这样的青年死的如此惨,实在冤枉,实在可惜。但亦无可奈何!

这时,那位青年寡妇,止不住流出泪来。她不愿她自己底悲伤的泪光给船内的众眼瞧见,几次转过头,提起她青夹衫底衣襟将泪拭了。老妇人说到末段的时候,她更低头看着小孩底脸,似乎从小孩底白嫩的包含未来之隐光的脸上,可以安慰一些她内心底酸痛和绝望。女孩仍是痴痴地,微笑的,一味玩着橘子底圆和红色。一时她仰头向她底母亲问:"妈妈,家里就到了喔?"

"就到了。"

妇人轻轻而冷淡的答。女孩又问:"是呀,就到了。"

妇人不耐烦地。女孩又叫:"家里真好呀!家里还有娃娃呢!"

这样,萧涧秋就离开栏杆,向船头默默地走去。

船到埠,他先望见妇人,一手抱着小孩,一手牵着少女。那位述故事的老妇人是提着衣包走在前面。她们慢慢的一步步地向一条小径走去。

这样想了一回,他从床上起来。似乎精神有些不安定,失落了物件在船上一样。站在窗前向窗外望了一望,天已经刮起风,小雨点也在干燥的空气中落下几滴。于是他又打开箱子,将几部他所喜欢的旧书都拿出来,整齐地放在书架之上。又抽出一本古诗来,读了几首,要排遣方才的回忆似的。

二

从北方送来的风,一阵比一阵猛烈,日间的热气,到傍晚全有些寒意了。

陶慕侃领着萧涧秋,方谋,钱正兴三人到他家里吃当夜的晚饭。他底家离校约一里路,是旧式的大家庭的房子。朱色的柱已经为久远的日光晒的变黑。陶慕侃给他们坐在一间书房内。房内的橱,桌,椅子,天花板,耀着灯光,全交映出淡红的颜色。这个感觉使萧涧秋觉得有些陌生的样子,似发现他渺茫的少年的心底阅历。他们都是静静地没有多讲话,好像有一种严肃的力笼罩全屋内,各人都不敢高声似的。坐了一息,就听见窗外有女子底声音,在萧涧秋底耳里还似曾经听过一回的。这时陶慕侃走进房内说:"萧呀,我底妹妹要见你一见呢!"

同着这句话底末音时,就出现一位二十三四岁模样的女子在门口,而且嬉笑的活泼的说:"哥哥,你不要说,我可以猜得着那位是萧先生。"

于是陶慕侃说:"那么让你自己介绍你自己罢。"

可是她又痴痴地,两眼凝视着萧涧秋底脸上,慢慢的说:"要我自己来介绍什么呢?还不是已经知道了?往后我们认识就是了。"

陶慕侃笑向他底新朋友道:"萧,你走遍中国底南北,怕不曾见过有像我妹妹底脾气的。"

她却似厌倦了,倚在房门的旁边,低下头将她自然的快乐换成一种凝思的愁态。一忽,又转呈微笑的脸问:"我好似曾经见过萧先生的?"

萧涧秋答:"我记不得了。"

她又依样淡淡地问:"三年前你有没有一个暑假住过杭州底葛岭呢?"

萧涧秋想了一想答:"曾经住过一月的。"

"是了,那时我和姊姊们就住在葛岭的旁边。我们一到傍晚,就看见你在里湖岸上徘徊,徘徊了一点钟,才不见你,天天如是。那时你还蓄着长发拖到颈后的,是么?"

萧涧秋微笑了一笑:"大概是我了。八月以后我就到北京。"

她接着叹息的向她哥哥说:"哥哥,可惜我那时不知道就是萧先生,假如知道,我一定会冒昧地叫起他来。"又转脸向萧涧秋说:"萧先生,我是很冒昧的,简直粗糙和野蛮,往后你要原谅我。我们以前失了一个聚集的机会,以后我们可以尽量谈天了。你学问是渊博的,哥哥时常谈起你,我以后什么都要请教你,你能毫不客气地教我么?我是一个无学识的女子——本来,'女子'这个可怜的名词,和'学识'二字是连接不拢来的。你查,学识底人名表册上,能有几个女子底名字么?可是我,硬想要有学识。我说过我是野蛮的,别人以为女子做不好的事,我却偏要去做。结果,我被别人笑一趟,自己底研究还是得不到。像我这样的女子是可怜的,萧先生,哥哥常说我古怪,倒不如说我可怜切贴些,因为我没有学问而任意胡闹;我现在只有一位老母——她此刻在灶间里——和这位哥哥,他们非常爱我,所以由我任意胡闹。我在高中毕业了,我是学理科的;我又到大学读二年,又转学法科了。现在母亲和哥哥说我有病,叫我在家里。但我又不想学法科转想学文学了。我本来喜欢艺术的,因为人家说女子不能做数学家,我偏要去学理科。可是实在感不到兴味。以后想,穷人打官司总是输,我还是将来做一个律师，代穷人做状子，辩诉。可是现在又知道不可能了。萧先生，哥哥说你是于音乐有研究的人，我此后还是跟你学音乐罢。不过你还要教我一点做人的知识，我知道你同时又是一位哲学家呢！你或者以为我是太会讲话了，如此，我可详细地将自己介绍给你，你以后可以尽力来教导我，纠正我。萧先生，你能立刻答应我这个请求么？"

她这样滔滔地婉转地说下去，简直房内是她一人占领着一样。她一时眼看着地，一时又瞧一瞧萧，一时似悲哀的，一时又快乐起来，她底态度非常自然而柔媚，同时又施展几分娇养的女孩的习气，简直使房内的几个人看呆了。萧涧秋是微笑的听着她底话，同时极注意的瞧着她的。她真是一个非常美貌的人——脸色柔嫩，肥满，洁白；两眼大，有光彩；眉黑，鼻方正，唇红，口子小；黑发长到耳根；一见就可知道她是有勇气而又非常美丽的。这时，他向慕侃说道："陶，我从来没有这样被窘迫过，像你妹妹今夜的愚弄我。"又为难地低头向她说："我简直倒霉极了，我不知道向你怎样回答呢？"

她随即笑一笑说："就这样回答罢。我还要你怎样回答呢？萧先生，你有带你底乐谱来么？"

"带了几本来。"

"可以借我看一看么？"

"可以的。"

"我家里也有一架旧的钢琴呢，我是弹它不成调的，而给贝多芬还是一样地能够弹出《月光曲》来。萧先生请明天来弹一阕罢？"

"我底手指生疏了，我好久没有习练。"

"何必客气呢？"

她低声说了一句。这时方谋才惘惘然说："萧先生会弹很好的曲么？"

"他会的，"陶慕侃说，"他在校时就好，何况以后又努力。"

"那我也要跟萧先生学习学习呢！"

"你们何必这样窘我！"他有些惭愧地说，"事实不能掩饰的，以后我弹，你们评定就是了。"

"好的。"

这样，大家静寂了一息。倚在门边的陶岚——慕侃底妹妹，却似一时不快乐起来，她没有向任何人看，只是低头深思的，微皱一皱她底两眉。钱正兴一声也不响，抖着腿，抬着头向天花板望，似思索文章似的。当每次陶岚开口的时候，他立刻向她注意看着，等她说完，他又去望着天花板底花纹了。一时，陶岚又冷淡地说："哥哥，听说文嫂回来了，可怜的很呢！"

"她回来了？李……？"

她没有等她哥哥说完，又转脸向萧问："萧先生，你在船内有没有看见一位二十六七岁的妇人，领着一个少女和孩子的？"

萧涧秋立刻垂下头，非常不愿提起似的答："有的，我知道她们底底细了。"

女的接着说，伤心地："是呀，哥哥，李先生真的打死了。"

校长皱一皱眉，好像表示一下悲哀以后说："死总死一个真的，死不会死一个假呢！虽则假死的也有，在他可是有谁说过？萧，你也记得我们在师范学校的第一年，有一个时常和我一块的姓李的同学么？打死的就是此人。"

萧想了一想，说："是，他读了一年就停学了，人是很慷慨激昂的。"

"现在，"校长说，"你船上所见的，就是他底寡妻和孤儿啊！"

各人底心一时似乎都被这事牵引去，而且寒风隐约的在他们底心底四周吹动。可是一忽，校长却首先谈起别的来，谈起时局的混沌，不知怎样开展；青年死了之多，都是些爱国有志之士，而且家境贫寒的一批，家境稍富裕，就不愿做冒险的事业，虽则有志，也从别的方面去发展了。因此，他创办这所中学是有理由的，所谓培植人材。他愿此后忠心于教育事业，对未来的青年谋一种切实的福利。同时，陶慕侃更提高声音，似要将他对于这座学校的计划，方针，都宣布出来，并议论些此后的改善，扩充等事。可是用人传话，晚餐已经在桌上布置好了。他们就不得不停止说话，向厅堂走去。方谋喃喃地说："我们正谈的有趣，可是要吃饭了！有时候，在我是常常，谈话比吃饭更有兴趣的。"

陶慕侃说："吃了饭尽兴地谈罢，现在的夜是长长的。"

陶岚没有同在这席上吃。可是当他们吃了一半以后，她又站出来，倚在壁边，笑嘻嘻地说："我是痴的，不知礼的，我喜欢看别人吃饭。也要听听你们高谈些什么，见识见识。"

他们正在谈论着"主义"，好似这时的青年没有主义，就根本失掉青年底意义了。方谋底话最多，他喜欢每一个人都有一种主义，他说，"主义是确定他个人底生命的；和指示着社会底前途的机运的，"于是他说他自己是信仰三民主义，因为三民主义就是救国主义。"想救国的青年，当然信仰救国主义，那当然信仰三民主义了。"一边又转问："可不知道你们信仰什么？"

于是钱正兴兴致勃勃，同时做着一种姿势，好叫旁人听得满意一般，开口说道："我却赞成资本主义！因为非商战，不能打倒外国。中国已经是欧美日本的商场了，中国人底财源的血，已经要被他们一口一口地吸燥了。别的任凭什么主义，还是不能救国的。空口喊主义，和穷人空口喊吃素会成佛一样的！所以我不信仰三民主义，我只信仰资本主义。惟有资本主义可以压倒军阀；国内的交通，实业，教育，都可以发达起来。所以我以为要救国，还是首先要提倡资本主义，提倡商战！"

他起劲地说到这里，眼不瞬的看着坐在他对面的这位新客，似要引他底赞同或驳论。可是萧涧秋低着头不做声响，陶慕侃也没有说，于是方谋又说，提倡资本主义是三民主义里底一部分，民生主义上是说借外债来兴本国底实业的。陶岚在旁边几次向她哥哥和萧涧秋注目，而萧涧秋却向慕侃说，他要吃饭了，有话吃了饭再谈。方谋带着酒兴，几乎手足乱舞地阻止着，一边强迫地问他："萧先生，你呢？你是什么主义者？我想，你一定有一个主义的。主义是意志力的外现，像你这样意志强固的人，一定有高妙的主义的。"

萧涧秋微笑地答："我没有。——主义到了高妙，又有什么用处呢？所以我没有。"

"你会没有？"方谋起劲地，"你没有看过一本主义的书么？"

"看是看过一点。"

"那么你在那书里找不出一点信仰么？"

"信仰是有的，可是不能说出来，所以我还是个没有主义的人。"

在方谋底酒意的心里一时疑惑起来，心想他一定是个共产主义者。但转想，——共产主义有什么要紧呢？在党的政策之下，岂不是联共联俄的么？虽则共产主义就是……于是他没有推究了，转过头来向壁边呆站着的陶岚问："Miss陶，你呢？请你告诉我们，你是什么主义者呢？我们统统说过了：你底哥哥是人才教育主义，钱先生是资本主义……你呢？"

陶岚却冷冷地严峻地几乎含泪的答："我么？你问我么？我是自私自利的个人主义者！社会以我为中心，于我有利的拿了来，于我无利的推了去！"

萧涧秋随即向她奇异地望了一眼。方谋底已红的脸，似更羞涩似的。于是各人没有话。陶慕侃就叫用人端出饭来。

吃了饭以后，他们就从校长底家里走出来。风一阵一阵地刮大了。天气骤然很寒冷，还飘着细细的雨花在空中。

三

萧涧秋次日一早就醒来。他望见窗外有白光，他就坐起。可是窗外的白光是有些闪动的。他奇怪，随即将向小花园一边的窗的布幕打开，只见窗外飞着极大的雪。地上已一片白色。草，花，树枝上，都积着约有小半寸厚。正是一天的大雪，在空中密集的飞舞。

他穿好衣服，开出门。阿荣给他来倒脸水，他们迎面说了几句关于天气奇变的话，阿荣结尾说："昨天有许多穷人以为天气从此会和暖了，将棉衣都送到当铺里去。谁知今天又突然冷起来，恐怕有的要冻死了。"

他无心地洗好脸，在沿廊下走来走去的走了许多圈。他又想着昨天船中的所见。他想寡妇与少女三人，或者竟要冻死了，如阿荣所说。他心里非常地不安，仍在廊下走着。最后，他决计到她们那里去看一趟，且正趁今天是星期日。于是就走向阿荣底房里，阿荣立刻站起来问："萧先生，你要什么？"

"我不要什么，"他答。"我问你，你可知道一个她丈夫姓李的在广东打死的底妇人的家里在那里么？"

阿荣凝想了一息，立刻答："就是昨天从上海回来的么？"

"是呀。"

"她和你同船到芙蓉镇的。"

"是呀。你知道她的家么？"

"我知道。她底家是在西村，离此地只有三里。"

"怎么走呢？"

"萧先生要到她家里去么？"

"是，我想去，因为她丈夫是我同学。"

"呵，便当的，"阿荣一边做起手势来，"从校门出去向西转，一直去，过了桥，就沿河滨走，走去，望见几株大柏树的，就是西村。你再进去一问，便知道了，她底家在西村门口，便当的，离此地只有三里。"

于是他又回到房内。轻轻的愁一愁眉，便站在窗前，对小花园呆看着下雪的景象。

九点钟，雪还一样大。他按着阿荣所告诉他的路径，一直往西村走去。他外表还是和昨天一样，不过加上一件米色的旧的大衣在身外，一双黑皮鞋，头上一顶学生帽，在大雪之下，一片白色的河边，一片白光的野中，走的非常快。他有时低着头，有时向前面望一望，他全身似乎有一种热力，有一种勇气，似一只有大翼的猛禽。他想着，她们会不会认得他就是昨天船上的客人。但认得又有什么呢？他自己解释了。他只愿一切都随着自然做去，他对她们也没有预定的计划，一任时光老人来指挥他，摸摸他底头，微笑的叫他一声小娃娃，而且说，"你这样玩罢，很好的呢！"但无可讳免，他已爱着那位少女，同情于那位妇人底不幸的命运了。因此，他非努力向前走不可。雪上的脚印，一步一步的留在他的身后，整齐的、蜿蜒的，又有力的，绳索一般地穿在他底足跟上，从校门起，现在是一脚一脚地踏近她们门前了。

他一时直立在她底门外，约五分钟，他听不出里面有什么声音。他就用手轻轻的敲了几下门，一息，门就开了。出现那位妇人，她两眼红肿的，泪珠还在眼檐上，满脸愁容，又蓬乱着头发。她以为敲门的是昨天的老妇人，可是一见是一位陌生的青年，她随想将门关上。萧涧秋却随手将门推住，愁着眉，温和的说："请原谅我，这里是不是李先生底家呢？"

妇人一时气咽的答不出话。许久，才问道："你是谁？"

萧涧秋随手将帽脱下来，抖了一抖雪，慢慢的凄凉的说道："我姓萧,我是李先生的朋友。我本不知道李先生死了,我只记念着他已有多年没有寄信给我。现在我是芙蓉镇中学里的教师,我也还是昨天到的。我一到就向陶慕侃先生问起李先生的情形,谁知李先生不幸过去了!我又知道关于你们家中底状况。我因为切念故友,所以不辞冒昧的,特来访一访。李先生还有子女,可否使我认识他们?我一见他们,或者和见李先生一样,你能允许吗?"

年轻的寡妇,她一时觉得手足无措。她含泪的两眼,仔细地向他看了一看。到此,她已不能拒绝这一位非亲非戚的男子的访谒了,随说:"请进来罢,可是我底家是不像一个家的。"

她衣单,全身为寒冷而战抖,她底语气是非常辛酸的,每个声音都从震颤的身心中发出来。他低着头跟她进去,又为她掩好门。屋内是灰暗的,四壁满是尘灰。于是又向一门弯进,就是她底内室。在地窖似的房内,两个孩子在一张半新半旧的大床上坐着,拥着七穿八洞的棉被,似乎冷的不能起来。女孩子这时手里捻着一块饼干,在喂着她底弟弟,小孩正带着哭的嚼着。这时妇人就向女孩说:"采莲,有一位叔叔来看你!"

女孩扬着眉向来客望,她底小眼是睁得大大的。萧涧秋走到她底床前,一时,她微笑着。萧涧秋随即坐下床边,凑近头向女孩问:"小娃娃,你认得我吗?"

女孩拿着饼干,摇了两摇头。他又说:"小妹妹,我却早已认识你了。"

"那里呀?"

女孩奇怪的问了一句。他说:"你是喜欢橘子的,是不是?"

女孩笑了。他继续说:"可惜我今天忘记带来了。明天我当给你两只很大的橘子。"

一边就将女孩底红肿的小手取去,小手是冰冷的,放在他自己底唇上吻了一吻，就回到窗边一把椅上坐着。纸窗的外边，雪正下的起劲。于是他又看一遍房内，房内是破旧的，各种零星的器物上，都反映着一种说不出的凄惨的黝色。妇人这时候取着床边的位子，给女孩穿着衣服，她一句也没有话，好像心已被冻的结成一块冰。小孩子呆呆的向来客看看，又咬了一口饼干，——这当然是新从上海带来的，又向他底母亲哭着叫冷。女孩也奇怪的向萧涧秋底脸上看，深思的女孩子，她也同演着这一幕的悲哀，叫不出话似地。全身发抖着，时时将手放在口边呵气。这样，房内沉寂片时，只听窗外嘶嘶的下雪声。有时一两片大雪也飞来敲她底破纸窗。以后，萧涧秋说了："你们以后怎样的过去呢？"

妇人奇怪的看他一眼，慢慢的答："先生，我们还有怎样的过去呀？我们想不到怎样的过去啊！"

"产业？"

"这已经不能说起。有一点儿，都给死者卖光了！"

她底眼圈里又涌起泪。他随问："亲戚呢？"

"穷人会有亲戚么？"

她又假做的笑了一笑。他一时默着，实在选择不出相当的话来说。于是妇人接着问道："先生，人总能活过去的罢？"

"自然。"他答，"否则，天真是没有眼睛。"

"你还相信天的么？"妇人稍稍起劲的："我是早已不相信天了！先生，天底眼睛在那里呢？"

"不是，不过我相信好人终究不会受委屈的。"

"先生，你是照戏台上的看法。戏台上一定是好人团圆的。现在我底丈夫却是被枪炮打死了！先生，叫我怎样养大我底孩子呢？"

妇人竟如疯一般说出来，泪从她底眼中飞涌出来。他一时呆着。女孩子又在她旁边叫冷，她又向壁旁取出一件破旧而大的棉衣给她穿上，穿得女孩只有一双眼是伶俐的，全身竟像一只桶子。妇人一息又说：

"先生,我本不愿将穷酸的情形诉说给人家听,可是为了这两个造孽的孩子,我不能不说出这句话来了!"一边她气咽的几乎说不成声,"在我底家里,只有一升米了。"

萧涧秋到此,就立刻站起来,强装着温和,好象不使人受惊一般,说:"我到这里来为什么呢?我告诉你罢,——我以后愿意负起你底两个孩子的责任。采莲,你能舍得她离开么?我当带她到校里去读书。我每月有三十元的收入,我没有用处,我可能以一半供给你们。你觉得怎样呢?我到这里来,我是计算好来的。"

妇人却伸直两手,简直呆了似的睁眼视他,说道:"先生,你是……?"

"我是青年,我是一个无家无室的青年。这里,——"他语声颤抖的同时向袋内取出一张五元的钞票,"你……"一边更苦笑起来,手微颤地将钱放在桌上,"现在你可以买米。"

妇人身向床倾,几乎昏去似的说:"先生,你究竟是……你是菩萨么?……"

"不要说了,也无用介意的,"一边转向采莲,"采莲,你以后有一位叔叔了,你愿意叫我叔叔么?"

女孩子也在旁边听呆着,这时却点了两点头。萧涧秋走到她底身边,轻轻的将她抱起来。在她左右两颊上吻了两吻,又放在地上,一边说:"现在我要回校去了。明天我又来带你去读书。你愿意读书么?"

"愿意的。"

女孩终于娇憨的说出话来。他随即又取了她底冰冷的手吻了一吻,又放在他自己底颈边,回头向妇人说:"我要回校去了。望你以后勿为过去的事情悲伤。"一边就向门外走出,他底心非常愉快。女孩却在后面跟出来,她似乎不愿意这位多情的来客急速回去,眼睛不移的看着他底后影。萧涧秋又回转头,用手向她挥了两挥,没有说话,竟一径踏雪走远了。妇人非常痴呆地想着，眼看着桌上的钱，竟想得又流出眼泪。她对于这件突然的天降的福利，不知如何处置好。但她能拒绝一位陌生的青年的所赐么？天知道，为了孩子的缘故，她诚心诚意地接受了。

四

萧涧秋在雪上走，有如一只鹤在云中飞一样。他贪恋这时田野中的雪景，白色的绒花，装点了世界如带素的美女，他顾盼着，他跳跃着，他底内心竟有一种说不出的微妙的愉悦。这时他想到了宋人黄庭坚有一首咏雪的词。他轻轻念，后四句是这样的：

> 贫巷有人衣不纩，
> 北窗惊我眼飞花。
> 高楼处处催沽酒，
> 谁念寒生泣《白华》！

一边，他很快的一息，就回到校内。

他向他自己底房门一手推进去，他满望在他自己底房内自由舒展一下，他似乎这两点钟为冰冷的空气所凝结了。不料陶岚却站在他底书架的面前，好像检查员一样的在翻阅他底书。她听到声音立刻将书盖拢，微笑的迎着。萧涧秋一时似乎不敢走进去。陶岚说："萧先生，恕我冒昧。我在你底房内，已经翻了一点多钟的书了。几乎你所有的书，都给我翻完了。"

他一边坐下床上，一边回答："好的，可惜我没有法律的书。你或者都不喜欢它们的呢？"

她怔了一怔，似乎听得不愿意，慢慢的答道："喜欢的，我以后还想读它几本。虽则，我恐怕不会懂它。"

这时萧涧秋却自供一般的说："我此刻到过姓李的妇人底家里了。"

"我已经知道。"

陶岚回答的非常奇怪。一息，补说："阿荣告诉我的。她们现在怎样呢？"

萧涧秋也慢慢的答，同时摩擦他底两手，抵着头："可怜的很，孩子叫冷，米也没有。"

陶岚一时静默着，她似乎说不出话。于是萧又说道："我看她们底孩子是可爱的，所以我允许救济她们。"

她却没有等他说完，又说，简慢地："我已经知道。"

萧涧秋却稍稍奇怪地笑着问她："事情我还没有做，你怎样就知道呢？"

她也强笑的好像小孩一般的说："我知道的。否则你为什么到她们那里去？我们又为什么不去呢？天岂不是下大雪？哥哥他们都围在火炉的旁边喝酒，你为什么独自冒雪出去呢？"

这时他却睁大两眼，一瞬不瞬地看住她。可是他却看不出她底别的，只从她底脸上看出更美来了：柔白的脸孔，这时两颊起了红色，润腻的，光洁的。她低头，只动着两眼，她底眼毛很长，同时在她深黑的眼珠底四周衬的非常之美。萧仔细的觉察出——他底心胸也起伏起来。于是他站起，在房内走了一圈。陶岚说："我不知自己怎样，总将自己关在狭小的笼里。我不知道笼外还有怎样的世界，我恐怕这一世是飞不出去的了。"

"你为什么说这话呢？"

"是呀，我不必说。又为什么要说呢？"

"你不坐么？"

"好的，"她笑了一笑，"我还没有将为什么到你这里来的原意告诉你。我是来请你弹琴的。我今天一早就将琴的位置搬移好,叫两个用人收拾。又在琴的旁边安置好火炉。我是完全想到自己的。于是我来叫你,我和跑一样快的走来。可是你不在,阿荣说,你到西村去,我就知道你底意思了。现在,已经没有上半天了,你也愿意吃好中饭就到我家里来么?"

"愿意的,我一定来。"

"呵!"她简直叫起来,"我真快乐,我是什么要求都得到满足的。"

她又仔细的向萧涧秋看了一眼,于是说,她要去了。可是一边她还在房内站着不动,又似不愿去的样子。

白光晃耀的下午,雪已霁了!地上满是极大的绣球花。

萧涧秋腋下挟着几本泰西名家的歌曲集,走到陶岚底家里。陶岚早已在门口迎着他。他们走进了一间厢房,果然整洁,幽雅,所谓明窗净几。壁上挂着几幅半新旧的书画,桌上放着两三样古董。萧涧秋对于这些,是从来不留意的,于是径坐在琴边。他谦逊了几句,一边又将两手放在火炉上温暖了一下,他就翻开一阕进行曲,弹了起来。他弹的是平常的,虽则陶岚说了一句"很好",他也能听得出这是普通照例的称赞。于是他又弹了一首跳舞曲,这比较是艰难一些,可是他底手指并不怎样流畅。他弹到中段,戛然停止下来,向她笑了一笑。这样,他弹起歌来。他弹了数首浪漫主义的作家底歌,竟使陶岚听得沉醉了。她靠在钢琴边,用她全部的注意力放在音键底每个发音上,她听出婴记号与变记号的半音来。她两眼沉沉地视着壁上的一点,似乎不肯将半丝的音波忽略过去。这时,萧涧秋说:"就是这样了。音乐对于我已经似久放出笼的小鸟对于旧主人一样,不再认得了"。

"请再弹一曲。"她追求的。

"我是不会作曲的,可是我曾谱过一首歌。现在奏一奏我自己的。

你不能笑我,你必得首先允许。"

"好。"陶岚叫起来。

同时他向一本旧的每页脱开的音乐书上,拿出了两张图画纸。在这个上面,抄着萧涧秋自填的一首诗歌,题着《青春不再来》五字。他展开在琴面上,向陶岚看了一看,似乎先要了解她的感情底同感程度的深浅如何。而她这时是愁着两眉向他微笑着。他于是坐正身子,做出一种姿势,默默地想了一息,就用十指放在键上,弹着。一边轻轻的这样唱下去:

荒烟,白雾,
迷漫的早晨。
你投向何处去?
无路中的人呀!

洪蒙转在你底脚底,
无边引在你底前身,
但你终年只伴着一个孤影,
你应慢慢行呀慢慢行。

记得明媚灿烂的秋与春,
月色长绕着海浪在前行。
但白发却丛生到你底头顶,
落霞要映入你心坎之沁深。

只留古墓边的暮景,
只留白衣上底泪痕,

永远剪不断的愁闷！

一去不回来的青春。

青春呀青春，

你是过头云；

你是离枝花，

任风埋泥尘。

琴声是舒卷地一丝丝在室内飞舞，又冲荡而漏出到窗外，蜷伏在雪底凛冽的怀抱里；一时又回到陶岚底心坎内，于是她底心颤动了，这是冷酷的颤动，又是悲哀的颤动，她也愁闷了。她耳听出一个个字底美的妙音，又想尽了一个个字所含有的真的意义。她想不到萧涧秋是这样一个人，她要在他底心之深处感到惆怅而渺茫。当他底琴声悠长地停止以后，她没精打采地问他："什么时候做成这首歌的呢？"

"三年了。"他答。

"你为什么作这首歌的呢？"

"为了我在一个秋天的时分。"

她一看不看地继续说："不，春天还未到，现在还有二月呀！"

他将两手按在键盘上，呆呆地答："我自己是始终了解的：我是喜欢长阴的秋云里底飘落的黄叶的一个人。"

"你不要弹这种歌曲罢！"

她还是毫无心思地说出。萧涧秋却振一振精神，说："哈，我却无意地在你面前发表我底弱点了。不过这个弱点，我已经用我意志之力克服了，所以我近来没有一点诗歌里的思想与成分。感动了你么？这是我底错误，假如我在路上预想一想我对你应该弹些什么曲，适宜于你底快乐的，那我断不会拣选这一个。现在……"

他看陶岚还是没有心思听他底话，于是他将话收止住。一边，他底心也飘浮起来，似乎为她底情意所迷醉。一边，他翻起一首极艰深的歌曲，他两眼专注地看在乐谱上。

陶岚却想到极荒渺的人生底边际上去。她估量她自己所有的青春，这青春又不知是怎样的一种面具。一边，她又极力追求萧涧秋的过去到底是如何的创伤，对于她，又是怎样的配置。但这不是冥想所能构成的——眼前的事实，她可以触一触他底手，她可以按一按他底心罢？她不能沉她自身到一层极深的渊底里去观测她底自身，于是她只有将她自己看作极飘渺的空幻化——她有如一只蜉蝣，在大海上行走。

许久，他们没有交谈一句话。窗外也寂静如冰冻的，只有雪水一滴滴的从檐上落到地面，似和尚在夜半敲磬一般。

萧涧秋一边站起，恍恍惚惚的让琴给她："请你弹一曲罢。"

她睁大眼痴痴地："我？我？……唉！"

十分羞怯地推辞着。

萧涧秋重又坐在琴凳上，十分无聊赖似的，擦擦两手，似怕冷一样。

五

当晚七点钟，萧涧秋坐在他自己房内的灯下，这样的想："我已经完全为环境所支配！一个上午，一个下午，我接触了两种模型不同的女性底感情的飞沫，我几乎将自己拿来麻痹了！幸福么？苦痛呢？这还是一个开始。不过我应该当心，应该避开女子没有理智的目光的辉照。"

他想到最后的一字的时候，有人敲门。他就开门让他进来，是陶慕侃。这位中庸的校长先生，笑眯眯的从衣袋内取出一封信，递给他。一边说："这是我底妹妹写给你的，她说要向你借什么书。她晚上发了一晚上的呆，也没有吃夜饭，此刻已经睡了。我底妹妹是有些古怪的，实在因她太聪明了。她不当我阿哥是什么一回事，她可以指挥我，利用我。她也不信任母亲，有意见就独断独行。我和母亲都叫她王后，别人们也都叫她'Queen'我有这样的一位妹妹，真使我觉得无可如何。你未来以前，她又说要学音乐。现在你来，当然可以说配合她底胃口，她可以说是'一学便会'的人，现在或者要向你借音乐书了。"陶慕侃说到这里为止，没有等萧说"你那里能猜得到，音乐书我已经借给她了"，就笑着走出去了。

萧涧秋不拆信，他还似永远不愿去拆它的样子，将这个蓝信封的爱神的翅膀一般的信放在抽斗内。他在房内走了几圈。他本来想要预备一下明天的教课，可是这时他不知怎样，将教学法翻在案前，他总看不进去。他似觉得倦怠，他无心预备了。他想起了陶岚，实在是一位稀有的可爱的人。于是不由他不又将抽斗开出来，仍将这封信捧在手内。一时他想："我应该看看她到底说些什么话。"

一边就拆了，抽出二张蓝色的信纸来。他细细的读下：

  萧先生：这是我给你的第一封信，你可在你底日记上记下的。

  我和你认识不到二十四小时，谈话不上四点钟。而你底人格，态度，动作，思想，却使我一世也不能忘记了。我底生命的心碑上，已经深深地刻上你底名字和影子，终我一生，恐怕不能泯灭了。唉，你底五色的光辉，天使送你到我这里来的么？

  我从来没有像今天下午这样苦痛过，从来没有！虽则吐血，要死，我也不曾感觉得像今天下午这样使我难受。萧先生，那时我没有哭么？我为什么没有哭的声音呢？萧先生，你也知道我那时的眼泪，向心之深处流罢？唉，我为什么如此苦痛呢？因为你提醒我真的人生来了。你伤悼你底青春，可知你始终还有青春的。我想，我呢？我却简直没有青春，简直没有青春！这是怎么说法的？萧先生！

我自从知道人间有丑恶和痛苦之后——总是七八年以前了，我底知识是开窍的很早的——我就将我自己所有的快乐，放在人生底假的一面去吸收。我简直好像玩弄猫儿一样的玩弄起社会和人类来，我什么都看得不真实，我只用许许多多的各种不同的颜色，涂上我自己底幸福之口边去。我竟似在雾中一样的舞起我自己底身体来。唉，我只有在雾中，我那里有青春！我只有晨曦以前的妖现，我只有红日正中的怪热，我是没有青春的。我一觉到人性似魔鬼，便很快的将我底青春放走了，自杀一样的放走了。我真可怜，到今天下午才觉得，是你提醒我，用你真实的生命底哀音唤醒我！

萧先生，你或者以为我是一个发疯的女子——放浪，无礼，骄傲，痴心，你或者以为我是这一类的人么？萧先生，假如你来对我说一声轻轻的"是"，我简直就要自杀！但试问我以前是不是如此？是不是放浪，无礼，骄傲，痴心等等呢？我可以重重地自己回答一句："我是的！"萧先生，你也想得到我现在是怎样的苦痛？你用神圣的钥匙，将我从假的门里开出，放进真的门内去，我有如一个久埋地下的死人活转来，我是如何的委屈，悲伤！

我为什么到了如此？我如一只冰岛上的白熊似的，我在寒威的白色的光芒里喘息我自己底生命。母亲，哥哥，唉，我亦不愿责备人世了！萧先生，你以为人底本性都是善的么？在你慈悲的眼球内或者都是些良好的活动影子，而我却都视它们是丑恶的一团呢！现在，我怎样，我想此后找住我底青春，追回我底青春，尽力地享受一下我底残余的青春！萧先生，希望你给我一封回信，希望你以对待那位青年寡妇的心来对待我，我是受着精神的折磨和伤害的！

祝你在我们这块小园地内得到快乐！

陶岚敬上

他读完这封信，一时心里非常地踌躇起来。叫他怎样回答呢？假如这时陶岚在他的身边，他除出睁着眼，紧紧地用手捻住她底手以外，他会说不出一句话来，半天，他会说不出一句话来的，可是这时，房内只有他独自。校内的空气也全是冷寂的，窗外的微风，吹动着树枝，他也可以听得出树枝上的积雪就此簌簌的落下来，好像小鸟在绿叶里跳动一样。他微笑了一笑，又冥想了一冥想。抽出一张纸，他自己愿意的预备写几句回信了，一边也就磨起墨。可是又有人推进门来，这却是同事方谋。他来并没有目的的，似乎专为慨叹这天气之冷，以及夜长，早睡睡不着，要和这位有经历的青年人谈谈而已。方谋底脸孔是有些方的，谈起话来好像特别诚恳的样子。他开始问北京的情形和时局，无非是些外交怎么样，这次的内阁总理究竟是怎么样的人以及教育部对于教育经费独立，小学教员加薪案到底如何了等。萧涧秋——据他所知回答他，也使他听得满意。他虽心里记着回信，可是他并没有要方谋出去的态度。两人谈的很久，话又转到中国未来的推测方面，就是革命的希望，革命成功的预料。萧涧秋谈到这里，就一句没有谈，几乎全让方谋一个人滔滔地说个不尽。方谋说，革命军不久就可以打到江浙，国民党党员到处活动的很厉害，中国不久就可以强盛起来，似乎在三个月以后，一切不平等条约就可取消，领土就可收回，国民就可不做弱国的国民，一变而为世界的强族。他说："萧先生，我国是四千年来的古国，开化最早，一切礼教文物，都超越乎泰西诸邦。而现在竟为外人所欺侮，尤为东邻弹丸小国所辱，岂非大耻？我希望革命早些成功，使中华二字一跃而惊人，为世界的泱泱乎大国！"萧涧秋只是微笑的点点头，并没有插进半句嘴。方谋也就停止他底宏论。房内一时又寂然。方谋坐着思索，忽然看见桌上的蓝信封——在信封上是写着陶岚二字——于是又鼓起兴致来，欣然地向萧涧秋问道："是密司陶岚写的给你么？"一边就伸出手取了信封看了一看。

"是的，"萧答。

方谋没有声音的读着信封上的"烦哥哥交——"等字样，他也就毫无疑义地接着说道，几乎一口气的："密司陶岚是一位奇怪的女子呢！人实在是美丽，怕像她这样美丽的人是不多有的。也异常的聪明：古文做的很好，中学毕业第一。可是有古怪的脾气，也骄傲的非常。她对人从没有好礼貌，你到她底家里去找她底哥哥。她一见就不理你的走进房，叫一个用人来回复你，她自己是从不肯对你说一句'哥哥不在家'的话的。听说她在外边读书，有许多青年竟被她弄的神魂颠倒，他们写信，送礼物，求见，很多很多，却都被她胡乱的玩弄一下，笑嘻嘻地走散。她批评男子的目光很锐利，无论你怎样，被她一眼，就全体看得透明了。所以她到现在——已经二十三四岁了罢？——婚姻还没有落定。听说她还没有一个意中人，虽则也有人毁谤她，攻击她，终究似乎还没有一个意中人。现在，你知道么？密司脱钱正积极地进行，媒人是隔一天一个的跑到慕侃底家里。慕侃底母亲，大有允许的样子，门第是阔的。他自己又是商科大学的毕业生，头戴着方帽子，家里也挂着一块'学士第'的直竖匾额在大门口的。虽则密司陶不爱钱，可是密司陶总爱钱的，况且母兄作主，她也没有什么办法。女子一过二十五岁，许配人就有些为难，况且密司脱钱，也还生的漂亮。她母亲又以为女儿嫁在同村，见面便当。所以这婚姻，恐怕不长久了，明年二月，我们大有吃喜酒的希望。"

方谋说完，又哈哈笑一声。萧涧秋也只是微笑的静默地听着。

钟已经敲十下。在乡间，十时已是一个很迟的时候，况且又是寒天，雪夜，谁都应当睡了。于是方谋寒潇的抖着站起身说："萧先生，旅路劳惫，天气又冷，早些睡罢。"

一边又说句"明天会"，走出门外。

萧涧秋在房内走了两圈，他不想写那封回信了，不知为什么，他总不想立刻就写了，并不是他怕冷，想睡，爱情本来是无日无夜，无冬无夏的，但萧涧秋好像没有爱情。最少，他不愿说这个就是爱情，况且正是别人良缘进行的时候。

于是他将那张预备好写回信的纸，放还原处。他拿出教科书，预备明天的功课。

第二天，天晴了，阳光出现。他教了几点钟的功课，学生们都听得非常欢喜。

下午3点钟以后，他又跑到西村。青年寡妇开始一见他竟啜泣起来，以后她和采莲都对他非常快乐。她们泡很沸的茶，茶里放很多的茶叶，请他喝。这是她想的惟一的酬答。她问萧涧秋是什么地方人，并问何时与她底故夫是同学，而且问的非常低声，客气。萧涧秋一边抱着采莲，采莲也对他毫不陌生了，一边简短的回答她。可是当妇人听到他说他是无家无室的时候，不禁又含起泪来悲伤，惊骇，她温柔地问："像萧先生这样的人竟没有家么？"

萧涧秋答："有家倒不能自由；现在我是心想怎样，就可以怎样做去的。"

寡妇却说："总要有一个家才好，像萧先生这样好的人，应该有一个好的家。"

她底这个"家"意思就是"妻子"。萧涧秋不愿与她多说，他以为女人只有感情，没有哲学的，就和她谈到采莲底读书的事。妇人底意思，似乎想要她读，又似乎不好牵累萧涧秋。并说，她底父亲在时，是想培植她的，因为女孩子非常聪明听话。于是萧说："跟我去就是了。钱所费是很少的。"

　　他们就议定，叫采莲每天早晨从西村到芙蓉镇校里，母亲送她过桥。下午从芙蓉镇回家，萧涧秋送她过桥，就从后天起。女孩子一听到读书，也快活的跳起来，因为西村也还有到芙蓉镇读书的儿童，他们背着书包走路的姿势，早已使她底小心羡慕的了。

六

　　当天晚上，萧涧秋坐在他自己底房内，心境好像一件悬案未曾解决一般的不安。并不全是为一天所见的钱正兴，使他反映地想起陶岚，其中就生一种恐惧和伤感；——钱正兴在他底眼中，不过是一个纨袴子弟，同世界上一切纨袴子弟一样的。用大块的美容霜擦白他底脸孔，整瓶的香发油倒在他已光滑如镜子的头发上。衣服香而鲜艳，四边总用和衣料颜色相对比的做镶边，彩蝶的翅膀一样。讲话时做腔作势，而又带着心不在焉的样子，这似乎都是纨袴子弟的特征，普遍而一律的。而他重读昨夜的那封信，对于一个相知未深的女子底感情底澎湃，实在不知如何处置好。不写回信呢，是可以伤破女子的神经质的脆弱之心的，写回信呢，她岂不是同事正在进行的妻么？他又找不出一句辩论，说这样的通信是交际社会的一切通常信札，并不是情书。他要在回信里写上些什么呢？他想了又想，选择了又选择，可是没有相当的简洁的而可以安慰她的字类，似乎全部字典，他这时要将它掷在废纸堆里了。他在房内徘徊，沉思，吟咏，陶岚的态度，不住地在他底冷静的心幕上演出，一微笑，一瞬眼，一点头，他都非常清楚地记得她。可是他却不知道怎样对付这个难题。他几乎这样空费了半点钟，竟连他自己对他自己痴笑起来，于是他结论自语道，轻轻的："说不出话，就不必说话罢。"

一边他就坐下椅子，翻开社会学的书来，他不写回信了，并用一种人工假造的理论来辩护他自己，以为这样做，正是他底理智战胜。

第二天上午十时，萧涧秋刚退了课，他预备到花园去走一圈，借以晒一回阳光。可是当他回进房，而后面跟进一个人来，这正是陶岚。她只是对他微笑，一时气喘的，并没有说一句。镇定了好久以后，才说："收到哥哥转交的信么？"

"收到的，"萧答。

"你不想给我一封回信么？"

"叫我从什么开端说起？"

她痴痴的一笑，好像笑他是一个傻子一样。同时她深深地将她胸中底郁积，向她鼻孔中无声地呼出来。呆了半晌，又说："现在我却又要向你说话了。"

一边就从她衣袋内取出一封信，仔细地交给他，像交给一件宝贝一样。萧涧秋微笑地受去，只略略的看一看封面，也就仔细地将它藏进抽斗内，这种藏法也似要传之久远一般。

陶岚将他底房内看一遍，就低下头问："你已叫采莲妹来这里读书么？"

"是的，明天开始来。"

"你要她做你底干女儿么？"

"谁说？"

萧涧秋奇怪地反问。她又笑一笑，不认真的，又说："不必问他了。"

萧涧秋也转叹息的口气说:"女孩子是聪明可爱的。"

"是,"她无心的,"可是我还没有见过她。"

停一息,忽然又高兴地说:"等她来时,我想送她一套衣服。"

又转了慢慢的冷淡的口气说:"萧先生,我们是乡下,农村,村内底消息是传的非常快的。"

"什么呢?"萧涧秋全不懂得地问。

她却又苦笑了一笑,说:"没有什么。"

萧涧秋转过他底头向窗外。她立刻接着说:"我要回去了。以后我在校内有课,中一的英文,我已向哥哥嚷着要来了。每天上午10时至11时一点钟。哥哥以前原要我担任一点教课,我却仰起头对他说:'我是在家养病的。'现在他不要我教,我却偏要教,哥哥没有办法。他没有对你说过么?哎,我自己是不知道什么缘故。"

一边,她就得胜似的走出门外,萧涧秋也向她点一点头。

他坐到床上,几乎发起愁来,可是一时又自觉好笑了。他很快的走到桌边,将那封信重新取出来,用剪刀裁了口,抽出一张信纸,他靠在桌边,几乎和看福音书一样,他看下去:

  萧先生:我今天失望了你两次的回音:日中,傍晚,孩子放学回家的时候。此次已夜十时了,我决计明天亲身到你身边来索取!

  我知道你一定不以我为一位发疯的女子?不会罢?那你应该给我一封回信。说什么呢?随你说去,正似随我说来一样——我是想到什么就说什么的。

  你应告诉我你底思想,并不是宇宙人生的大道理,这是我所不懂得的,是对我要批评的地方。我知道我自己底缺点很多,所谓坏脾气。但母亲哥哥都不能指摘我,我是不听从他们底话的。现在,望你校正我罢!

你也应告诉我你底将来,你底家乡和家庭等。

因为对面倒反说不出话,还是以笔代便些,所以你必得写回信,虽则邮差就是我自己。

你在此地生活不舒服么?——这是哥哥告诉我的,他说你心里好似不快。还有别的原因么?校内几个人的模型是不同的,你该原谅他们,他们中有的实在是可怜——无聊而又无聊的。

一个望你回音的人

他看完这封信,心里却激烈地跳动起来,似乎幸福挤进他底心,他将要晕倒了!他在桌边一时痴呆地,他想,他在人间是孤零的,单独的,虽在中国的疆土上,跑了不少的地面,可是终究是孤独的。现在他不料来这小镇内,却被一位天真可爱而又极端美丽的姑娘,用爱丝来绕住他,几乎使他不得动弹。虽则他明了,她是一个感情奔放的人,或者她是用玩洋囡囡的态度来玩他,可是谁能否定这不是"爱"呢?爱,他对于这个字却仔细地解剖过的。但现在,他能说他不爱她么?这时,似乎他底秋天的思想,被夏天的浓云的动作来密布了。他还是用前夜未曾写过的那张信纸,他写下:

我先不知道对你称呼什么好些?一个青年可以在他敬爱的姑娘前面叫名字么?我想,你有少年人底理性和勇敢,你还是做我底弟弟罢。

我读你底信,我是苦痛的。你几乎将我底过去的寂寞的影子云重重地翻起,给我清冷的前途,打的零星粉碎。弟弟,请你制止一下你底红热的感情,热力是要传播的。

　　我底过去我只带着我自己底影子伴个到处。我有和野蛮人同样的思想,认影子就是灵魂,实在,我除了影子以外还有什么呢?我是一无所有的人,所以我还愿以出诸过去的,现诸未来。因为"自由"是我底真谛,家庭是自由的羁绊。

　　而且这样的社会,而且这样的国家,家庭的幸福,我是不希望得到了。我只有淡漠一点看一切,真诚地爱我心内所要爱的人,一生的光阴是有限的,愿勇敢抛过去,等最后给我安息。不过弟弟底烂漫的野火般的感情我是非常敬爱的,火花是美丽的,热是生命的原动力。不过弟弟不必以智慧之尺来度量一切,结果苦恼自己。

　　说不出别的话,祝你快乐!

萧涧秋上

　　他一边写完这封信,随手站起,走到箱子旁,翻开那箱子。它里面乱放着旧书,衣服,用具等。他就从一本书内,取出二片很大的绛红色的非常可爱的枫叶来,这显然已是两三年前的东西了,因他保存很好,好像标本。这时他就将它夹在信纸内,一同放入信封中。

　　放昼学的铃响了,他一同和小朋友们出去。几乎走了两个转角,他找着一个孩子——他是陶岚指定的,住在她的左邻——将信轻轻的交给他,嘱他带去。聪明的孩子,也笑着点头,轻跳了两步,跑去了。

　　仍在当天下午,陶慕侃从校外似乎不愉快地跑进来。萧涧秋迎着,向他谈了几句关于校务的话。慕侃接着,却请他到校园去,他要向他谈谈。二人一面散步,一面慕侃几乎和求他援助一般,向他说道:"萧,你知道我底妹妹的事真不好办,我竟被她弄得处处为难了。你知道密司脱钱很想娶我底妹妹,当初母亲大有满意的样子。我因为妹妹终身的事情,任妹妹自己作主,我不加入意见。而妹妹却向母亲声明,只要有人愿意每年肯供给她三千元钱,让她到外国去跑三年,她回来就可以同这人结婚,无论这人是怎么样,瞎眼,跛足;六十岁或十六岁都好。可是密司脱钱偏答应了,不过条件稍稍修改一些,是先结了婚,后同她到美国去,而我底母亲偏同意这修改的条件。虽则妹妹不肯答应,母亲却也不愿让一个女孩儿到各国去乱跑。萧,你想,天下也会有这样的呆子,放割断了线的金纸鸢么?所以母亲对于钱的求婚,竟是半允许了。所谓半允许,实际也就是允许的一面。不料今天吃午饭时,母亲又将上午钱家又差人来说的情形告诉妹妹,并拣日送过订婚礼来。妹妹一听,却立刻放下筷,跑到房内去哭了!母亲是非常爱妹妹的,她再三问妹妹,而妹妹对母亲却表示不满,要母亲立刻拒绝,在今天一天之内。"陶说到这里,向四周看一看,提防别人听去一样。接着又轻轻地说:"母亲见劝的无效,那有不依她。于是来叫我去,难题目又落到我底身上了。妹妹并限我在半夜以前,要将一切回复手续做完。萧,我底妹妹是Queen,你想,叫我怎样办呢?密司脱钱是此地的同事,他一听消息,首当辞退教务。这还不要紧,而他家也是贵族,他父亲是做官的,曾经做过财政部次长,会由我们允就允,否就否,随随便便么?妹妹虽可对他执住当初的条件,可是母亲却暗下和他改议过了。现在却叫我去办,这虽不是一件离婚案,实际却比离婚案更难,离婚可提出理由,叫我现在提出什么理由呢?"

他说到这里,竟非常担忧地搔搔他底头发。停一息,又叹了一口气,说:"萧,你是一个精明的人,代我想想法子,叫我怎样办好?"

这时萧涧秋向他看了一看,几乎疑心这位诚实的朋友有意刺他。可是他还是镇静的真实地答道:"延宕就是了。使对方慢慢地冷去,假如你妹妹真的不愿意的话。"

"真的不愿。"慕侃勾一勾头,着重的。

萧又说:"那只好延宕。"

慕侃还是愁眉的,为难的说:"延宕,延宕,谁知道我妹妹真的又想怎样呢?我代她延宕,而妹妹却偏不延宕了,叫我怎样办呢?"

萧涧秋忽然似乎红了脸,他转过头取笑说:"这却只好难为了哥哥!"

二人又绕走了一圈路,于是回到各人底房内。

七

采莲——女孩子来校读书的早晨。

这天早晨,萧涧秋迎她到桥边,而青年寡妇也送她到桥边,于是大家遇着了。这是一个非常新鲜幽丽的早晨,阳光晒的大地镀上金色,空气是清冷而甜蜜的。田野中的青苗,好顿然青长了几寸;桥下的河水,也悠悠地流着,流着;小鱼已经在清澈的水内活泼地争食了。萧涧秋将采莲轻轻抱起,放在唇边亲吻了几下,于是说:"现在我们到校里去罢。"一边又对那妇人说:"你回去好了,你站着,女孩子是不肯走的。"

女孩子依依地视了一回母亲,又转脸慢慢地看了一回萧涧秋——在她弱小的脑内,这时已经知道这位男子,是等于她爸爸一样的人了。她底喜悦的脸孔倒反变得惆怅起来,妇人轻轻的整一整她底衣,向她说:"采莲,你以后要听萧伯伯底话的,也不要同别的人去闹,好好的玩,好好的读书,记得么?"

"记得的。"女孩子回答。

一时她又举手头向青年说:"萧伯伯,学校里有橘子树么?妈妈说学校里有橘子树呢!"

妇人笑起来，萧涧秋也明白这是引诱她的话，回答说："有的，我一定买给你。"

于是他牵着她底手，离开妇人，一步一步向往校这条路走。她几次回头看她的母亲，她母亲也几次回头来看她，并遥远向她挥手说："去，去，跟萧伯伯去，晚上妈妈就来接你。"

萧涧秋却牵她的袖子，要使她不回头去，对她说："采莲，校里是什么都有的，橘子树，苹果的花，你知道苹果么？哎，学校里还有大群的小朋友，他们会做老虎，做羊，做老鹰，做小鸡，一同玩着，我带你去看。"

采莲就和他谈起关于儿童的事情来。不久，她就变作很喜悦的样子。

到了学校底会客室，陶慕侃方谋等几位教师也围拢来。他们称赞了一会女孩子底面貌，又惋惜了一会女孩子底命运，高声说，她底父亲是为国牺牲的。最后，陶慕侃还老老实实地拍拍萧涧秋底肩膀说："老弟，你真有救世的心肠，你将来会变成一尊菩萨呢！"

方谋又附和着嘲笑说："将来女孩子得到一个佳婿，萧先生还和老丈人一般地享福呵！"

萧涧秋摇摇头，觉得话是愈说愈讨厌，一边正经的向慕侃说："不要说笑话，我希望你免了她的学费。"

慕侃急忙答："当然，当然，书籍用具也由我出。"

一边就跑出做事去了。萧涧秋又叫了三数个中学部的学生，对他们说："领这位小妹妹到花园，标本室去玩一趟罢。"

小学生也一大群围拢她，拥她去，谁也忘记了她是一个贫苦的孤女。萧涧秋在后面想："她倒真像一位Queen呢！"

十点钟，陶岚来教她英文的功课。她也首先看一看女孩子，也一见便疼爱她了。似乎采莲的黑小眼，比陶岚底还要引人注意。陶岚搂了她一会，问了她一些话。女孩子也毫不畏缩的答她，答的非常简单，清楚。她一会又展开了她底手，嫩白的小手，竟似荷花刚开放的瓣儿，她又在她手心上吻了几吻。萧涧秋走来，她却慢慢地离开了陶岚，走近到他底身边去，偎依着他。他就问她："你已记熟了字么？"

"记熟了。"采莲答。

"你背诵一遍看。"

她就缓缓的好像不得不依地背诵了一遍。

陶岚和萧涧秋同时相对笑了。萧在她底小手上拍拍，女孩接着问："萧伯伯，那边唱什么呢？"

"唱歌。"

"我将来也唱的么？"

"是呀，下半天就唱了。"

她就做出非常快乐而有希望的样子。萧涧秋向陶岚说："她和你底性情相同的，她也喜欢音乐呢。"

陶岚娇媚地一笑，轻说："和你也相同的，你也喜欢音乐。"

萧向她看了一眼，又问女孩子，指着陶岚说："你叫这位先生是什么呢？"

女孩子一时呆呆的，摇摇头，不知所答。陶岚却接着说："采莲，你叫我姊姊罢，你叫我陶姊姊就是了。"

萧涧秋向陶岚又睁眼看了一看，微微愁他底眉，向女孩说："叫陶先生。"

采莲点头。陶岚继续说："我做不像先生，我做不像先生，我只配做她底姊姊，我也愿永远做她底姊姊。'陶先生'这个称呼，让我底哥哥领去罢。"

"好的，采莲，你就叫她陶姊姊罢。可是你以后叫我萧哥哥好了。"

"妈妈教我叫你萧伯伯的。"

女孩子好像不解地娇憨地辩驳。陶岚笑说:"你失败了。"

同时萧涧秋摇摇头。

上课铃响了,于是他们三人分离的走向三个教室去,带着各人底美满的心。

萧涧秋几乎没有心吃这餐中饭。他关了门,在房内走来走去。桌上是赫赫然展着陶岚一时前临走时交给他的一封信,在信纸上面是这么清楚地写着:

  萧先生:你真能要我做你底弟弟么?你不以我为愚么?唉,我何等幸福,有像你这样的一个哥哥!我底亲哥哥是愚笨的——我说他愚笨——假如你是我底亲哥哥,我决计一世不嫁——一世不嫁——陪着你,伴着你,我服侍着你,以你献身给世的精神,我决愿做你一个助手。唉,你为什么不是我底一个亲哥哥?九泉之下的爸爸哟,你为什么不养一个这样的哥哥给我?我怎么这样不幸……但,但,不是一样么?你不好算我底亲哥哥么?我昏了,萧先生,你就是我惟一的亲爱的哥哥。

  我底家庭底平和的空气,恐怕从此要破裂了。母亲以前是最爱我的,现在她也不爱我了,为的是我不肯听她底话。我以前一到极苦闷的时候,我就无端地跑到母亲底身前,伏在她底怀内哭起来,母亲问我什么缘故,我却愈被问愈大哭,及哭到我底泪似乎要完了为止。这时母亲还问我为什么缘故,我却气喘地问她说:"没有什么缘故,妈妈,我只觉得自己要哭呢!"母亲还问:"你想到什么啊?""我不想到什么,只觉得自己要哭呢!"我就偎着母亲底脸,母亲也拍拍我底背,叫我几声痴女儿。于是我就到床上去睡,或者从此睡了一日一夜。这样,我底苦闷也减少些。可是现在,萧哥哥,母亲底怀内还让我去哭么？母亲底怀内还让我去哭么？我也怕走近她，天呀，叫我向何处去哭呢？连眼泪都没处流的人，这是人间最苦痛的人罢？

　　哥哥，现在我要问你：人生究竟是无意义的么？就随着环境的支配，好像一朵花落在水上一样，随着水性的流去，到消灭了为止这么么？还是应该挣扎一下，反抗一下，依着自己底意志的力底方向奋斗去这么呢？萧先生，我一定听从你的话，请你指示我一条路罢！

　　说不尽别的话，嘱你康健！

你底永远的弟弟岚上

下面还附着几句：

　　红叶愿永远保藏，以为我俩见面的纪念。可是我送你什么呢？

萧涧秋不愿将这封信重读一遍，就仔细地将这封信拿起，藏在和往日一道的那只抽斗内。

一边，他又拿出了纸，在纸上写：

　　岚弟：关于你底事情，你底哥哥已详细地告诉过我了。我也了解了那人，但叫我怎么说呢？除出我劝你稍稍性子宽缓一点，以免损伤你自己底身体以外，我还有什么话呢？

　　我常常自己对自己这么大声叫：不要专计算你自己底幸福之量，因为现在不是一个自求幸福之量加增的时候。岚弟，你也以为我这话是对的么?

两条路,这却不要我答的,因为你自己早就实行一条去了。不是你已经走着一条去了么?

希望你切勿以任性来伤害你底身体,勿流过多的眼泪。我已数年没有流过一滴泪,不是没有泪,——我少小时也惯会哭的,连吃饭时的饭,热了要哭,冷了又要哭。——现在,是我不要它流!

末尾,他就草草地具他底名字,也并没有加上别的情书式的冠词。这封信,他似乎等不住到明天陶岚亲自来取,他要借着小天使底两翼,仍叫着那位小学生,嘱他小心地飞似的送去。

他走到会客室内,想宁静他一种说不出的惆怅的心。几位教员正在饭后高谈着,却又谈的正是"主义"。方谋一见萧涧秋进去,就起劲地几乎手脚乱舞的说:"喏,萧先生,我以前问他是什么主义,他总不肯说。现在,我看出他底主义来了,"萧同众人一时静着。"他是一个悲观主义者,他底思想非常悲观,他对于中国的政治,社会一切论调都非常悲观。"

陶慕侃也站了起来,他似乎要为这位忠实的朋友卖一个忠实的力,急忙说:"不是,不是。他底人生的精神是非常积极的。悲观岂不是要消极了吗?我底这位老友底态度却勇敢而积极。我想赐他一个名词,假如每人都要有一个主义的话,他就是一个牺牲主义者。"

大家一时点点头。萧涧秋缓步地在房内走,一边说:"主义不是像皇帝赐姓一般随你们乱给的。随你们说我什么都好,可是我终究是我。假如要我自己注释起来,我就这么说,——我好似冬天寒夜里底炉火旁的一二星火花,倏忽便要消灭了。"

这样,各人一时默然。

八

第三天，采莲没有到校里来读书。萧涧秋心里觉得奇怪，陶慕侃就说："小孩子总不喜欢读书。无论家里怎么样，总喜欢依在母亲底身边，母亲底身边就是她底极乐国。像我们这样的学校总不算坏的了，而采莲读了两天书，今天就不来。"

下午三点钟，萧涧秋退了课。他就如散步一样，走向她们底家里。他先经过一条街，买了两只苹果——苹果在芙蓉镇里，是算上等的难得的东西，外面包了一张纸，藏在透明的玻璃瓶内——萧涧秋拿了苹果，依着河边，看看阴云将雨的天色，他心里非常凉爽地走去。

走过了柏树底荫下，他就望见采莲的家底门口，青年寡妇坐着补衣，她底孩子在旁边玩。萧涧秋走近去，他们也望见他了，远远的招呼着，孩子举着两手，似向他说话。他疑心采莲为什么不在，可是一边也就走近，拿出一个苹果来，叫道："喂，小弟弟，你要么？"

孩子跑向他，用走不完全的脚步跑向他。他就将他抱起，一个苹果交在他底手里，用他底两只小手捧着，也就将外面的一张包纸撕脱了，闻起来。萧涧秋便问道："你底姊姊呢？"

"姊姊？"

小孩子重复了一句。青年寡妇接着说："她早晨忽然说肚子痛，我探探她底头有些热，我就叫她不要去读书了。采莲还想要去，是我叫她不要去，我说先生不会骂的。中饭也没有吃，我想饿她一餐也好。现在睡在床内，她睡去好久了。"

"我去看看。"萧涧秋说。

同时三人就走进屋内。

等萧涧秋走近床边，采莲也就醒了，仿佛被他们底轻轻的脚步唤醒一样。萧低低地向她叫了一声,她立刻快乐地唤起来:"萧伯伯,你来了么?"

"是呀,我因你不来读书,所以来看看你。"

"妈妈叫我不要读书的呢!"

女孩子向她母亲看了一眼。萧涧秋立刻接着说:"不要紧,不要紧。"

很快地停了一息,又问:"你现在身体觉得怎样?"

女孩微笑地答:"我好了,我病好了,我要起来。"

"再睡一下罢,我给你一个苹果。"

同时萧涧秋将另一苹果交给她,并坐下她底床边。一边又摸了一摸她底额,觉得额上还有些微热的。又说:"可惜我没有带了体温表来,否则也可以量一量她有没有热度高些。"

妇人也探了一下,说:"还好,这不过是睡醒如此。"

采莲拿着苹果,非常喜悦地,似从来没有见过苹果一样,放在唇边,又放在手心上。这时这两个苹果的功效,如旅行沙漠中的人,久不得水时所见到的一样,两个小孩底心,竟被两个苹果占领了去。萧涧秋看得呆了,一边他向采莲凑近问:"你要吃么?"

"要吃的。"

妇人接着说:"再玩一玩罢,吃了就没有。贵的东西应该保存一下才好。"

萧涧秋说:"不要紧,要吃就吃了;我明天再买两个来。"

妇人接着凄凉地说:"不要买,太贵呢!小孩子底心又那里能填得满足。"

可是萧涧秋终于从衣袋内拿出裁纸刀子来,将苹果的皮刮去了。

这样大概又过了半点钟,窗外却突然落起了小雨,萧随即对采莲说:"小妹妹,我要回去了,天已下雨。"

女孩子却娇娇地说:"等一等,萧伯伯,你再等一等。"

可是一下,雨却更大了。萧涧秋愁起眉说:"趁早,小妹妹,我要走;否则,天暗了我更走不来路。"

"天会晴的,一息就会晴的。"

她底母亲也说:"现在已经走不来路,雨太大了,我们家里连雨伞也没有。萧先生还是等一等罢,可惜没有菜蔬,或者吃了饭去。"

"还是走。"

他就站起身来。妇人说道:"这样衣服要完全打湿的,让我借伞去罢。"

窗外的雨点已如麻绳一样,借伞的人简直又需要借伞了。萧涧秋重又坐下,阻止说:"不要去借,我再坐一息罢。"

女孩子也在床上欢喜的叫:"妈妈,萧伯伯再坐一息呢!"

妇人留在房内,继续说:"还是在这里吃了晚饭,我只烧两只鸡蛋就是。"

女孩应声又叫,牵着他底手:"在我们这里吃饭,在我们这里吃饭。"

萧涧秋轻轻地向她说:"吃了饭还是要去的!"

女孩想了一下,慢慢说:"不要去,假如雨仍旧大,就不要去。我和萧伯伯睡在床底这一端,让妈妈和弟弟睡在床底那一端,不好么?"

萧涧秋微笑地向青年寡妇看了一眼,只见她脸色微红地低下头。房内一时冷静起来,而女孩终于奇怪的不懂事地问:"妈妈,萧伯伯睡在这里有什么呢?"

妇人勉强的吞吐答:"我们的床,睡不下萧先生的。"

采莲还是撒娇地:"妈妈,我要萧伯伯也睡在这里呢!"

妇人没有话,她底心被女孩底天真的话所拨乱,好象跳动的琴弦。各人抬起头来向各人一看,只觉接触了目光,便互相一笑,又低下头。

妇人一时似想到了什么，可是止住她要送上眼眶来的泪珠，抱起孩子。萧涧秋也觉得不能再坐，他看一看窗外将晚的天色，雨点疏少些的时候，就向采莲轻微地说："小妹妹，现在校里那班先生们正在等着我吃饭了，我不去，他们要等的饭冷了。我要去了。"

女孩又问："先生们都等你吃饭的么？"

"对咯。"他答。

"陶姊姊也在等你么？"

萧涧秋又笑了一笑，随口答："是的。"

妇人在旁就问谁是陶姊姊，萧涧秋答是校长的妹妹。妇人蹙着眉说："采莲，你怎么好叫她陶姊姊呢？"

女孩没精打采地："陶姊姊要我叫她陶姊姊的。"

妇人微愁地说："女孩太娇养了，一点道理也不懂。"

同时萧涧秋站起来说："不要管她，随便叫什么都可以的。"

一边又向采莲问："我去了，你明天来读书么？"

女孩不快乐的说，似乎要哭的样子："我来的。"

他重重地在她脸上吻了两吻，吻去了她两眼底泪珠，说："好的，我等着你。"

这样，他举动迅速地别了床上含泪的女儿和正在沉思中的少妇，走出门外。

头上还是雨，他却在雨中走的非常起劲。只有十分钟，他就跑到了校内。已经是天将暗的时候，校内已吃过晚饭了。

九

萧涧秋底衣服终究被雨淋的湿了。他向他自己底房里推进门去，不知怎样一回事，陶岚正在阴暗中坐着，他几乎辨别不出是她。他走近她底身前，向她微笑的脸上，叫一声"岚弟！"

同时他将他底右手轻放在她底左肩角上，心想："我却随便地对采莲答她等着，她却果然等着，这不是梦么？"

而陶岚好似挖苦地问："你从何处来？"

"看了采莲底病。"

"孩子有病了吗？"陶岚问。

随着，他就将她底病是轻微的，或者明天就可以来读书；因天雨，他坐着陪她玩了一趟；夜黑了，他不得不冒雨回来，也还没有吃饭等话，统统说了一遍。一边点亮灯，一边开了箱子拿出衣服来换。陶岚叙述说："我是向你来问题目的。同时哥哥也叫我要你到我们家里去吃晚饭。可是我却似带了雨到你这里来，我也在这里坐了有一点钟了。我看托尔斯泰的《艺术论》，看了几十页。我不十分赞成这位老头子底思想。现在也不必枵腹论思想了，哥哥等着，你还是同我一道到家里吃晚饭去罢。"

萧将衣服换好，笑着说："不要，我随便在校里吃些。"

而她嬉谑的问："那么叫我此刻就回去么？还是叫我吃了饭再来呢？"

她简直用要挟孩子的手段来要挟他，可是他在她底面前也果然变成一个孩子了。借了两顶伞，灭下灯，两人就向门外走出去。

小雨点打着二人底伞上，响出寂寞的调子。黄昏底镇内，也异样地潇索。二人深思了一时，萧涧秋不知不觉地说道："钱正兴好似今天没有来校。"

"你不知道他底缘故么？"

陶岚睁眼地问。他微笑的："叫我从什么地方去知道呢！"

陶岚非常缓冷地说："他今天上午差人送一封信给哥哥，说要辞去中学的职务。原因完全关于我的，也关于你。"

同时她转过头向他看了一眼。萧随问:"关于我?"

"是呀,可是哥哥坚嘱我不能告诉你。"

"不告诉我也好,免得我苦恼地去推究。不过我也会料到几分的,因为你已经说出来。"

"或者会。"陶岚说话时,总带着自然的冷淡的态度。

萧涧秋接着说:"不是么?因为我们互相的要好。"

她笑一笑,重复问:"互相的要好?"

语气间似非常有趣。一息,又说:"我们真是一对孩子,会一见,就互相的要好。哈,孩子似的要好。你也是这个意思么?"

"是的。"

"可是钱正兴怎样猜想我们呢?神秘的天性,奇妙的可笑的人,他或者也猜的不错。"她没精打采的。一时,又微颤的嗫嚅的说:"我本答应哥哥不告诉你的,但止不住不告诉你。他说:我已经爱上你了!虽则他知道我爱你的'爱'比他爱我的'爱'深一百倍,因为你是完全不知道怎样叫做'爱'的一个人,他说,你好似一块冷的冰。但是他恨,恨他自己为什么要有家庭,要有钱;为什么不穷的只剩他孤独一身。否则,我便会爱他。"陶岚说上面每个"爱"字的时候,已经吃吃的说不出,这时她更红起脸来,匆忙继续说:"错了,你能原谅我么?他底语气没有这样厉害,是我格外形容的。卑鄙的东西!"

萧涧秋几乎感到身体要炸裂了。他没有别的话,只问:"你还帮他辩护么?"

"我求你!你立刻将这几句话忘记去罢!"

她挨近他底身,两人几乎同在一顶伞底子下。小雨继续在他们的四周落下。她没有说:"我求你。因我们是孩子般要好,才将这话告诉你的。"

他向她苦笑一笑,同时以一手紧紧地捻她底一手,一边说:"岚,我恐怕要在你们芙蓉镇里死去了!"

她低头含泪的:"我求你,你无论如何不要烦恼。"

"我从来没有烦恼过,我是不会烦恼的。"

"这样才好。"她默默地一息,又嗫嚅的说,"我真是世界上第一个坏人,我每每因为自己的真率,一言一动,就得罪了许多人。哥哥将钱的信给我看,我看了简直手足气冷,我不责备钱,我大骂哥哥为什么要将这信给我看?哥哥无法可想,只说这是兄妹间的感情。他当时嘱咐我再三不要被你知道。当然,你知道了这话的气愤,和我知道时的气愤是一样的;我呢,"她向他看一眼,"不知怎样在你底身边竟和在上帝底身边一样,一些不能隐瞒,好似你已经洞悉我底胸中所想的一样,会不自觉地将话溜出口来。现在你要责备我,可以和我那时责备哥哥为什么要告诉,有意使你发怒一样。不过哥哥已说:'这是兄妹间的感情。'我求你,为了兄妹间的感情,不要烦恼罢!"

他向她苦笑,说:"没有什么。我也决不愤恨钱正兴,你无用再说了!"

他俩一句话也没有,走了一箭,她底门口就出现在眼前。这时萧涧秋和陶岚二人底心想完全各异,一个似乎不愿意走进去,要退回来;一个却要一箭射进去,愈快愈好;可是二人互相一看,假笑的,没有话,慢慢地走进门。

晚餐在五分钟以后就安排好。陶慕侃,陶岚,萧涧秋三人在同一张小桌子上。陶慕侃俨然似大阿哥模样坐在中央,他们两人孩子似的据在两边。主人每餐须喝一斤酒,似成了习惯。萧涧秋的面前只放着一只小杯,因为诚实的陶慕侃知道他是不会喝的。可是这一次,萧一连喝了三杯之后,还是向主人递过酒杯去,微笑的轻说:"请你再给我一杯。"

陶慕侃奇怪地笑着对他说:"怎样你今夜忽然会有酒兴呢?"

萧涧秋接杯子在手里又一口喝干了,又递过杯去,向他老友说:

"请你再给我一杯罢。"

陶慕侃提高声音叫:"你底酒量不小呢!你底脸上还一些没有什么,你是会吃酒的,你往常是骗了我。今夜我们尽兴吃一吃,换了大杯罢!"

同时他念出两句诗:

人生有酒须当醉,
莫使金樽空对月。

陶岚多次向萧涧秋做眼色,含愁地。萧却仍是一杯一杯的喝。这时她止不住的说道:"哥哥,萧先生是不会喝酒的,他此刻当酒是麻醉药呢!"

她底哥哥正如一班酒徒一样的应声道:"是呀,麻醉药!"

同时又念了两句诗:

何以解忧,
惟有杜康。

萧涧秋放下杯子,轻轻向他对面的人说:"岚,你放心,我不会以喝酒当作喝药的。我也不要麻醉自己。我为什么要麻醉自己呢?我只想自己兴奋一些,也可勇敢一些,我今天很疲倦了。"

这时,他们底年约六十的母亲从里面走出来,一位慈祥的老妇人,头发斑白的,向他们说:"女儿,你怎么叫客人不要喝酒呢?给萧先生喝呀,就是喝醉,家里也有床铺,可以给萧先生睡在此地的。天又下大雨了,回去也不便。"

陶岚没有说,愁闷地。而且草草吃了一碗饭,不吃了,坐着,监视地眼看他们。

萧涧秋又喝了三杯,谈了几句关于报章所载的时事,无心地。于是说:"够了,真的要麻醉起来了。"

慕侃不依,还是高高地提着酒壶,他要看看这位新酒友底程度到底如何。于是萧涧秋又喝了两杯;两人同时放下酒杯,同时吃饭。

在萧涧秋底脸上,终有夕阳反照的颜色了。他也觉得他底心脏不住地跳动,而他勉强挣扎着。他们坐在书室内,这位和蔼的母亲,又给他们泡了两盏浓茶,萧涧秋立刻捧着喝起来。这时各人底心内都有一种离乎寻常所谈话的问题。陶慕侃看看眼前底朋友和他底妹妹,似乎愿意他们成为一对眷属,因一个是他所敬的,一个是他所爱的。那么对于钱正兴的那封信,究竟怎样答复呢?他还是不知有所解决。在陶岚底心里,想着萧涧秋今夜的任情喝酒,是因她告诉了钱正兴对他的讽刺的缘故,可是她用什么话来安慰他呢?她想不出。萧涧秋底心,却几次想问一问这位老友对于钱正兴的辞职,究竟想如何。但他终于没有说,因她的缘故,他将话支吾到各处去,——广东,或直隶。因此,他们没有一字提到钱正兴。

萧涧秋说要回校,他们阻止他,因他酒醉,雨又大。他想:"也好,我索兴睡在这里罢。"

他就留在那间书室内,对着明明的灯光,胡思乱想。——陶慕侃带着酒意睡去了。——一息,陶岚又走进来,她还带她母亲同来,捧了两样果子放在他底前面。萧涧秋说不出的心里感到不舒服。这位慈爱的母亲问他一些话,简单的,并不像普通多嘴的老婆婆,无非关于住在乡下,舒服不舒服一类。萧涧秋是"一切都很好",简单地回答了,母亲就走出去。于是陶岚笑微微地问他:"萧先生,你此刻还会喝酒么?"

"怎么呢?"

"更多地喝一点。"

她几分假意的。他却聚拢两眉向她一看，又低下头说："你却不知道，我那时不喝酒，我那时一定会哭起来。否则我也吃不完饭就要回到校里去。你知道，我是怎样的一个人，我是人间底一个孤零的人。现在你们一家底爱，个个用温柔的手来抚我，我不能不自己感到凄凉，悲伤起来。"

"不是为钱正兴么？"

"为什么我要为他呢？"

"噢！"陶岚似乎骇异了。

一时，她站在他身前慢慢说："你可以睡了。哥哥吃饭前私向我说，他已写信去坚决挽留。"

萧涧秋接着说："很好，明天他一定来上课的。我又可以碰见他。"

"你想他还会来么？"

"一定的，他不过试试你哥哥底态度。"

"胡！"她又说了一个字。

萧继续说："你不相信，你可以看你哥哥的信稿，对我一定有巧妙的话呢！"

她也没有话，伸出手，两人握了一握，她踌躇地走出房外，一边说："祝你晚安！"

十

如此过去一个月。

萧涧秋在芙蓉镇内终于受校内校外的人们底攻击了。非议向他而进行，不满也向他注视了。

一个孤身的青年，时常走进走出在一个年轻寡妇底家里底门限，何况他底态度的亲昵，将他所收入的尽量地供给了她们，简直似一个孝顺的儿子对于慈爱的母亲似的。这能不引人疑异么？萧涧秋已将采莲和阿宝看作他自己底儿女一样了，爱着他们，留心着他们底未来，但社会，乡村的多嘴的群众，能明了这个么？开始是那班邻里的大人们私私议论，——惊骇挟讥笑的，继之，有几位妇人竟来到寡妇底前面，问长问短，关于萧涧秋底身上。最后，谣言飞到一班顽童底耳朵里，而那班顽童公然对采莲施骂起来，使采莲哭着跑回到她母亲底身前，咽着不休地说：“妈妈，他们骂我有一个野伯呢！"但她母亲听了女儿无故的被骂，除出也跟着她女儿流了一淌眼泪以外，又有什么办法呢？妇人只有忍着她创痛的心来接待萧涧秋，将她底苦恼隐藏在快乐底后面同萧涧秋谈话。可是萧涧秋，他知道，他知道乡人们用了卑鄙的心器来测量他们了，但他不管。他还是镇静地和她说话，活泼地和孩子们嬉笑，全是一副"笑骂由人笑骂，我行我素而已"的态度。在傍晚，他快乐的跑到西村，也快乐的跑回校内，表面全是快乐的。

　　可是校内，校内，又另有一种对待他的态度了。他和陶岚的每天的见面时的互相递受的通信，已经被学校的几位教员们知道了。陶岚是芙蓉镇里的孔雀，谁也愿意爱她，而她偏在以他们底目光看来等于江湖落魄者底身前展开锦尾来，他们能不妒忌么？以后，连这位忠厚的哥哥，也不以他妹妹底行为为然，他听得陶岚在萧涧秋底房内的笑声实在笑的太高了。一边，将学校里底教员们分成了党派，当每次在教务或校务会议的席上，互相厉害地争执起来，在陶慕侃底心里，以为全是他妹妹一人弄成一样。一次，他稍稍对他妹妹说："我并不是叫你不要和萧先生相爱，不过你应该尊重舆论一些，众口是可怕的。而且母亲还不知道，假使知道，母亲要怎样呢？这是你哥哥对你底诚意，你应审察一下。"而陶岚却一声不响，突然睁大眼睛，向她底哥哥火烧一般地看了一下，冷笑地答："笑骂由人笑骂，我行我素而已。"

　　一天星期日底下午，陶岚坐在萧涧秋底房内。两人正在谈话甜蜜的时候，阿荣却突然送进一封信来，一面向萧涧秋说："有一个陌生人，叫我赶紧将这封信交给先生，不知什么事。"

"送信的人呢？"

"回去了。"

答完，阿荣自己也出去。萧涧秋望望信封，觉得奇怪。陶岚站在他身边向他说："不要看它好罢？"

"总得看一看。"

一边就拆开了，抽出一张纸，两人同时看下。果然，全不是信的格式，也没有具名，只有这样八行字：

芙蓉芙蓉二月开，
一个教师外乡来。
两眼炯炯如鹰目，
内有一副好心裁。
左手抱着小寡妇，
右手还想折我梅！
此人若不驱逐了，
吾乡风化安在哉！

萧涧秋立刻脸转苍白，全身震动地，将这条白纸捻成一团，镇静着苦笑地对陶岚说："我恐怕在这里住不长久了。"

一个也眼泪噙住地说："上帝知道，不要留意这个罢！"

两人相对。他慢慢地低下头说："一星期前，我就想和你哥哥商量，脱离此间。因为顾念小妹妹底前途，和一时不忍离别你，所以忍止住。现在，你想，还是叫我早走罢！我们来商量一下采莲底事情。"

他底语气非常凄凉，好似别离就在眼前，一种离愁底滋味缠绕在两人之间。沉静了一息,陶岚有力地叫:"你也听信流言么?你也为卑鄙的计谋所中么?你岂不是以理智来解剖感情的么?"

他还是软弱地说:"没有意志,我此刻就会昏去呢!"

陶岚立刻接着说:"让我去彻查一下,这究竟是谁人造的谣。这字是谁写的,我拿这纸去,给哥哥看一下。"

一边她将桌上的纸团又展开了。他在旁说:"不要给你哥哥看,他也是一个有同情心的人。"

"我定要彻查一下!"

她简直用王后的口气来说这句话的。萧涧秋向她问:"就是查出又怎样?假如他肯和我决斗,他不写这种东西了。杀了我,岂不是干脆的多么?"

于是陶岚忿忿地将这张纸条撕作粉碎。一边流出泪,执住他底两手说:"不要说这话罢!不要记住那班卑鄙的人罢!萧先生,我要同你好,要他们来看看我们底好。他们将怎样呢?叫他们碰在石壁上去死去。萧先生,勇敢些,你要拿出一点勇气来。"

他勉强地微笑地说:"好的,我们谈谈别的罢。"

空气紧张地沉静一息,他又说:"我原想在这里多住几年,但无论住几年,我总该有最后的离开之一日的。就是三年,三年也只有一千零几日,最后的期限终究要到来的。那么,岚,那时的小妹妹,只好望你保护她了。"

"我不愿听这话,"她稍稍发怒的,"我没有力量。我该在你底视线中保护她。"

"不过,她母亲若能舍得她离开,我决愿永远带她在身边。"

正是这个时候,有人敲门。萧涧秋去迎她进来,是小妹妹采莲。她脸色跑到变青的,含着泪,气急地叫:"萧伯伯!"

同时又向陶岚叫了一声。

两人惊奇地随即问:"小妹妹,你做什么呢?"

采莲走到他底面前,说不清地说:"妈妈病了,她乱讲话呢!弟弟在她身边哭,她也不理弟弟。"

女孩流下泪。萧涧秋向陶岚摇摇头。同时他拉她到他底怀内,又对陶说:"你想怎么样呢?"

陶岚答:"我们就去望一望罢。我还没有到过她们底家。"

"你也想去吗?"

"我可以去吗?"

两人又苦笑一笑,陶岚继续说:"请等一等,让我叫阿荣向校里借了体温表来,可以给她底母亲量一量体温。"

一边两人牵着女孩底各一只手同时走出房外。

十一

当他们走入妇人底门限时,就见妇人睡在床上,抱着小孩高声地叫:"不要进来罢!不要进来罢!让我一个人跳下去好了!"

萧涧秋向陶岚愁眉说:"她还在讲乱话,你听。"

陶岚低着头点一点,将手搭在他底臂上。妇人继续叫:"你们向后看看,唉!追着虎,追着虎!"

妇人几乎哭起来。萧涧秋立刻走到床边,推醒她说:"是我,是我,你该醒一醒!"

小孩正在被内吸着乳。萧从头看到她底胸,胸起伏地。他垂下两眼,愁苦地看住床前。采莲走到她母亲的身边,不住地叫着妈妈,半哭半喊地。寡妇慢慢地转过脸,渐渐地清醒起来的样子。一下,她看见萧,立刻拉一拉破被,盖住小孩和她自己底胸膛,一面问:"你在这里吗?"

"还有陶岚先生也在这里。"

陶岚向她点一点首,就问:"此刻心里觉得怎样呢?"

妇人无力地慢慢地答:"没有什么,只口子渴一些。"

"那么要茶吗?"

妇人没有答,眼上充满泪。陶岚就向房内乱找茶壶,采莲捧来递给她,里边一口水也没有。她就同采莲去烧茶。妇人向萧慨叹地说:"多谢你们,我是没有病的。方才突然发起热来,人昏昏不知。女孩子大惊大怪,她招你们来的吗?"

"是我们自己要求看看的。"

妇人滴下泪在小孩底发上,用手拭去了,没有话。小孩正在吸奶。萧涧秋缓缓地说:"你在发热的时候,最好不要将奶给小孩吃。"

"叫我用什么给他吃呢!——我没有什么病。"

萧涧秋愁闷地站着。

这样到了天暗,妇人已经能够起床,他们两人才回来。

当天晚上,陶岚又差人送来一封信。照信角上写的NO.看起来,这已是她给他的第十五封信了。萧涧秋坐在灯下,将她底信展在桌上:

　　我亲爱的哥哥:我活了二十几年,简直似黑池里底鱼一样。除了自己以外,一些不知道人间还有苦痛。现在,却从你底手里,认识了真的世界和人生。

　　不知怎样我竟会和你同样地爱怜采莲妹妹底一家了。那位妇人,真是一位温良,和顺,有礼貌的妇人。虽则和我底个性有些相反,我却愿意引她做我底一位姊姊,以她底人生的经验,来调节我底粗疏与无知识的感情是最好的。但是,天呀!你为什么要夺去她底夫?造物生人,真是使人来受苦的么?即使她能忍得起苦,我却不能不诅咒天!

我坐在她们底房内，你也瞧着我吗？我几乎也流出眼泪来了。我看看她房底四壁，看看她底孩子和她所穿的衣服，又看看她青白而憔悴的脸，再想想她在病床上的一种凄凉苦况，天呀！为什么给她布置的如此凄惨呢？我幻想，假如你底两翅转了方向，不飞到我们村里来，有谁怜惜她们？有谁安慰她们？那她在这种呓语呻吟中的病的时候，我们只想见两个小孩在床前整天地哭，还有什么别的呢？哥哥，伟大的人，我已愿她做我底姊姊了。此后我们当互相帮助。

至于那个谣言，侃哥先向我谈起。在吃晚饭的时候，他照旧喝过一口酒感慨地说："外边的空气，已甚于北风的凛凛。"哥哥也鄙夷他们，望你万勿（万勿！）介意。以后哥哥又喝了一口酒道："此系以小人之心，度君子之德也。"不过哥哥始终说，造这八句诗的人，决不是校内同事。我向他辩驳，不是孔方老爷，就是一万同志。他竟对我赌起咒来，弄得母亲都笑了。

萧先生，你此刻怎样？以你底见识，此刻想一定不为他们无端所恼？你千万不可有他念，你底真诚与坦白，终有笼罩吾全芙蓉镇之一日！祝你快乐地嚼着学校底清淡的饭。

弱弟岚上

萧涧秋一时呆着，似乎他所有底思路，一条条都被她的感情裁断了。他迟疑了许久，才恍惚地向抽斗拿出一张纸，用钢笔写道：

我不知怎样，只觉自己在漩涡里边转。我从来没有经过这个现象，现在，竟转的我几乎昏去。唉！我莫非在做梦么？

你当也记得——采莲底母在呓语时所说底话。莫非我的背后真被追着老虎么？那我非被这虎咬死不成？因为我感到，无论如何，不能让那位可怜的寡妇"一个人跳下去"！

我已将一切解剖过。几乎费了我今晚全个吃晚饭的时候。我是勇敢的，我也斗争的，我当预备好手枪，待真的虎来时，我就照准它底额一枪！岚弟，你不以为我残暴么？打狼不能用打狗的方法的，你看，这位妇人为什么病了？从她底呓语里可以知道她病底根由。

我不烦恼，祝你快乐！

你底勇敢的秋白

他写好这信，睡在床上，自想他非常坚毅。

第二天一早，女孩来校。她带着书包首先就跑到萧涧秋底身边来，告诉他说："萧伯伯，妈妈说，妈妈底病已好了，谢谢你和陶姊姊。"

这时室内有好几位教师坐着，方谋也在座。他们个个屏息地用他们好奇的眼睛，做着恶意的笑的脸孔注视他和她。萧涧秋似乎有意要多说几句话，向女孩问道："你妈妈起来了吗？"

"起来了。"

"吃过粥吗？"

"吃过。"

"你底陶姊昨晚交给她的药也吃完了吗？"

女孩似听不清楚，答："不知道。"

于是他和往日一样地向采莲底颊上吻一吻，女孩就跑去。

十二

第二天晚上,萧涧秋在房内走来走去,觉得非常地不安。虽则当夜的天气并不热,可是他以为他底房内是异常郁闷。他底桌上放着一张白信纸,似乎要写信的样子,可是他走来走去,并不曾写。一息,想去开了房门,放进冷气来,清凉一下他底脑子。可是当他将门拉开的时候,钱正兴一身华服,笑容可掬地走进来,正似他迎接他进来一样。钱正兴随问,声音温美的:"萧先生要出去吗?"

"不。"

"有事吗?"

"没有。"

钱正兴又向桌上看一看,又问:"要写信吗?"

"想要写,写不出。"

"写给谁呢?"

他说这几句话的时候,眼向房内乱转,似要找出那位和他通信的人来。萧涧秋却立刻答:"写给陶岚。"

这位漂亮的青年,一时默然,坐在墙边,眼看着地,似一位怕羞的姑娘底样子。萧转问他:"钱先生有什么消息带来告诉我呢?"

钱正兴抬头,笑着:"消息?"

"是呀,乡村底舆论。"

"有什么乡村底舆论呢!我们底镇内岂不是个个人对萧先生都敬重的么?虽则萧先生到我们这里来不上两月,而萧先生大名,却已经连一班牧童都知道了。"

萧涧秋附和着笑了一笑。心狐疑地猜想着,——对面这位情敌,不知对他究竟是善意,还是恶意?一边他说:"那我在你们这里真是有幸福的。"

"假如萧先生以为有幸福,我希望萧先生永远住下去。"

"永远住下去?可以吗?"

"同我们一道做芙蓉镇底土著。"

很快的停一息,接着说:"所以我想问一问,萧先生有心要组织一个家庭在芙蓉镇里吗?"

萧涧秋似快乐的心跳的样子,问:"组织一个家庭?你这么说吗?"

"我也是听来的,望你勿责。"

他还是做着温柔的姿势。萧又哈的冷笑一声说:"这于我是好事。可是外界说我和谁组织呢?"

"你当然有预备了。"

"没有,没有。"

"没有?"他也笑,"藏着一位很可爱的妇人呢!实在是一位难得的贤良妇人。"

萧冷冷地假笑问:"谁呀?我自己根本还没有选择。"

"选择?"很快地停一息,"外界都说你爱上采莲底母亲。她诚然是可爱的,在西村,谁都称赞她贤慧。"

"胡说!我另有爱。"

萧涧秋感得几分怒忿,可是他用他底怒容带笑地表现出来。钱又娇态地问:"谁呢,可以告诉我吗?"

"陶岚,慕侃底妹妹。"

"你爱她吗?"

"我爱她。"

萧自然有力地说出。钱一时默然。一息,萧又笑问:"闻你也爱她?"

"是,也爱她,比爱自己底生命还甚。"

语气凄凉地。萧接着笑问:"她爱你吗?"

一个慢慢地答:"爱过我。"

"现在还爱你吗?"

"不知道她底心。"

"那让我代告诉你罢,钱先生,她现在爱我。"

"爱你?"

"是。所以还好,假如她同时爱两人,那我和你非决斗不可。你也愿意决斗么?"

"决斗?可以不必。这是西方的野蛮风。萧先生,为友谊不能让一个女人么?"

萧一时愁着,没有答,一息说:"她不爱你,我可以强迫她爱你吗?"

钱正兴却几乎哭出来一般说:"她是爱我的,萧先生,在你未来以前。她是爱我的,已经要同我订婚了。可是你一来,她却爱你了。在你到的那天晚上的一见,她就爱你了。可是我,我失恋的人,心里怎样呢?萧先生,你想,我比死还难受。我是十分爱陶岚的,时刻忘不了她,夜夜底梦里有她。现在,她爱你——我早知道她爱你了。不过我料你不爱她,因为你是采莲底母亲的。现在,你也爱她,那叫我非自杀不可了!……"

他没有说完,萧涧秋不耐烦地插进说:"钱先生,你为什么对我说这些话呢?你爱陶岚,你向陶岚去求婚,对我说有什么用呢?"

钱正兴哀求似的接着说:"不,我请求你!我一生底苦痛与幸福,关系在你这一点上。你肯允许,我连死后都感激,破产也可以。"

"钱先生,你可拿这话勇敢地向陶岚去说。我对你有什么帮助呢?"

"有的,萧先生,只要你不和她通信就可以。慕侃已不要她来校教书,假如你再不给她信,那她就会爱我了。一定会爱我的,我以过去的经验知道。那我一生底幸福,全受萧先生所赐。萧先生的胸怀是救世的，那先救救我吧！救救我底自杀，萧先生会这样做吗？"

"钱先生，情形不同了。她也不会再爱你了。"

"同的，同的，萧先生，只求你不和她通信……"

他仍似没有说完，却突然停止住。萧涧秋非常愤激的，默默地注视着对面这位青年。他想不到这人是如此阴谋，软弱。他底全身几乎沸腾起来，这一种的请求，实在如决了堤的河水流来一样。一息，又听钱说道："而且，萧先生，我当极力报答你，你如爱和采莲底母亲组织家庭。"

萧涧秋立刻站起来，愤愤地说："不要说了，钱先生，我一切照办，请你出去罢。"

一边他自己开了门，先走出去。他气塞地愤恨地一直跑到学校园内，倚身在一株冬青树的旁边。空间冰冷的，他似要溶化他底自身在这冰冷的空间内。他极力想制止他自己底思想，摆脱方才那位公子所给他的毫无理由的烦恼，他冷笑了一声。

他站了半点钟，竟觉全身灰冷的；于是慢慢转过身子，回到他底房内。钱正兴，无用的孩子已经走了。他蹙着眉又沉思了一息，就精疲力尽地向床上跌倒，一边喊："爱呀，爱呀，摆脱了罢！"

十三

光阴是这样无谓地过去。三天以后，采莲又没有来校读书。上午十点钟，陶岚到校里来，问起她，萧涧秋答："恐怕她母亲又病了。"

陶岚迟疑地说："否则为什么呢？她底母亲也是一个多思多虑的人。处这样的境遇，外界又没有人同情她，还用带荆棘的言语向她身上打，不病也要病了！我们，"她眼向萧转一转，说错似的，"我，就可以不管人家，所以还好，不生病，——我的病是慢性的。——像她,……这个社会……你想孩子怎样好？"

她语句说不完全，似乎说的完全就没有意义了。萧接着说："我们下午再去看一看罢。"

正这时，话还未了，采莲含着泪珠跑来。他们惊奇了，萧立刻问："采莲，你怎么？"

女孩子没有答，书袋仍在她底腋下。萧又问："你妈妈底病好了么？"

"妈妈好了。"

女孩非常难受地说出。她站着没有动。陶岚向她问，蹲下身子："小妹妹，你为什么到此刻才来呢？你不愿来读书么？"

女孩用手掩在眼上答："妈妈叫我不要告诉萧伯伯，还叫我来读书。弟弟又病了，昨夜身子热，过了一夜，妈妈昨夜一夜不曾睡。她说弟弟的病很厉害，叫我不要被萧伯伯知道。还叫我来读书。"

女孩要哭的样子。萧涧秋呆站着。陶岚将女孩抱在身边，用头侵着她头，向萧问："怎么呢？"

他愁一愁眉，仍呆立着没有说。

"怎么呢？"

"我简直不知道。"

"为社会嘴多，你又是一个热心的人。"

他忽然悔悟地笑一笑，说："时光快些给我过去罢，上课的铃，我听它打过了。"

同时他就向教务处走去。

在吃晚饭以前，萧涧秋仍和往常散步一样，微笑的，温良的，向采莲底家里走去。他觉得在无形之中，他和她们都隔膜起来了。

当他走到她们底门外时，只听里面有哭声，是采莲底母亲底哭声。他立刻惊惶起来，向她底门推进，只见孩子睡在床上，妇人坐在床边，采莲不在。他立刻气急地问："孩子怎么了？"

妇人抬头向他看了一看，垂下头，止着哭。他又问："什么病呢？"

"从前天起，一咳咳地厉害。"

他走到孩子底身边，孩子微微地闭着眼。他放手在小孩底脸上一摸，脸是热的；看他底鼻孔一收一放地扇动着。他站着几分钟，有时又听他咳嗽，将痰咽下喉去。他心想："莫非是肺炎么？"同时他问她："吃过药么？"

"吃过一点，是我自己想想给他吃的，没有看过医生。此刻看来不像样，又叫采莲去请一位诊费便宜些的伯伯去了。"

"要吃奶么？"

"也似不想吃。"

他又呆立一会，问："采莲去了多久？"

"半点钟的样子。大概女孩又走错路了，离这里是近的。"

"中国医生么？"

"嗯。"

于是他又在房内走了两圈，说："你也不用担忧，小孩总有他自己底命运。而且病是轻的，看几天医生，总可以好。不过此地没有西医么？"

"不知道。"

天渐渐黑下来，黄昏又现出原形来活动了。妇人慢慢地说："萧先生，这孩子底病有些不利。关于他，我做过了几个不祥的梦。昨夜又梦见一位红脸和一位黑脸的神，要从我底怀中夺去他！为什么我会梦这个呢？莫非李家连这点种子都留不下去么？"她停一停，泪水涌阻着她底声音。"先生，假如孩子真的没有办法，叫我……怎样……活……的下……去呢？"

萧涧秋心里是非常悲痛的。可是他走近她底身边说："你真是一个不懂事的人。为什么要说这话？梦是迷信呢！"

一边又踌躇地向房内走了一圈,又说:"你现在只要用心看护这孩子,望他快些好起来。一切胡思乱想,你应当丢开它。"

他又向孩子看一回,孩子总是昏昏地——呼吸着,咳着。

"梦算什么呢?梦是事实么?我昨夜也梦自己向一条深的河里跳下去,昏沉地失了知觉,似乎只抱着一块小木板,随河水流去,大概将要流到海里,于是我便——"他没有说出死字,转过说:"莫非今天我就真的要去跳河么?"

他想破除妇人底对于病人最不利的迷信,就这样轻缓地庄重地说出。而妇人说:"先生,你不知道——"

她底话没有说完,采莲气喘喘地跑进来。随后半分钟,也就走进一位几乎要请别人来给他诊的头发已雪白了的老医生。他先向萧涧秋慢慢地细看一回,伛着背又慢慢地戴起一副阔边的眼镜,给小孩诊病。他按了一回小孩底左手,又按了一回小孩底右手,翻开小孩底眼,又翻开小孩底口子,将小孩弄得哭起来。于是他说:"没有什么病,没有什么病,过两三天就会好的。"

"没有什么病么?伯伯!"

妇人惊喜地问。老医生不屑似的答:"以我行医六十年的经验,像这样的孩子底病是无用医的。现在姑且吃一副药罢。"

他从他底袖口内取出纸笔,就着灯下,写了十数味草根和草叶。妇人递给他四角钱,他稍稍客气地放入袋里,于是又向萧涧秋——这时他搂着采莲,愁思地——仔细看了看,偻着背走出门外,妇人送着。

妇人回来向他狐疑地问,脸上微微喜悦地:"萧先生,医生说他没有什么病呢?"

"所以我叫你不要忧愁。"

一个无心地答。

"看这样会没有病么?"

"我代你们去买了药来再说罢。"

可是妇人愚笨地，一息说："萧先生，你还没有吃过晚饭呢！"

"买好药再回去吃。"

妇人痴痴地坐着，她自己是预备不吃晚饭了。萧涧秋拿着药方走出来。采莲也痴痴地跟到门口。

十四

第二天，萧涧秋又到采莲的家里去一趟。孩子底病依旧如故。他走去又走回来，都是空空地走，于孩子毫无帮助。妇人坐守着，对他也不发微笑。

晚上，陶岚又亲自到校里来，她拿了几本书来还萧，当递给他的时候，她苦笑说："里面还有话。"

同时她又向他借去几本图画，简直没有说另外的话，就回去了。

萧涧秋独自呆站在房内，他不想读她底信，他觉得这种举动是非常笨的，可笑的。可是终于向书内拿出一条长狭的纸，看着纸上底秀丽的笔迹：

计算，已经五天得不到你底回信了。当然，病与病来扰乱了你底心，但你何苦要如此烦恼呢？我看你底态度和以前初到时不同，你逐渐逐渐地消极起来了。你更愁更愁地愁闷起来了。侃哥也说你这几天瘦的厉害，萧先生，你自己知道么？

我，我确乎和以前两样。谢谢你，也谢谢天。我是勇敢起来了。你不知道罢？侃哥前几天不知怎样，叫我不要到校里来教书，强迫我辞职。而我对他一声冷笑。他最后说："妹妹，你不辞职，那只好我辞职了！一队男教师里面夹着一位女教师，于外界底流言是不利的。"我就冷冷地对他说："就是你辞了职，我也还有方法教下去，除非学校关门，不办。"到第二天，我在教室内对学生说了几句暗示的话。学生们当晚就向我底哥哥说，他们万不肯放"女陶先生"走，否则，他们就驱逐钱某。现在，侃哥已经悔悟了，再三讨我宽恕，并对你十二分敬佩。他说，他的对你的一切"不以为然"现在都冰释了。此后钱某若再辞职，他一定准他。哥哥笑说："为神圣的教育和神圣的友爱计，不能不下决心！"现在，我岂不是战胜了？最亲爱的哥哥，什么也没有问题，你安心一些罢！

请你给我一条叙述你底平安的回字。

再，采莲底弟弟底病，我下午去看过他，恐怕这位小生命不能久留在人世了。他底病，你也想得到吗？是她母亲底热传染给他的，再加他从椅子上跌下来，所以厉害了！不过为他母亲着想，死了也好。哈，你不会说我良心黑色罢？不过这有什么方法呢？以她底年龄来守几十年的寡，我以为是苦痛的。但身边带着一个孩子可以嫁给谁去呢？所以我想，万一孩子不幸死了，劝她转嫁。听说有一个年轻商人要想娶她的。

请你给我一条叙述你底平安的回字。

你底岚弟上

他坐在书案之前，苦恼地脸对着窗外。他决计不写回信，待陶岚明天来，他对面告诉她一切。他翻开学生们底习练簿子，拿起一支红笔浸着红墨水，他想校正它们。可是怎样，他却不自觉地于一忽之间，会在空白的纸间画上一朵桃花。他一看，自己苦笑了，就急忙将桃花涂掉，去找寻学生的习练簿上底错误。

第三天早晨，萧涧秋刚刚洗好脸，采莲跑来。他立刻问："小妹妹，你这么早来做什么？"

女孩轻轻地答："妈妈说，弟弟恐怕要死了！"

"啊！"

"妈妈说，不知道萧伯伯有方法没有？"

他随即牵着女孩底手，问："此刻你妈妈怎样？"

"妈妈只有哭。"

"我同你到你底家里去。"

一边，他就向另一位教师说了几句话，牵着女孩子，飞也似地走出校门来。清早的冷风吹着他们，有时萧涧秋咳嗽了一声，女孩问："你咳嗽么？"

"是，好像伤风。"

"为什么伤风呢？"

"你不知道，我昨夜到半夜以后还一个人在操场上走来走去。"

"做什么呢？"

女孩仰头看他，一边脚步不停地前进。

"小妹妹，你是不懂得的。"

女孩没有话，小小的女孩，她似乎开始探究人生底秘密了，一息又问："你夜里要做梦么？因为要做梦就不去睡么？"

萧向她笑一笑，点一点头，答："是的。"

可是女孩又问："梦谁呢？"

"并不梦谁。"

"不梦妈妈么？不梦我么？"

"是，梦到你。"

于是女孩接着诉说，似乎故事一般。她说她曾经梦到他：他在山里，不知怎样，后面来了一只狼，狼立刻衔着他去了。她于是在后面追，在后面叫，在后面哭。结果，她醒了，是她母亲唤醒她的。醒来以后，她就伏在她母亲底怀内，一动也不敢动。她末尾说："我向妈妈问：萧伯伯此刻不在山里么？在做什么呢？妈妈说：在校里，他正睡着，同我们一样。于是我放心了。"

这样，萧涧秋向她看看，似乎要从她底脸上，看出无限的意义来。同时，两人已经走到她底家，所有的观念，言语，都结束了，用另一种静默的表情向房内走进去。

这时妇人是坐着，因为她已想过她最后的命运。

萧走到孩子底身边，孩子照样闭着两眼呼吸紧促的。他轻轻向他叫一声："小弟弟。"

而孩子已无力张开眼来瞧他了！

他仔细将他底头，手，脚摸了一遍。全身是微微热的：鼻翼扇动着。于是他又问了几句关于夜间的病状，就向妇人说："怎么好？此处又没有好的医生。孩子底病大概是肺炎，可是我只懂得一点医学的常识，叫我怎样呢？"

他几乎想得极紧迫样子，一息，又说："莫非任他这样下去么？让我施一回手术，看看有没有效。"

妇人却立刻跳起说："萧先生，你会医我底儿子么？"

"我本不会的，可是坐守着，又有什么办法？"

他稍稍踌躇一息，又向妇人说："你去烧一盆开水罢。拿一条手巾给我，最好将房内弄的暖些。"

妇人却呆站着不动。采莲向她催促："妈妈，萧伯伯叫你拿一条手巾。"

同时，这位可爱的姑娘，她就自己动手去拿了一条半新半旧的手巾来，递给他，向他问："给弟弟洗脸么？"

"不是，浸一些热给你弟弟缚在胸上。"

这样，妇人两腿酸软地去预备开水。

萧涧秋用他底力气，叫妇人将孩子抱起来，一面他就将孩子底衣服解开，再拿出已浸在面盆里底沸水中的手巾，稍稍凉一凉，将过多的水绞去，等它的温度可以接触皮肤，他就将它缚在孩子底胸上，再将衣服给他裹好。孩子已经一天没有哭声，这时，似为他这种举动所扰乱，却不住地单声地哭，还是没有眼泪。母亲的心里微微地有些欢欣着，祝颂着，她从不知道一条手巾和沸水可以医病，这实在是一种天赐的秘法，她想她儿子底病会好起来，一定无疑。一时房内清静的，她抱着孩子，将头靠在孩子底发上，斜看着身前坐在一把小椅子上也搂着采莲的青年。她底心是极辽远辽远地想起。她想他是一位不知从天涯还是从地角来的天使，将她阴云密布的天色，拨见日光，她恨不能对他跪下去，叫他一声"天呀"！

房内静寂约半点钟，似等着孩子底反应。他一边说："还得过了一点钟再换一次。"

这时妇人问："你不上课去么？"

"上午只有一课，已经告了假了。"

妇人又没有声音。他感到寂寞了，他慢慢地向采莲说："小妹妹，你去拿一本书来，我问问你。"

女孩向他一看，就跑去。妇人却忽然滴下眼泪来说："在我这一生怕无法报答你了！"

萧涧秋稍稍奇怪地问——他似乎没有听清楚："什么？"

妇人仍旧低声地流泪的说："你对我们的情太大了！你是救了我们母子三人的命，救了我们这一家！但我们怎样报答你呢？"

他强笑地难以为情地说："不要说这话了！只要我们能好好地团聚下去，就是各人底幸福。"

女孩已经拿书到他底身边，他们就互相问答起来。妇人私语的：

"真是天差先生来的,天差先生来的。这样,孩子底病会不好么?哈,天是有它底大眼睛的。我还愁什么?天即使要辜负我,天也不敢辜负先生,孩子底病一定明天就会好。"

萧涧秋知道这位妇人因小孩底病的缠绕过度,神经有些变态,他奇怪地向她望一望。妇人转过脸,避开愁闷的样子。他仍低头和女孩说话。

十五

上午十时左右

阳光似金花一般撒满人间。春天之使者似在各处舞跃:云间,树上,流动的河水中,还来到人类的各个底心内。在采莲底家里,病的孩子稍稍安静了,呼吸不似以前那么紧张。妇人坐在床边,强笑地静默想着。半空吊起的心似放下一些了。萧涧秋坐在一把小椅子上,女孩是在房内乱跑。酸性的房内,这时舒畅不少安慰不少了。

忽然有人走进来,站在他们底门口,而且气急地——这是陶岚。他们随即转过头,女孩立刻叫起来向她跑去,她也就得慢地问:"小弟弟怎么样?"

"谢谢天,好些了,"妇人答。

陶岚走进到孩子底身边,低下头向孩子底脸上看了看。采莲的母亲又说:"萧先生用了新的方法使他睡去的。"

陶岚就转头问他,有些讥笑地:"你会医病么?"

"不会。偶然知道这一种病,和这一种病的医法,——还是偶然的。此地又没有好的医生,看孩子气急下去么?"

他难以为情地说。陶岚又道:"我希望你做一尊万灵菩萨。"

萧涧秋当时就站起来,两手擦了一擦,向陶岚说:"你来了,我要回去了。"

"为什么呢？"一个问。

"她已经知道这个手续，我下午再来一趟就是。"

"不，请你稍等片刻，我们同回去。"

青年妇人说："你不来也可以。有事，我会叫采莲来叫你的。"

陶岚向四周看一看，似侦探什么，随说："那么我们走罢。"

女孩依依地跟到门口，他们向她摇摇头就走远了。一边陶岚问他："你要到什么地方去？"

"除出学校还有别的地方吗？"

"慢些，我们向那水边去走一趟罢，我还有话对你说。"

萧涧秋当即同意了。

他慢慢地抬头看她，可是一个已俯下头，问："钱正兴对你要求过什么呢？"

"什么？没有。"

"请你不要骗我罢。我知道在你底语言底成分中，是没有一分谎的，何必对我要异样？"

"什么呢，岚弟？"

他似小孩一般。一个没精打采地说："你运用你另一副心对付我，我苦恼了。钱正兴是我最恨的，已经是我底仇敌。一边毁坏你底名誉，一边也毁坏我底名誉。种种谣言的起来，他都同谋的。我说这话并不冤枉他，我有证据。他吃了饭没事做，就随便假造别人底秘密，你想可恨不可恨？"

萧这时插着说："那随他去便了，关系我们什么呢？"

一个冷淡地继续说："关系我们什么？你恐怕忘记了。昨夜，他却忽然又差人送给我一封信，我看了几乎死去！天下有这样一种不知羞耻的男子，我还是昨夜才发现！"她息一息，还是那么冷淡地，"我们一家都对他否认了,你为什么还要对他说,叫他勇敢地向我求婚呢?为友谊计?为什么呢?"

她完全是责备的口气。萧却态度严肃起来,眼光炯炯地问:"岚弟,你说什么话呢?"

一个不响,从衣袋内取出一封信,递给他。这时两人已经走到一处清幽的河边,新绿的树叶底阴翳,铺在浅草地上。春色的荒野底光芒,静静地笼罩着他俩底四周。他们坐下。他就从信内抽出一张彩笺,读下:

亲爱的陶岚妹妹:现在,你总可允诺我底请求了。因为你所爱的那个男子,我和他商量,他自己愿意将你让给我。他,当然另有深爱的;可以说,他从此不再爱你了。妹妹,你是我底妹妹!

妹妹,假如你再还我一个"否"字,我就决计去做和尚——自杀!我失了你,我底生命就不会再存在了。一月来,我底内心的苦楚,已在前函详述之矣,想邀妹妹青眼垂鉴。

我在秋后决定赴美游历,愿偕妹妹同往。那位男子如与那位寡妇结婚,我当以五千元畀之。

下面就是"敬请闺安"及具名。

他看了,表面倒反笑了一笑,向她说,——她是忿忿地看住一边的草地。

"你也会为这种请求所迷惑吗?"

她没有答。

"你以前岂不是告诉我说,你每收到一种无礼的要求的信的时候,你是冷笑一声,将信随随便便地撕破了抛在字纸篓内?现在,你不能这样做吗?"

她含泪的惘惘然回头说:"他侮辱我底人格,但你怎么要同他讨论关于我底事情呢?"

萧涧秋这时心里觉得非常难受,一阵阵地悲伤起来,他想——他亦何尝不侮辱他底人格呢?他愿意去同他说话么?而陶岚却一味责备他,正似他也是一个要杀她的刽子手,他不能不悲伤了!——一边他挨近她底身向她说:"岚弟,那时设使你处在我底地位,你也一定将我所说的话对付他的。因为我已经完全明了你底人格,感情,志趣。你不相信我吗?"

"我相信你的,深深地相信你的。不过你不该对他说话。他是因为造我们底谣,我们不理他,才向你来软攻的,你竟被他计谋所中吗?"

"不是。我知道假如你还有一分爱他之心,为他某一种魔力所引诱,你不是一个意志坚强的人,那我无论如何也不会叫他向你求婚的。何况,"他静止一息,"岚弟,不要说他罢!"

一边他垂下头去,两手靠在地上,悲伤地,似乎心都要炸裂了。陶岚慢慢地说:"不过你为什么不……"她没有说完。

"什么呢?"

萧强笑地。她也强笑:"你自己想一想罢。"

静寂落在两人之间。许久,萧震颤地说:"我们始终做一对兄弟罢,这比什么都好。你不相信么?你不相信人间有真的爱么?哈,我还自己不知道要做怎样的一个人,前途开拓在我身前的又是怎样的一种颜色。环境可以改变我,极大的漩涡可以卷我进去。所以,我始终——我也始终愿你做我底一个弟弟,使我一生不致十分寂寞,错误也可以有人来校正。你以为不是吗?"

岚无心地答:"是的,"意思几乎是——不是。

他继续凄凉的说:"恋爱呢,我实在不愿意说它。结婚呢,我根本还没有想过。岚弟，我不立刻写回信给你，理由就在这里了！"停一息，又说："而且生命，生命，这是一回什么事呢？在一群朋友底欢聚中，我会感到一己的凄怆，这一种情感我是不该有家庭的了。"

陶岚轻轻地答："你只可否认家庭，你不能否认爱情。除了爱情，人生还有什么呢？"

"爱情，我是不会否认的。就现在，我岂不是爱着一位小妹妹，也爱着一位大弟弟吗？不过我不愿意尝出爱情底颜色的另一种滋味罢了。"

她这时身更接近他的娇羞地说："不过，萧哥，人终究是人呢！人是有一切人底附属性的。"

他垂下头没有声音。随着两人笑了一笑。

一切温柔都收入在阳光底散射中，两人似都管辖着各人自己底沉思。一息，陶岚又说："我希望在你底记忆中永远伴着我底影子。"

"我希望你也一样。"

"我们回去罢？"

萧随即附和答："好的。"

十六

萧涧秋回到校内，心非常不舒服。当然，他是受了仇人底极大的侮辱以后。他脸色极青白，中饭吃的很少，引得阿荣问他："萧先生，你身体好吗？"他答："好的。"于是就在房内呆呆地坐着。几乎半点钟，他一动不动，似心与身同时为女子之爱力所僵化了。他不绝地想起陶岚，他底头壳内充满她底爱；她底爱有如无数个小孩子，穿着各种美丽的衣服，在他底头壳内游戏，跳舞。他隐隐地想去寻求他底前途上所遗失的宝物。但有什么呢？他于是看一看身边，似乎这时有陶岚底倩影站着，可是他底身边是空虚的。这样又过十分钟，却有四五个年约十三四岁的少年学生走进来。他们开始就问："萧先生，听说你身体不好吗？"

"好的。"他答。

"那你为什么上午告假呢？先生们都说你身体不好才告假的。我们到你底窗外来看看，你又没有睡在床上，我们很奇怪。"

一个面貌清秀的学生说。萧微笑地答："我也不知道他们为什么缘故要骗你们。我是因为采莲妹妹底小弟弟底病很厉害，我去看了一回。"

接着他就和采莲家里雇用的宣传员一样，说起她们底贫穷，苦楚以及没人帮助的情形，——统说了一遍。学生们个个低头叹息，里面一个说："他们为什么要讳言萧先生去救济呢？"

"我实在不知道，"萧答。

另一个学生插嘴道："他们妒忌罢？现在的时候，善心的人是有人妒忌的。"

一个在萧旁边的学生却立刻说："不是，不是，钱正兴先生岂不是对我们说过吗？他说萧先生要娶采莲妹妹底母亲。"

那位学生微笑地。萧愁眉问："他和你们谈这种话吗？"

"是的，他常常同我们说恋爱的事情。他教书教的不好，可是恋爱谈的很好，他每点钟总是上了半课以后，就和我们讲恋爱。他也常常讲到女陶先生，似乎不讲到她，心里就不舒服似的。"

萧涧秋仍旧悲哀地没有说。一个年龄小些的学生急急接上说："有什么兴味呢，讲这种话？书本教不完怎么办？他以后若再在讲台上讲恋爱，我和几个朋友一定要起来驱逐他！"

萧微笑地向他看一眼，那位小学生却态度激昂地红着脸。

可是另一个学生却又向萧笑嘻嘻地问："萧先生，你为什么不和女陶先生结婚呢？"

萧淡淡地骂："你们不要说这种话罢！这是你们所不懂得的。"

而那个学生还说："女陶先生是我们一镇的王后，萧先生假如和她结了婚，萧先生就变做我们一镇的皇帝了。"

萧涧秋说："我不想做皇帝，我只愿做一个永远的真正的平民。"

而那个学生又说："但女陶先生是爱萧先生的。"

这时陶慕侃却不及提防的推进门来，学生底嘈杂声音立刻静止下去。陶慕侃俨然校长模样地说："什么女陶先生男陶先生。那个叫你们这样说法的？"

可是学生们却一个个微笑地溜出房外去了。

陶慕侃目送学生们去了以后，他就坐在萧涧秋底桌子的对面，说："萧，这究竟是怎么一回事？昨天钱正兴向我说，又说你决计要同那位寡妇结婚？"

萧涧秋站了起来，似乎要走开的样子，说："老友，不要说这种事情罢。我们何必要将空气弄得酸苦呢？"

陶慕侃灰心地："我却被你和我底妹妹弄昏了。"

"并不是我，老友，假如你愿意，我此后决计专心为学校谋福利。我没有别的想念。"

陶慕侃坐了一会，上课铃也就打起来了。

十七

阳光底脚跟带了时间移动，照旧过了两天。

萧涧秋和一队学生在操场上游戏。这是课外的随意的游戏，一个球从这人底手内传给那人底。他们底笑声是同春三月底阳光一样照耀，鲜明。将到了吃中饭的时候，操场上的人也预备休歇下来了。陶岚却突然出现在操场出入口的门边，一位小学生顽皮地叫："萧先生，女陶先生叫你。"

萧涧秋随即将他手内底球抛给另一个学生，就汗喘喘地向她跑来。两人没有话，几乎似陶岚领着他，同到他底房内。他随即问："你已吃过中饭了么？"

"没有，我刚从采莲底家里来。"

她萎靡地说。一个正洗着脸，又问："小弟弟怎样呢？"

"已经死了。"

"死了？"

他随将手巾丢在面盆内，惊骇地。

"两点钟以前，"陶岚说，"我到她们家里，已经是孩子喘着他最后一口气的时候。孩子底喉咙已胀塞住，眼睛不会看他母亲了。他底母亲只有哭，采莲也在旁边哭，就在这哭声中，送去了一个可爱的孩子底灵魂！我执着他底手，急想设法，可是法子没有想好，我觉得孩子底手冷去了，变青了！天呀，我是紧紧地执住他底手，好像这样执住，他才不致去了似的；谁执他灵魂之手，谁有力量不使他蜕化呢？他死了！造化是没有眼睛的，否则，见到妇人如此悲伤的情形，会不动他底心么？妇人发狂一般地哭，她抱着孩子底死尸，伏在床上，哭的昏去。以后两位邻舍来，扶住她，劝着，她又那里能停止呢？孩子是永远睡去了！唉，小生命永远安息了！他丢开了他母亲与姊姊底爱，永远平安了！他母亲底号哭那里能唤得他回来呢？他又那里会知道他母亲是如此悲伤呢？"

陶岚泪珠莹莹地停了一息。这时学校摇着吃中饭的铃，她喘一口气说："你吃饭去罢。"

他站着一动不动地说："停一停，此刻不想吃。"

两人听铃摇完，学生们底脚步声音陆续地向膳厅走进，静寂一忽，萧说："现在她们怎样呢？"

陶岚一时不答，用手巾拭了一拭眼，更走近他一步，胆怯一般，慢慢说："妇人足足哭了半点钟，于是我们将昏昏的她放在床上，我又牵着采莲，一边托她们一位邻舍，去买一口小棺，又托一位去叫埋葬的人来。采莲底母亲向我说，她已经哭的没有力气了，她说：'不要葬了他罢，放他在我底身边罢！他不能活着在他底家里，我也要他死着在家里呢！'

"我没有听她底话，向她劝解了几句。劝解是没有力量的，我就任自己底意思做。将孩子再穿上一通新衣服，其实并不怎样新，不过有几朵花，没有破就是，我再寻不出较好的衣服来。孩子是满想来穿新衣服的。他这样没有一件好看的新衣服，孩子当然要去了，以后我又给他戴上一顶帽子。孩子整齐的，工人和小棺都来了。妇人在床上叫喊：'在家里多放几天罢，在家里多放几天罢！'我们也没有听她，于是孩子就被两位工人抬去了。采莲，这位可爱的小妹妹，含泪问我：'弟弟到那里去呢？'我答：'到极乐国去了！'她又说：'我也要到极乐国去。'我用嘴向她一努，说：'说不得的。'小妹妹又恍然苦笑地问：

'弟弟不再回来了么？'

我吻着她底脸上说：'会回来的，你想着他的时候。夜里你睡去以后，他也会来和你相见。'

她又问：'梦里弟弟会说话么？'

'会说的，只要你和他说。'

于是她跑到她母亲底跟前，向她母亲推着叫：

'妈妈，弟弟梦里会来的。日里不见他，夜里会来的。陶姊姊说的，你不要哭呀。'

可是她母亲这时非常旷达似的向我说，叫我走，她已经不悲伤了，悲伤也无益。我就到这里来。"

两人沉默一息，陶岚又说："事实发生的太悲惨了！这位可怜的妇人，她也有几餐没有吃饭，失去了她底肉，消瘦的不成样子。女孩虽跟在她旁边，终究不能安慰她。"

萧涧秋徐徐地说："我去走一趟，将女孩带到校里来。"

"此刻无用去，女孩一时也不愿离开她母亲的。"

"家里只有她们母女两人么？"

"邻舍都走了，我空空地坐也坐不住。"

一息，她又低头说："实在凄凉，悲伤，叫那位妇人怎么活得下去呢？"

萧涧秋呆呆地不动说："转嫁，只好劝她转嫁。"

一时又心绪繁乱地在房内走一圈，沉闷地继续说："转嫁，我想你总要负这点责任，找一个动听的理由告诉她。我呢，我不想到她们家里去了。我再没有帮助她的法子；我帮助她的法子，都失去了力量。我不想再到她们家里去了。女孩请你去带她到校里来。"

陶岚轻轻地说："我想劝她先到我们家里住几天。这个死孩的印象，在她这个环境内更容易引起悲感来的。以后再慢慢代她想法子。孩子刚刚死了就劝她转嫁，在我说不出口，在她也听不进去的。"

他向她看一看，似看他自己镜内的影子，强笑说："那很好。"

两人又无言地，各人深思着。学生们吃好饭，脚步声在他们的门外陆续地走来走去。房内许久没有声音。采莲，这位不幸的女孩，却含着泪背着书包，慢慢地向他们底门推进去，出现在他俩底前面。萧涧秋骇异地问："采莲，你还来读书么？"

"妈妈一定要我来。"

说着，就咽咽地哭起来。

他们两人又互相看一看，觉得事情非常奇怪。他愁着眉，又问："妈妈对你说什么话呢？"

女孩还是哭着说："妈妈叫我来读书，妈妈叫我跟萧伯伯好了！"

"你妈妈此刻在做什么呢？"

"睡着。"

"哭么？"

"不哭，妈妈说她会看见弟弟的，她会去找弟弟回来。"

萧涧秋心跳地向陶岚问："她似有自杀的想念？"

陶岚也泪涔涔地答："一定会有的。如我处在她这个境遇里，我便要自杀了。不过她能丢掉采莲么？"

"采莲是女孩子，在这男统的宗法社会里，女孩子不算得什么。况且她以为我或能收去这个孤女。"

同时他向采莲一看，采莲随拭泪说："萧伯伯，我不要读书，我要回家去。妈妈自己会不见掉的。"

萧涧秋随又向陶岚说："我们同女孩回去罢。我也只好鼓舞自己底勇气再到她们底家里去走一遭。看看那位命运被狼嘴嚼着的妇人底行动，也问问她底心愿。你能去邀她到你家里住几天，是最好的了。我们同孩子走罢。"

"我不去，"陶岚摇摇头说，"我此刻不去。你去，我过一点钟再来。"

"为什么呢？"

"不必我们两人同时去。"

萧明白了。又向她仔细看了一看，听她说："你不吃点东西么？我肚子也饿了。"

"我不饿。"他急忙答。"采莲，我们走。"

一边就牵着女孩底手，跑出来。陶岚跟在后面，看他们两个影子在向西村去的路上消逝了。她转到她底家里。

十八

妇人在房内整理旧东西。她将孩子所穿过的破小衣服丢在一旁。又将采莲底衣服折叠在桌上,一件一件地。她似乎要将孩子底一切,连踪迹也没有地掷到河里去,再将采莲底命运裹起来。如此,似悲伤可以灭绝了,而幸福就展开五彩之翅在她眼前翱翔。她没有哭,她底眼内是干燥的,连一丝隐闪的滋润的泪光也没有。她毫无精神地整理着,一时又沉入呆思,幻化她一步步要逼近来的时日:

——男孩是死了!只剩得一个女孩。——
——女孩算得什么呢?于是便空虚了!——
——没有一份产业,没有一分积蓄,
——还得要人来帮忙,不成了!——
——一个男子像他一样,不成了!
——我毁坏了他底名誉,以前是如此的,——
——为的忠贞于丈夫,也忍住他底苦痛,
——他可以有幸福的,他可以有……——
——于是我底路……便完了!——

女孩轻轻地先进门,站在好她母亲底身前,她也不知觉。女孩叫一声:"妈妈!"女孩含泪的。

"你没有去么?我叫你读书去!"

妇人愁结着眉,十分无力地发怒。

"萧伯伯带我回来的。"

妇人仰头一望,萧涧秋站在门边,妇人随即低下头去,没有说。

他远远地站着说了一句,似想了许久才想出来的:"过去了的事情都过去了。"

妇人好像没有听懂，也不说。

萧一时非常急迫，他眼盯住看这妇人，他只从她脸上看出憔悴悲伤，他没有看出她别的。他继续说："不必想；要想的是以后怎么样。"

于是她抬头缓缓答："先生，我正在想以后怎么样呢！"

"是，你应该……"

一边他走近拢去。她说，声音轻到几乎听不见："应该这样。"

一个又转了极弱极和婉的口声，向她发问："那么你打算怎样呢？"

她底声音还是和以前一样轻地答："于是我底路……便完了！"

他更走近，两手放在女孩底两肩上，说："说重一点罢，你怕想错了！"

这时妇人止不住涌流出泪，半哭地说，提高声音："先生！我总感谢你底恩惠！我活着一分钟，就记得你一分钟。但这一世我用什么来报答你呢？我只有等待下世，变做一只牛马来报答你罢！"

"你为什么要说像这样陈腐的话呢？"

"从心深处说出来的。以前我满望孩子长大了来报答你底恩，现在孩子死去了，我底方法也完了！"一边拭着泪，又忍止住她底哭。

"还有采莲在。"

"采莲……"她向女孩看一看，"你能收受她去做你底丫头么？"

萧涧秋稍稍似怒地说："你们妇人真想不明白，愚蠢极了！一个未满三周的小孩，死了，就死了，算得什么？你想，他底父亲二十七八岁了，尚且给一炮打死！似这样小的小孩，心痛他做什么？"

"先生，叫我怎样活得下去呢？"

他却向房内走了一圈，忍止不住地说出："转嫁！我劝你转嫁。"

妇人却突然跳起来，似乎她从来没有听到过妇人是可以有这样一个念头的。她迟疑地似无声的问："转嫁？"

他吞吐地，一息坐下，一息又站起："我以为这样办好。做一个人来吃几十年的苦有什么意思？还是择一位相当的你所喜欢的人……"

他终于说不全话，他反感到他自己说错了话了。对于这样贞洁的妇人的面，一边疑惑地转过头向壁上自己暗想："天呀，她会不会疑心我要娶她呢？"

妇人果然似触电一般，心急跳着，气促地，两眼钉在他底身上看，一时断续的说："你，你，你是我底恩人，你底恩和天一样大，我，我是报答不尽的。没有你，我们三人早已死了，这个短命的冤家，也不会到今天才死。"

他却要引开观念的又说："我们做人，可以活，总要忍着苦痛，设法活下去。"

妇人正经地说："死了也算完结呢！"

萧涧秋摇摇头说："你完全乱想，你一点不顾到你底采莲么？"

采莲却只有谁说话，就看着谁，在她母亲与先生之间，呆呆的。妇人这时将她抱去，一面说："你对我们太有心了，先生，我们愿意做你一世的用人。"

"什么？"

萧吃惊地。她说："我愿我底女孩，跟你做一世的用人。"

"这是什么意思？"

"你能收我们去做仆役么，恩人？"

她似乎要跪倒的样子，流着泪。他实在看得非常动情，悲伤。他似乎操着这位不幸的妇人底生死之权在他手里，他极力镇定他自己，强笑说："以后再商量。我当极力帮助你们，是我所能做到的事。"

一边他心里轳辘地想："假如我要娶妻，我就娶去这位妇人罢。"

同时他看这位妇人，不知她起一个什么想念和反动，脸孔变得更青；又见她两眼模糊地，她晕倒在地上了。

采莲立刻在她母亲底身边叫:"妈妈!妈妈!"

她母亲没有答应,她便哭了。萧涧秋却非常急忙地跑到她底前面,用两手执着她底两臂,又摇着她底头,口里问:"怎样?怎样?"

妇人底喉间有些哼哼的。他又用手摸一摸她底额,额冰冷,汗珠出来。于是他扶着她底颈,几乎将她抱起来,扶她到了床上,给她睡着。口子又问,夹并着愁与急的:"怎样?你觉得怎样?"

"好了,好了,没有什么了。"

妇人低微着喘气,轻弱地答。用手擦着眼,似睡去一回一样。女孩在床边含泪的叫:"妈妈!妈妈!"

妇人又说,无力的:"采莲呀,我没有什么,你不用慌。"

她将女孩底脸拉去,偎在她自己底脸上,继续喘气地说:"你不用慌,你妈妈是没有什么的。"

萧涧秋站在床边,简直进退维谷的样子,低着头,似想不出什么方法。一时又听妇人说,声音是颤抖如弦的:"采莲呀,万一你妈妈又怎样,你就跟萧伯伯去好了。萧伯伯对你的好,和你亲生的伯伯一样的。"

于是青年忧愁地问:"你为什么又要说这话呢?"

"我觉得我自己底身体这几天来坏极!"

"你过于悲伤了,你过于疲倦了!"

"先生,孩子一病,我就没有咽下一口饭;孩子一死,我更咽不下一口水了!"

"不对的,不对的,你底思想太卑狭。"

妇人没有说,沉沉地睡在床上。一时又睁开眼向他看一看。他问:"现在觉得怎样?"

"好了。"

"方才你想到什么吗?"

她迟疑一息，答："没有想什么。"

"那么你完全因为太悲伤而疲倦的缘故"

妇人又没有说，还是睁着眼看他。他呆站一息，又强笑用手按一按她底额上，这时稍稍有些温，可是还有冷汗。又按了一按她底脉搏，觉得她底脉搏缓弱到几乎没有。他只得说："你应当吃点东西下去才好。"

"不想吃。"

"这是不对的，你要饿死你自己吗？"

她也强笑一笑。青年继续说："你要信任我才好，假如你自己以为你对我都是好意的话。人总有一回死，这样幼小的孩子，又算得什么？而且每个母亲总要死了她一个儿子，假如是做母亲的人，因为死了一个孩子，就自己应该挨饿几十天，那么天下的母亲一个也没有剩了。人底全部生命就是和命运苦斗，我们应当战胜命运，到生命最后的一秒不能动弹为止。你应当听我底话才好。"

她似懂非懂地苦笑一笑，轻轻说："先生请回去罢，你底事是忙的。我想明白了，我照先生底话做。"

萧涧秋还是执着妇人底枯枝似的手。房内沉寂的，门却忽然又开了，出现一位女子。他随将她底手放回，转脸迎她。女孩也从她母亲怀里起来。

十九

陶岚先走近他底身前问："你还没有去吗？"

他答："因她方才一时又晕去，所以我还在。"

她转头问她，一边也按着她底方才被萧涧秋捻过的手："怎样呢，现在？"

妇人似用力勉强答:"好了,我请萧先生回校去。萧先生怕也还没有吃过中饭。"

"不要紧,"他说,"我想喝茶。方才她晕去的时候,我找不到一杯热的水。"

"让我来烧罢。"陶岚说,"还有采莲也没有吃中饭么?已经三点钟了。"

"可怜这小孩子也跟在旁边挨饿。"

陶岚却没有说,就走到灶间,倒水在一只壶里,折断生刺的柴枝来烧它。她似乎想水快一些沸,就用很多的柴塞在灶内,可是柴枝还青,不容易着火,弄得满屋子是烟,她底眼也滚出泪来。妇人在床上向采莲说:"你去烧一烧罢,怎么要陶先生烧呢?"

女孩跑到炉子的旁边,水也就沸了。又寻出几乎是茶梗的茶叶来,泡了两杯茶,端到他们底面前。

这样,房内似换了一种情景,好像他们各人底未来的人生问题,必须在这一小时内决定似的。女孩偎依在陶岚底身边,眼睛视着她母亲底脸上,好像她已不是她底母亲了,她底母亲已同她底弟弟同时死去了!而不幸的青年寡妇,似上帝命她来尝尽人间底苦汁的人,这时倒苦笑地,自然地,用她沉静的目光向坐在她床边的陶岚看了一回,又看一回;再向站在窗边垂头看地板的萧涧秋望了几望。她似乎要将他俩底全个身体与生命,剖解开来又联接拢去。似乎她看他俩底衣缘上,钮边,统统闪烁着光辉,出没着幸福,女孩在他们中间,也会有地位,有愿望地成长起来,于是她强笑了。严肃的悲惨的空气,过了约一刻钟。陶岚说:"我想请你到我底家里去住几天。你现在处处看见都是伤心的,损坏了你底身体,又有什么用呢?况且小妹妹跟在你底身边也太苦,跟你流泪,跟你挨饿,弄坏小妹妹底身子也不忍。还是到我家里去住几天,关锁起这里的门来。"

她婉转低声地说到这里，妇人接着说："谢谢你，我真不知怎样报答你们底善意。现在我已经不想到过去了，我只想怎样才可算是真正的报答你们底恩。"

稍停一息，对采莲说："采莲，你跟萧伯伯去罢！跟陶先生去罢！家里这几天没有人烧饭给你吃。我自己是一些东西也不想吃了。"

采莲仰头向陶岚瞧一瞧，同时陶岚也向她一微笑，更搂紧她，没有其他的表示。一息，陶岚又严肃地问："你要饿死你自己么？"

"我一时是死不了的。"

"那么到我家里去住几天罢。"

妇人想了一想说："走也走不动，两腿醋一般酸。"

"叫人来抬你去。"

陶岚又和王后一般的口气。妇人答："不要，谢谢你，儿子刚死了，就逃到人家底家里去，也说不过去。过几天再商量罢。我身子也疲倦。让我睡几天。"

他们没有说。一息，她继续说："请你们回去罢！"

萧涧秋向窗外望了一望天色，向采莲说："小妹妹，你跟我去罢。"

女孩走到他底身边。他向她们说："我两人先走了。"

"等一等。"陶岚接着说。

于是女孩问："妈妈也去吗？"

妇人却心里哽咽的，说不出"我不去"三个字，只摇一摇头。陶岚催促地说："你同去罢。"

"不，你们去，让我独自睡一天。"

"妈妈不去吗？"

"你跟陶先生去，明天再来看你底妈妈。"

他们没有办法，低着头走出房外。他们一时没有说话。离了西村，陶岚说："留着那位妇人，我不放心。"

"有什么方法？"

"你以为任她独自不要紧吗？"

"我想不出救她的法子。"

他底语气凄凉而整密的。一个急促地："明天一早，我再去叫她。"

这样，女孩跟陶岚到陶底家里，陶岚先拿了饼干给她吃。萧涧秋独自回到校内。

他愈想那位妇人，觉得危险愈逼近她。他自己非常地不安，好像一切祸患都从他身上出发一样。

他并不吃东西，肚子也不饿，关着房门足足在房内坐了一点钟。黄昏到了，阿荣来给他点上油灯。他就在灯下很快地写这几行信：

亲爱的岚！我不知怎样，好像生平所有底烦恼都集中在此时之一刻！我简直似一个杀人犯一样——我杀了人，不久还将被人去杀！

那位可怜的妇人，在三天之内，我当用正当的根本的方法救济她。我为了这事，我萦回，思想，考虑：岚，假如最后我仍没有第二条好法子的时候——我决计娶了那位寡妇来！你大概也听得欢喜的，因为对于她你和我都同样的思想。

过了明天，我想亲身去对她说明。岚弟，事实恐非这样不可了！但事实对于我们也处置的适宜的，你不要误会了。

写不出别的话，愿幸福与光荣降落于我们三人之间。

祝君善自珍爱！

萧涧秋上

他急忙将信封好，就差阿荣送去。自己仍兀自坐在房内，苦笑起来。

不上半点钟,一位小学生就送她底回信来了。那位小学生跑得气喘的向萧涧秋说:"萧先生,萧先生,陶先生请你最好到她底家里去一趟。采莲妹妹也不时要哭,哭着叫回到家里去。"

"好的。"萧向他点一点头。

学生去了。回信是这么写的:

> 萧先生!你底决定简直是一个霹雳,打的使我发抖。你非如此做不可吗?你就如此做罢!
>
> 可怜的岚

萧涧秋将信读了好几遍,简直已经读出陶岚写这信时的一种幽怨状态,但他还是两眼不转移地注视着她底秀劲潦草的笔迹上,要推敲到她心之极远处一样。

将近七时,他披上一件大衣,用没精打采的脚步走向陶岚底家里。

采莲吃好夜饭就睡着了,小女孩似倦怠的不堪。他们两人一见简直没有话,各人都用苦笑来表示心里底烦闷。几乎过去半小时,陶岚问:"我知道你,你非这样做不可吗?"

"我想不出比这更好的方法来。"

"你爱她吗?"

萧涧秋慢慢地:"爱她的。"

陶岚冷酷地讥笑地做脸说:"你一定要回答我——假如我要自杀,你又怎样?"

"你为什么要说这话?"

他走上前一步。

"请你回答我。"

她还是那么冷淡地。他情急地说:"莫非上帝叫我们几人都非死不可吗?"

沉寂一息,陶岚冷笑一声说:"我知道你不相信自杀。就是我,我也偏要一个人活下去,活下去;孤独地活到八十岁,还要活下去!等待自然的死神降临,它给我安葬,它给我痛哭——一个孤独活了几十年的老婆婆,到此才会完结了!"一边她眼内含上泪,"在我底四周知道我心的人,只有一个你;现在你又不是我底哥哥了,我从此更成孤独。孤独也好,我也适宜于孤独的,以后天涯地角我当任意去游行。一个女子不好游行的么?那我剃了头发,扮做尼姑。我是不相信菩萨的,可是必要的时候,我会扮做尼姑。"

萧涧秋简直恍恍惚惚地,垂头说:"你为什么要说这话呢?"

"我想说,就说了。"

"为什么要有这种思想呢?"

"我觉得自己孤单。"

"不是的,在你的前路,炫耀着五彩的理想。至于我,我底肩膀上是没有美丽的羽翼的。岚,你不要想错了。"

一个丧气地向他看一看,说:"萧哥,你是对的,你回去罢。"

同时她又执住他底手,好似又不肯放他走。一息,放下了,又背转过脸说:"你回去,你爱她罢。"

他简直没有话,昏昏地向房外退出去。他站在她底大门外,大地漆黑的,他一时不知道要投向那里去,似无路可走的样子。仰头看一看天上的大熊星,好像大熊星在发怒道:"人类是节外生枝,枝外又生节的——永远弄不清楚。"

二十

　　他回到校里，看见一队教师聚集在会客室内谈话。他们很起劲地说，又跟着高声的笑，好象他们都是些无牵挂的自由人。他为的要解除他自己底忧念，就向他们走近去。可是他们仍旧谈笑自若，而他总说不出一句话，好像他们是一桶水，他自己是一滴油，终究溶化不拢去。没有一息，陶慕侃跟着进来。他似来找萧涧秋的，可是他却非常不满意地向大众说起话来："事情是非常稀奇的，可是我终在闷葫芦里，莫名其妙。萧先生是讲独身主义的，听说现在要结婚了。我底妹妹是讲恋爱的，今夜却突然要独身主义了！萧，到底是怎么一回事？"

　　大家立时静止下来，头一齐转向萧，他微笑地答："我自己也不知道到底是怎么一回事。"

　　方谋立刻就向慕侃问："那么萧先生要同谁结婚呢？"

　　慕侃答："你问萧自己罢。"

　　于是方谋立刻又问萧，萧说："请你去问将来罢。"

　　教师们一笑，哗然说："回答的话真巧妙，使人坠在五里雾中。"

　　慕侃接着说，慨叹地："所以，我做大阿哥的人，也给他们弄得莫名其妙了。我此刻回到家里，妹妹正在哭。我问母亲什么事，母亲说——你妹妹从此要不嫁人了。我又问，母亲说，因为萧先生要结婚。这岂不是奇怪么？萧先生要结婚而妹妹偏不嫁，这究竟为什么呢？"

　　萧涧秋就接着说："无用奇怪，未来自然会告诉你的。至于现在，我自己也不甚清楚。"

　　说着，他站了起来似乎要走，各人一时默然。慕侃慢慢地又道："老友，我看你近来的态度太急促，像这样的办事要失败的。这是我妹妹的脾气，你为什么学她呢？"

萧涧秋在室内走来走去，一边强笑答："不过我是知道要失败才去做的。不是希望失败，是大概要失败。你相信么？"

"全不懂，全不懂。"

慕侃摇了摇头。

正是这个时候，各人底疑团都聚集在各人底心内，推究着芙蓉镇里底奇闻。有一位陌生的老妇却从外边叫进来，阿荣领着她来找萧先生。萧涧秋立刻跑向前去，知道她就是前次在船上叙述采莲底父亲底故事那人。一边奇怪地向她问道："什么事？"

那位老妇只是战抖，简直吓的说不出话。一时，她似向室内底人们看遍了。她叫道："先生，采莲在那里呢？她底妈妈吊死了！"

"什么？"

萧大惊地。老妇气喘的说："我，我方才想到她两天来没有吃东西，于是烧了一碗粥送过去。我因为收拾好家里的事才送去，所以迟一点。谁知推不进她底门，我叫采莲，里面也没有人答应。我慌了，俯在板缝上向里一瞧，唉！天呀，她竟高高地吊着！我当时跌落粥碗，粥撒满一地，我立刻跑到门外喊救命，来了四五个男人，敲破进门，将她放下来，唉！气已断了！心头冰冷，脸孔发青，舌吐出来，模样极可怕，不能救了！现在，先生，请你去商量一下，她没有一个亲戚，怎样预备她底后事。"老妇人又向四周一看，问："采莲在那里呢？也叫她去哭她母亲几声。"

老妇人慌慌张张地，似又悲又怕。教师们也个个听得发呆。萧涧秋说："不要叫女孩，我去罢。"

他好似还可救活她一般地急走。陶慕侃与方谋等三四位教师们也跟去，似要去看看死人底可怕的脸。

他们一路没有说话，只是踢踢踏踏的脚步声，向西村急快地移动。田野是静寂地，黑暗地，猫头鹰底尖利鸣声从远处传来。在这时的各教师们底心内谁都感觉出寡妇的凄惨与可怜来。

　　四五位男人绕住寡妇底尸。他们走上前去。尸睡在床上，萧涧秋几乎口子喊出"不幸的妇人呀！"一句话来。而他静静地站住，流出一两滴泪。他看妇人底脸，紧结着眉，愁思万种地，他就用一张棉被将她从发到脚跟盖上了。邻居的男人们都退到门边去。就商量起明天出葬的事情来，一边，雇了两位胆大些的女工，当晚守望她底尸首。

　　于是人们从种种的议论中退到静寂底后面。

　　第二天一早，陶岚跑进校里来，萧涧秋还睡在床上，她进去。

　　"究竟是怎么一回事？"

　　陶岚问，含起泪珠。

　　"事情竟和悲剧一般地演出来……女孩呢？"

　　"她还不知道，叫着要到她妈妈那里去，我想带她去见一见她母亲底最后的面。"

　　"随你办罢，我起来。"

　　陶岚立刻回去。

　　萧涧秋告了一天假，进行着妇人的丧事。他几乎似一位丈夫模样，除了他并不是怎样哭。

　　坟做在山边，石灰涂好之后，他就回到校里来。这已下午五时，陶慕侃，陶岚——她搂着采莲——，皆在。他们一时没有说，女孩哭着问："萧伯伯，妈妈会醒回来么？"

　　"好孩子，不会醒回来了！"

　　女孩又哭："我要妈妈那里去！我要妈妈那里去！"

　　陶岚向她说，一边拍她底发，亲昵的，流泪的："会醒回来的，会醒回来的。过几天就会醒回来。"

　　女孩又哽咽地静下去。萧涧秋低低地说："我带她到她妈妈墓边去坐一回罢。也使她记得一些她妈妈之死的印象，说明一些死的意义。"

"时候晚了,她也不会懂得什么的。就是我哥哥也不懂得这位妇人底自杀的意义。不要带小妹妹去。"

陶岚说了,她哥哥笑一笑没有说,忠厚的。

学校底厨房又摇铃催学生去吃晚饭。陶岚也就站起身来想带采莲回到家里去。她底哥哥说:"密司脱萧,你这几天也过得太苦闷了!你好似并不是到芙蓉镇来教书,是到芙蓉镇来讨苦吃的。今晚到敝舍去喝一杯酒罢,消解消解你底苦闷。以后的日子,总是你快乐的日子。"

萧涧秋没有答可否。接着陶岚说:"那么去罢,到我家里去罢。我也想回家去喝一点酒,我底胸腔也塞满了块垒。"

"我不想去。我简直将学生底练习簿子堆积满书架。我想今夜把它们改正好。"

陶慕侃说,他站起来,去牵了他朋友底袖子:"不要太心急,学生们都相信你,不会哄走你的。"

他底妹妹又说:"萧先生,我想和你比一比酒量。看今夜谁喝的多。谁底胸中苦闷大。"

"我却不愿获得所谓苦闷呢!"

一下子,他们就从房内走出来。

随着傍晚底朦胧的颜色,他们到了陶底家。晚餐不久就布置起来。在萧涧秋底心里,这一次是缺少从前所有的自然和乐意,似乎这一次晚餐是可纪念的。

事实,他也喝下许多酒,当慕侃斟给他,他在微笑中并不推辞。陶岚微笑地看着他喝下去。他们也说话,说的都是些无关系的学校里底事。这样半点钟,从门外走进三四位教师来,方谋也在内。他们也不快乐地说话,一位说:"我们没有吃饱饭,想加入你们喝一杯酒。"

"好的,好的。"

校长急忙答。于是陶岚因吃完便让开坐位。他们就来挤满一桌。方谋喝过一口酒以后,就好像喝醉似的说起来:"芙蓉镇又有半个月可以热闹了。采莲底母亲的猝然自杀,竟使个个人听得骇然!唉!真可算是一件新闻,拿到报纸上面去揭载的。母亲殉儿子,母亲殉儿子!"

陶慕侃说:"真是一位好妇人,实在使她活不下去了!太悲惨,可怜!"

另一位教师说:"她底自杀已传遍芙蓉镇了。我们从街上来,没有一家不是在谈论这个问题。他们叹息,有的流泪,谁都说她应当照烈妇论。也有人打听着采莲的下落。萧先生,你在我们一镇内,名望大极了,无论老人,妇女,都想见一见你,以后我们学校的参观者,一定络绎不绝了!"

方谋说:"萧先生实在可以佩服,不过枉费心思。"

萧涧秋突然向他问:"为什么呢?"

"你如此煞费苦心地去救济她们,她们本来在下雪的那几天就要冻死的,幸你毅然去救济她们。现在结果,孩子死了,妇人死了,岂不是……"

方谋没有说完,萧涧秋就似怒地问:"莫非我的救济她们,为的是将来想得到报酬么!"

一个急忙改口说:"不是为的报酬,因为这样不及意料地死去,是你当初所想不到的。"

萧冷冷地带酒意的说:"死了就算了!我当初也并没有想过孩子一定会长大,妇人一定守着孩子到老的。于是儿子是中国一位出色的有名的人物,母亲因此也荣耀起来,对她儿子说:'儿呀,你还没有报过恩呢!'于是儿子就将我请去,给我供养起来。哈哈,我并没有这样想过。"

陶岚在旁笑了一笑。方谋红起脸,吃吃的说:"你不要误会,我是完全对你敬佩的话。以前镇内许多人也误会你,因你常到妇人底家里去。现在，我知道他们都释然了！"

"又为什么呢？"萧问。

方谋停止一息，终于止不住，说出来："他们想，假如寡妇与你恋爱，那孩子死了，正是一个机缘，她又为什么要自杀？可见你与死了的妇人是完全坦白的。"

萧涧秋底心胸，突然非常壅塞的样子。他举起一杯酒喝空了以后，徐徐说："群众底心，群众底口……"

他没有说下去，眼睛转瞧着陶岚，陶岚默然低下头去。采莲吃过饭依在她底怀前。一时，女孩凄凉地说："我底妈妈呢？"

陶岚轻轻对她说："听，听，听先生们说笑话。假如你要睡，告诉我，我领你睡去。"

女孩又说："我要回到家里去睡。"

"家里只有你一个人了！"

"一个人也要去。"

陶岚含泪的，用头低凑到女孩底耳边："小妹妹，这里的床多好呀，是花的；这里的被儿多好呀，是红的。陶姊姊爱你，你在这里。"

女孩又默默的。

他们吃起饭来，方谋等告退回去，说学校要上夜课了。

二十一

当晚八点钟，萧涧秋微醉地坐在她们底书室内，心思非常地缭乱。女孩已经睡了，他还想着女孩——不知这个无父无母的穷孩子，如何给她一个安排。又想他底自己——他也是从无父无母底艰难中长大起来，和女孩似乎同一种颜色的命运。他永远想带她在身边，算作自己底女儿般爱她。但芙蓉镇里底含毒的声音，他没有力量听下去；教书，也难于遂心使他干下去了。他觉得他自己底前途是茫然！而且各种变故都从这茫然之中跌下来，使他不及回避，忍压不住。可是他却想从"这"茫然跳出去，踏到"那"还不可知的茫然里。处处是夜的颜色；因为夜的颜色就幻出各种可怕的魔脸来。他终想镇定他自己，从黑林底这边跑到那边，涉过没膝的在他脚上急流过去的河水。他愿意这样去，这样地再去探求那另一种的颜色。这时他两手支着两颊，两颊燃烧的，心脏搏跳着。陶岚走进来，无心地站在他底身边。一个也烦恼地静默一息之后，强笑地问他："你又想着什么呢？"

"明天告诉你。"

她仰起头似望窗外底漆黑的天空，一边说："我不一定要知道。"

一个也仰头看着她底下巴，强笑说："那么我们等待事实罢。"

"你又要怎样？"

陶岚当时又很快地说，而且垂下头，四条目光对视着。萧说："还不曾一定要怎样。"

"哈，"她又慢慢的转过头笑起来，"你怎么也变做一位辗转多思的。不要去想她罢，过去已经给我们告了一个段落了！虽则事实发生的太悲惨，可是悲剧非要如此结局不可的。不关我们底事。以后是我们底日子，我们去找寻一些光明。"她又转换了一种语气说："不要讲这些无聊的话，我想请你奏钢琴，我好久没有见你奏了。此刻请你奏一回，怎样？"

他笑眯眯地答她："假如你愿意的话，我可以奏；恐怕奏的不能和以前一样了。"

"我听好了。"

于是萧涧秋就走到钢琴的旁边。他开始想弹一阕古典的曲，来表示一下这场悲惨的故事。但故事与曲还是联结不起来，况且他也不能记住一首全部的叙事的歌。他在琴边呆呆的，一个问他："为什么还不奏？

又想什么?"

他并不转过头说:"请你点一歌给我奏罢。"

她想了一想,说:"《我心在高原》好么?"

萧没有答,就翻开谱奏他深情的歌:歌是Burns作的。

> 我心在高原,
> 离此若干里;
> 我心在高原,
> 追赶鹿与麋。
> 追赶鹿与麋,
> 中心长不移。

> 别了高原月,
> 别了朔北风,
> 故乡何美勇,
> 祖国何强雄;
> 到处我漂流,
> 漫游任我意,
> 高原之群峰,
> 永远心相爱。

> 别了高峻山,
> 山上雪皓皓;
> 别了深湛涧,
> 涧下多芳草;
> 再别你森林,

森林低头愁；
还别湍流溪，
溪声自今古。

我心在高原，
离此若干里，
……

他弹了三节就突然停止下来，陶岚奇怪地问："为什么不将四节弹完呢？"

"这首诗不好，不想弹了。"

"那么再弹什么呢？"

"简直没有东西。"

"你自己有制作么？"

"没有。"

"《Home，Sweet，Home》，我唱。"

"也不好。"

"那么什么呢？"

"想一想什么丧葬曲。"

"我不喜欢。"

萧涧秋从琴边离开。陶岚问："不弹了么？"

"还弹什么呢？"

"好哥哥！"她小姑娘般撒娇起来，她看得他太忧郁了。"请你再弹一个，快乐一些的，活泼一些的。"

一个却纯正地说："艺术不能拿来敷衍用的。我们还是真正的谈几句话罢。"

"你又想说什么呢？"

"告诉你。"

"不必等到明天了么？"

陶岚笑谑地。萧涧秋微怒的局促地说："不说了似觉不舒服的。"

陶岚快乐地将两手执住他两手，叫起来："那么请你快说罢。"

一个却将两手抽去伴在背后，低低的说："我这里住不下去了！"

"什么呀？"

陶岚大惊地，在灯光之前，换白了她底脸色。萧说，没精打采的："我想向你哥哥辞职，你哥哥也总只得允许。因为这不是我自己心愿的事，我底本心，是想在这里多住几年的。可是现在不能，使我不能。人人底目光看住我，变故压得我喘不出气。这二天来，我有似在黑夜的山冈上寻路一样，一刻钟，都难于捱过去！现在，为了你和我自己的缘故，我想离开这里。"

房内沉寂一忽，他接着说："我想明后天就要收拾走了。总之，住不下去。"

陶岚却含泪的说："没有理由，没有理由。"

萧强笑地说："你底没有理由是没有理由的。"

"我想，不会有人说那位寡妇是你谋害了的。"

房内底空气，突然紧张起来，陶岚似盛怒地，泪不住地流，又给帕拭了。他却站着没有动。她激昂地说："你完全想错了，你要将你自己底身来赎个个人底罪么？你以为人生是不必挽救快乐的么？"

"平静一些罢，岚弟！"

这时她却将桌上一条玻璃，压书用的，拿来咔的一声折断。同时气急的说："错误的，你非取消成见不可！"

一个却笑了一笑，陶岚仰头问："你要做一位顽固的人么？"

"我觉得没有在这里住下去的可能了。"

萧涧秋非常气弱的。陶岚几乎发狂地说："有的，有的，理由就在我。"

同时她头向桌上卧倒下去。他说："假如你一定要我在这里的时候……我是先向你辞职的。"

"能够取消你底意见么？"

"那么明天再商量，怎样？事情要细细分析开来看的，你实在过用你底神经质，使我没有申辩的余地。"

"你是神经过敏，你底思想是错误的！"

他聚起眉头，走了两步，非常不安地说："那末等明天再来告诉我们到底要怎样做。此刻我要回校去了。"

陶岚和平起来说："再谈一谈。我还想给你一个参考。"

萧涧秋走近她，几乎脸对脸："你瞧我底脸，你摸我底额，我心非常难受。"

陶岚用两手放在他底两颊上，深沉地问："又怎样？"

"太疲乏的缘故罢。"

"睡在这里好么？"

"让我回去。"

"头晕么？"

"不，请你明天上午早些到校里来。"

"好的。"

陶岚点点头，左右不住的顾盼，深思的。

这时慕侃正从外边走进来，提着灯光，向萧说："你底脸还有红红的酒兴呢。"

"哥哥，萧先生说心里有些不舒服。"

"这几天太奔波了，你真是一个忠心的人。还是睡在这里罢。"

"不，赶快走，可以到校里。"

说着，就强笑地急走出门外。

二十二

门外迎着深夜底寒风，他感觉得一流冷颤流着他底头部与身上。他摸他底额，额火热的；再按他底脉搏，脉搏也跳的很快。他咬紧他底牙齿，心想："莫非我病了？"他一步步走去，他是无力的，支持着战抖，有似胆怯的人们第一次上战场去一样。

他还是走的快的，知道迎面的夜底空气，簌簌地从耳边过去。有时他也站住，走到桥边，他想要听一听河水底缓流的声音，他要在河边，舒散地凉爽地坐一息。但他又似非常没有心思，他要快些回到校里。他脸上是微笑的，心也微笑的，他并不忧愁什么，也没有计算什么。似乎对于他这个环境，感到无名的可以微笑。他也微微想到这二月来他有些变化，不自主地变化着。他简直似一只小轮子，装在她们的大轮子里面任她们转动。

到了学校，他将学生底练习簿子看了一下。但他身体寒抖的更厉害，头昏昏地，背上还有冷汗出来。他就将门关好，没有上锁，一边脱了衣服，睡下。这时心想："这是春寒，这是春寒，不会有病的罢！"

到半夜一点钟的样子，身体大热。他醒来，知道已将病证实了。不过他也并不想什么，只想喝一杯茶。于是他起来，从热水壶里倒出一杯开水喝下。他重又睡，可是一时睡不着。他对于热病并不怎样讨厌，讨厌的是从病里带来的几个小问题："什么时候脱离病呢？竟使我缠绕着在这镇里么？""假如我病里就走，也还带去采莲么？"他又自己不愿意这样多想，极力使他底思潮平静下去。

第二天早晨，阿荣先来给他倒开水。几分钟后，陶岚也来，她走进门，就问："你身体怎样呢？"

他醒睡在床上答:"夜半似乎发过热,此刻却完全好了。"

同时他问她这时是几点钟。一个答:"正是八点。"

"那么我起来罢,第一时就有功课。"

她两眼望向窗外,窗外有两三个学生在读书,坐在树下。萧坐起,但立刻头晕了,耳鸣,眼眩。他重又跌倒,一边说:"岚,我此刻似乎不能起来。"

"觉得怎样呢?"

"微微头昏。"

"今天再告假一天罢。"

"请再停一息。我还想不荒废学生底功课。"

"不要紧。连今天也不过请了两天假就是。因为身体有病。"

他没有话。她又问:"你不想吃点东西么?"

"不想吃。"

这时有一位教师进来,问了几句关于病的话,嘱他休养一两天,就走出去了。方谋又进来,又说了几句无聊的话,嘱他休息休息,又走出去。他们全似侦探一般,用心是不能测度的。陶岚坐在他床边,似对付小孩一般的态度,半亲昵半疏远的说道:"你太真情对付一切,所以你自己觉得很苦罢!不过真情之外,最少要随便一点。现在你病了,我本不该问,但我总要为自己安心,求你告诉我究竟有没有打消你辞职的意见?我是急性的,你知道。"

"一切没有问题,请你放心。"

同时他将手伸出放在她底手上。她说,似不以为然:"你底手掌还很热的!"

"不,此刻已不。昨夜比较热一点。"

"该请一个医生来。"

他却笑起来,说:"我自己清楚的,明天完全可以走起。病并不是传染,稍稍疲倦的关系。让我今天关起门来睡一天就够了。"

"下午我带点药来。"

"也好的。"

陶岚又拿开水给他喝,又问他需要什么,又讲一些关于采莲的话给他听。时光一刻一刻地过去,她底时光似乎全为他化去了。

约十点钟,他又发冷,他底全身收缩的。一群学生走进房内来,他们问陶岚:"女陶先生,萧先生怎样呢?"

"有些冷。"

学生又个个挤到他的床前,问他冷到怎样程度。学生嘈杂地要他起来,他们的见解,要他到操场上去运动,那么就可以不冷,就可以热了。萧润秋说:"我没有力气。"

学生们说:"看他冷下去么?我们扶着你去运动罢。"

孩子们的见解是天真的,发笑的,他们胡乱地缠满一房,使得陶岚没有办法驱散。但觉得热闹是有趣的。这样一点钟,待校长先生走进房内,他们才一哄出去。可是有一两个用功的学生,还执着书来问他疑难的地方,他给他们解释了,无力的解释了。陶慕侃说:"你有病都不安,你看。"

萧笑一笑答:"我一定还从这不安中死去。"

陶岚有意支开的说:"哥哥,萧先生一星期内不能教书,你最好去设法请一下朋友来代课。也使得萧先生休息一下。"

萧听着不做声,慕侃说:"是的,不过你底法子灵一些,你能代我去请密司脱王么?"

"你是校长,我算什么呢?"

"校长底妹妹,不是没有理由的。"

"不高兴。"

"为的还是萧先生。"

"那么让萧先生说罢，谁底责任。"

萧笑着向慕侃说："你能去请一位朋友来代我一星期教课，最好。我底病是一下就会好的，不过即使明天好，我还想到女佛山去旅行一趟。女佛山是名胜的地方，我想趁到这里来的机会去游历一次。"

慕侃说："要到女佛山去是便的，那还得我们陪你去。我要你在这里订三年的关约，那我们每次暑假都可以去，何必要趁病里？"

"我想去，人事不可测的。小小的易于满足的欲望，何必要推诿得远？"

"那么哥哥，"岚说，"我们举行一次踏青的旅行也好。女佛山我虽到过一次，终究还想去一次。赶快筹备，在最近。"

"我想一个人去。"萧说。

兄妹同时奇怪地问："一个人去旅行有什么兴趣呢？"

他慢慢的用心的说："我却喜欢一个人，因为儿童时代的喜欢一队旅行的脾气已经过去了。我现在只觉得一个人游山玩水是非常自由：你喜欢这块岩石，你就可在这块岩石上坐几个钟点；你如喜欢这树下，或这水边，你就睡在这树下，水边过夜也可以。总之，喜欢怎样就怎样。假使同着一个人，那他非说你古怪不可。所以我要独自去，为的我要求自由。"

两人思考地没有说。他再说道："请你赶快去请一位代理教师来。"

慕侃答应着走出去。一时房内又深沉的。

窗外有孩子游戏底笑喊声，有孩子底唱歌声，快乐的和谐的一丝丝的音波送到他们两人底耳内，但这时两人感觉到寥寂了。萧睡不去，就向她说："你回家去罢。"

"放中学的时候去。"一息又问："你一定要独自去旅行么？"

"是的。"

她吞吐地说不出似的："无论如何，我想同你一道去。"

他却伤感似地说:"等着罢!等着罢!我们终究会有长长的未来的!"

说时,头转过床边。她悲哀地说:"我知道你不会……"又急转语气:"让你睡,我去。我去了你会睡着的,睡罢。"

她就走出去,坐在会客室内看报纸。等待下课钟底发落,带采莲一同回家。她底心意竟如被寒冰冰过,非常冷淡的。

下午,她教了第二课之后,又到他底房内,问他怎样。他答:"好了,谢谢你。"

"吃过东西么?"

"还不想吃。"

"什么也不想吃一点么?"

同时她又急忙地走出门外,叫阿荣去买了两个苹果与半磅糖来,放在他底床边。她又拿了一把裁纸刀,将苹果的皮薄薄削了,再将苹果一方方切开。她做这种事是非常温爱的。他吃着糖,又吃苹果。四肢伸展在床上是柔软的。身子似被阳光晒得要融化的样子,一种温慰与凄凉紧缠着他心上,他回想起十四五岁的那年,身患重热病,他底堂姐侍护他的情形来。他想了一息,就笑向她说:"岚弟,你现在已是我十年前的堂姊了!你以后就做我底堂姊罢,不要再做我底弟弟了,这样可以多聚几时。"

"什么?你说什么?"

她奇怪地。萧没有答,她又问:"你想起了你底过去么?"

"想起养护我底堂姊。"

"为什么要想到过去呢?你是不想到过去的呀!"

"每当未来底进行不顺利的时候,就容易想起过去。"

"未来底进行不顺利?你底话是什么意思呢?"

"没有什么意思的。"

"你已经没有女佛山旅行的心想了么？"

"有的。"

同时他伸出手，执住她底臂，提高声音说："假如我底堂姊还在……不过现在你已是我底堂姊了！"

"无论你当我什么，都任你喜欢，只要我接近着你。"

他将她底手放在口边吻一吻，似为了苦痛才这样做的。一边又说："我为什么会遇见你？我从没有像在你身前这样失了主旨的。"

"我，我也一样。"

她垂头娇羞的说。他正经应着："可是，你知道的，我的志趣，我的目的，我不愿——"

"什么呢？"

她呼吸紧张地。他答："结婚。"

"不要说，不要说，"她急忙用手止住他，红着两颊，"我也不愿听到这两个字，人的一生是可以随随便便的。"

这样，两人许久没有添上说话。

二十三

当晚，天气下雨，陶岚从雨中回家去了。两三位教师坐在萧涧秋底房内。他们将种种主义高谈阔论，简直似辩论会一样。他并不说，到了10点钟。

第二天，陶岚又带采莲于八时来校。她已变做一位老看护妇模样。他坐在床上问她："你为什么来的这样早呢？"

她坦白的天真地答："哎，我不知怎样，一见你就快乐，不见你就难受。"

他深思了一忽，微笑说："你向你母亲走，向你母亲底脸看好了。"

她又缓缓的答:"不知怎样,家庭对我也似一座冰山似的。"

于是他没有说。以后两人寂寞的谈些别的。

第三天,他们又这样如茶如蜜的过了一天。

第四天晚上,月色非常皎洁。萧涧秋已从床上起来。他同慕侃兄妹缓步走到村外的河边。树,田,河水,一切在月光下映得异常优美。他慨叹地说道:"我三天没有出门,世界就好像换了一副样子了。月,还是年年常见的月,而我今夜看去却和往昔不同。"

"这是你心境改变些的缘故。今夜或者感到快乐一点罢?"

慕侃有心的说。他答:"或者如此,也就是你底'或者'。因此,我想趁这个心境和天气,明天就往女佛山去玩一回。"

"大概几天回来呢?"慕侃问。

"你想需要几天?"

"三天尽够了。"

"那么就勾留三天。"

陶岚说,她非常不愿地:"哥哥,萧先生底身体还没有完全健康,我想不要去罢。那里听见过病好了只有一天就出去旅行的呢!"

"我底病算作什么!我简直休息了三天,不,还是享福了三天。我一点也不做事,又吃得好,又得你们陪伴我。所以我此刻精神底清朗是从来没有过的。我能够将一切事情解剖的极详细,能够将一切事情整理的极清楚。因此,我今夜的决定,决定明天到女佛山去,是一点也不错的,岚,你放心好了。"

她凄凉的说:"当然,我是随你喜欢的。不过哥哥和你要好,我又会和你要好,所以处处有些代你当心,我感觉得你近几天有些异样。"

"那是病的异样,或者我暴躁一些。现在还有什么呢?"

她想了一想说:"你全不信任我们。"

"信任的,我信任每位朋友,信任每个人类。"

萧涧秋起劲地微笑说。她又慢慢的开口："我总觉得你和我底意见是相左！"

他也就转了脸色，纯正温文地眼看着她："是的，因为我想我自己是做世纪末的人。"

慕侃却跳起来问："世纪末的人？萧，这句话又是什么意思呢？"

他答："请你想一想罢。"

陶岚松散的不顾她哥哥的接着说："世纪末，也还有个20世纪底世纪末。不过我想青年的要求，当首先是爱。"

同时她高声转向她哥哥说："哥哥，你以为人生除了爱，还有什么呢？"

慕侃又惊跳地答："爱，爱！我假使没有爱，一天也活不下去。不过妹妹不是的，妹妹没有爱仍可以活。妹妹不是说过么？——什么是爱！"

她垂头看她身边底影子道："哎，不知怎样，现在我却相信爱是在人类底里面存在着的。恐怕真的人生就是真的爱底活动。我以前否认爱的时候，我底人生是假的。"

萧涧秋没有说。她哥哥戏谑地问："那么你现在爱谁呢？"

她斜过脸答："你不知道，你就不配来做我底哥哥！"

慕侃笑说："不过我的不配做你底哥哥这一句话，也不仅今夜一次了。"同时转过头问萧："那么萧，你以为我妹妹怎样？"

"不要谈这种问题罢！这种问题是愈谈愈缥缈的。"

"那叫我左右做人难。"

慕侃正经地坐着。萧接着说："现在我想，人只求照他自己所信仰的勇敢做去就好。不必说了，这就是一切了。现在又是什么时候？岚，我们该回去了。"

慕侃仰头向天叫："你们看，你们看，月有了如此一个大晕。"

他说:"变化当然是不一定的。"

陶岚靠近他说:"明天要发风了,你不该去旅行。"

他对她笑一笑,很慢很慢说出一句:"好的。"

于是他们回来,兄妹往向家里,他独自来到学校。

他一路想,回到他底房内,他还坐着计议。他终于决定,明天应当走了。钱正兴底一见他就回避的态度,他也忍耐不住。

他将他底房内匆匆整了一整。把日常的用品,放在一只小皮箱内。把20封陶岚给他的信也收集起来,包在一方帕儿内。他起初还想带在身边,可是他想了一忽,却又从那只小皮箱内拿出来,夹在一本大的音乐史内,藏在大箱底里,他不想带它去了。他衣服带得很少,他想天气从此可以热起来了。几乎除他身上穿著以外,只带一二套小衫。他草草地将东西整好以后,就翻开学生底练习簿子,一叠叠地放在桌上,比他的头还高。他开始一本本的拿来改正,又将分数记在左角。有的还加上批语,如"望照这样用功下去,前途希望当无限量",或"太不用心"一类。

在12时,阿荣走来说:"萧先生,你身体不好,为什么还不睡呢?"

"我想将学生底练习簿子改好。"

"明天不好改的么?还有后天呢?"

阿荣说着去了。他还坐着将它们一本本改好,改到最末的一本。

已经是夜半两点钟了。乡村的夜半是比死还静寂。

他望窗外的月色,月色仍然秀丽的。又环顾一圈房内,预备就寝。可是他茫然觉到,他身边很少钱,一时又不知可到何处去借。他惆怅地站在床前,一时又转念:"我总不会饿死的!"

于是他睡入被内。

但他睡不着,一切的伤感涌到他底心上,他想起个个人底影子,陶岚底更明显。但在他底想象上没有他父母底影子。眼内润湿的这样自问:"父母呀,你以为你底儿子这样做对么?"

对自己回答道:"对的,做罢!"

这一夜,他在床上辗转到村中的鸡鸣第三次,才睡去。

二十四

第二天7时,当萧涧秋拿起小皮箱将离开学校的一刻,陶慕侃急忙跑到,气喘地说:"老兄,老兄,求你今天旅行不要去!无论如何,今天不要去,再过几天我当陪你一道去玩。昨夜我们回家之后,我底妹妹又照例哭起来。你知道,她对我表示非常不满意,她说我对朋友没有真心,我被她骂的无法可想。现在,老兄,求你不要去。"

萧涧秋冷冷的说一句:"箭在弦上。"

"母亲底意思,"慕侃接着说,"也以为不对。她也说没有听到过一个人病刚好了一天,就远远地跑去旅行的。"

萧又微笑问:"你们底意思预备我不回来的么?"

慕侃更着急地:"什么话?老友!"

"那么现在已七点钟,我不能再迟疑一刻了。到码头还有十里路,轮船是八点钟开的,我知道。"

慕侃垂下头,无法可想的说:"再商量一下。"

"还商量什么呢!商量到十二点钟,我可以到女佛山了。"

旁边一位年纪较老的教师说:"陶先生,让萧先生旅行一次也好。他经过西村这次事件,不到外边去舒散几天,老在这里,心是苦闷的。"

萧涧秋笑说:"终究有帮助我的人。否则个个像你们兄妹的围起来,我真被你们急死。那么,再会罢!"

说着,他就提起小皮箱向校外去了。

"那让我送你到码头罢。"慕侃在后面叫。

他回过头来:"你还是多教一点钟学生的功课,这比跑20里路好的多了。"

于是他就掉头不顾地向前面去。

他一路走的非常快,他又看看田野村落的风景。早晨的乳白色空中,太阳照着头顶,还有一缕缕的微风吹来,但他却感不出这些景色底美味了。比他二月前初来时的心境,这时只剩得一种凄凉。农夫们荷锄地陆续到田野来工作,竟使他想他此后还是做一个农夫去。

当他转过一所村子的时候,他看见前面有一位年轻妇人,抱着一位孩子向他走来。他恍惚以为寡妇的母子复活了,他怔忡地站着向她们一看,她们也慢慢的低着头细语的从他身边走过,模样同采莲底母亲很相似,甚至所有脸上的愁思也同量。这时他呆着想:"莫非这样的妇人与孩子在这个国土内很多么?救救妇人与孩子!"

一边,他又走的非常快。

他到船,正是船在起锚的一刻。他一脚跳进舱,船就离开埠头了。他对着岸气喘的叫:"别了!爱人,朋友,小弟弟小妹妹们!"

他独自走进一间房舱内。

这船并不是他来时所趁的那小轮船,是较大的,要驶出海面,最少要有四小时才得到女佛山。船内乘客并不多,也有到女佛山去烧香的。

陶慕侃到第3天,就等待朋友回来。可是第3天底光阴是一刻一刻过去了,终不见有朋友回来的消息。他心里非常急,晚间到家,采莲又在陶岚底身边哭望她底萧伯伯为什么还不回来。女孩简直不懂事地叫:"萧伯伯也死了么?从此不回来了么?"

陶岚底母亲也奇怪。可是大家说:"看明天罢,明天他一定回来的。"

到了第二天下午三时,仍不见有萧涧秋底影子,却从邮差送到一封挂号信，发信人署名是"女佛山后寺萧涧秋缄"。

陶慕侃吃了一惊，赶快拆开。他还想或者这位朋友是病倒在那里了；他是决不会做和尚的。一边就抽出一大叠信纸，两眼似喷出火焰来地急忙读下去。可是已经过去而无法挽回的动作，使这位诚实的朋友非常感到失望，悲哀。

信底内容是这样的——

慕侃老友：

我平安地到这里有两天了。是可玩的地方大概都去跑过。这里实在是一块好地方——另一个世界，寄托另一种人生的。不过我，也不过算是"跑过"就是，并不怎样使我依恋。

你是熟悉这里底风景的。所以我对于海潮，岩石，都不说了。我只向你直陈我这次不回芙蓉镇的理由。

我从一脚踏到你们这地土，好象魔鬼引诱一样，会立刻同情于那位自杀的青年寡妇底命运。究竟为什么要同情她们呢？我自己是一些不了然的。但社会是喜欢热闹的，喜欢用某一种的生毛的手来探摸人类底内在的心的。因此我们三人所受的苦痛，精神上的创伤，尽有尽多了。实在呢，我倒还会排遣的。我常以人们底无理的毁谤与妒忌为荣；你的妹妹也不介意的，因你妹妹毫不当社会底语言是怎么一回事。不料孩子突然死亡，妇人又慷慨自杀，——我心将要怎样呢，而且她为什么死？老友，你知道么？她为爱我和你底妹妹而出此的。

你底妹妹是上帝差遣她到人间来的！她用一缕缕五彩的纤细的爱丝，将我身缠的紧紧，实在说，我已跌入你妹妹底爱网中，将成俘虏了！我是幸福的。我也曾经幻化过自己是一座五彩的楼阁，想象你底妹妹是住在这楼阁之上的人。有几回我在房内徘徊，我底耳朵会完全听不到上课铃的打过了，学生们跑到窗外来喊我，我才自己恍然向自己说："醒了罢，拿出点理智来！"

我又自己问自己答："是的，她不过是我底一位弟弟。"

自采莲底母亲自杀以后，情形更逼切了！各方面竟如千军万马的围困拢来，实在说，我是有被这班箭手底乱箭所射死的可能性的。而且你底妹妹对我的情义，叫我用什么来接受呢？心呢，还是两手？我不能拿理智来解释与应用的时候，我只有逃走之一法。

现在，我是冲出围军了。我仍是两月前一个故我，孤零地徘徊在人间之中的人。清风掠着我底发，落霞映着我底胸，站在茫茫大海的孤岛之上，我歌，我笑，我声接触着天风了。

采莲的问题，恐怕是我牵累了你们，但我之妹妹，就是你和你妹妹之妹妹，我知道你们一定也爱她的。待我生活着落时，我当叫人来领她，我决愿此生带她在我身边。

我底行李暂存贵处，幸亏我身边没有一件值钱的物，也到将来领女孩时一同来取。假如你和你妹妹有什么书籍之类要看，可自由取用。我此后想不再研究音乐。

今天下午五时，有此处直驶上海的轮船，我想趁这轮到上海去。此后或南或北，尚未一定。人说光明是在南方，我亦愿一瞻光明之地。又想哲理还在北方，愿赴北京去垦种着美丽之花。时势可以支配我，像我如此孑然一身的青年。

此信本想写给你妹妹的，奈思维再四，无话可言。望你婉辞代说几句。不过她底聪明，对于我这次的不告而别是会了解的。希望她努力自爱！

余后再谈。

弟萧涧秋上

陶慕侃将这封信读完，就对他们几位同事说："萧涧秋往上海去了，不回来了。"

"不回来了？"

个个奇怪的，连学生和阿荣都奇怪，大家走拢来。

慕侃怅怅地回家，他妹妹迎着问："萧先生回来了么？"

"你读这信。"

他失望地将信交给陶岚，陶岚发抖地读了一遍，默了一忽，眼含泪说："哥哥，请你到上海去找萧先生回来。"

慕侃怔忡的。她母亲走出来问什么事。陶岚说："妈妈，萧先生不回来了，他往上海去了。他带什么去的呢？一个钱也没有，一件衣服也没有。他是哥哥放走他的，请哥哥找他回来。"

"妹妹真冤枉人。你这脾气就是赶走萧先生底原因。"

慕侃也发怒地。陶岚急气说："那么，哥哥，我去，我同采莲妹妹到上海去。在这情形之下，我也住不下去的，除非我也死了。"

她母亲也流泪的，在旁劝说道："女儿呀，你说什么话呵？"同时转脸对慕侃说。"那你到上海去走一趟罢。那个孩子也孤身，可怜，应该找他回来。我已经愿将女儿给他了。"

慕侃慢慢的向他母亲说："向数百万的人群内，那里去找得像他这样一个人呢？"

"你去找一回罢。"他母亲重复说。

陶岚接着说："哥哥，你这推诿就是对朋友不忠心的证据。要找他会没有方法吗？"

老诚的慕侃由怒转笑脸，注视他妹妹说："妹妹，最好你同我到上海去。"

刽子手的故事

"当然！我未杀过头以前，呀，这是天下第一桩残酷的事，可怕呀！可怕呀！和你们现在想的一样。——实在——"

一个黑胖秃头，裸着上身的汉子，高声自得地说，一边大喝了一口酒。——这是第三斤酒了。人们围着他，挨满了这一间小酒店，有的坐，有的立，有的靠着柜台，有的皱着眉，有的露着齿，有的……竖起他们的耳朵静听着杀人的故事。

店之外，就是酷热的夏天午后。阳光用它最刻毒暴忿的眼看着人间。

那汉子又喝了一口酒，晃一晃两颗变红的眼珠。放轻喉咙续道："实在，你们不要当作大事看，杀下一个人的头，是毫没什么的！而且容易，容易，比杀一只老鸭容易。"

接着又大喝一口酒。很像这喝口酒是他讲话里的换气，和乐谱里画上"V"符号相似。

"杀一只母鸡，你们有经验的，挣扎的很；假如割不断它的血管，更不得了,吓死小孩,吓死女子,明明死了,会立起来追人,呀!杀鸭是不是常常碰到这样的?杀人呢,断没有这种祸,断没有什么的,只要你刀快,在他后背颈一拍,他头立刻会伸直,一挥,没有不算数的!头一伸直,头骨更脆了,刀去,是和削嫩笋一样,仅仅费些敲碎泥罐的力,这头就会'噗!'应声跌下。所以'杀头要拍后背颈'是刽子手的秘诀!"

一边又大喝了一口酒,一边叫道:"再打半斤罢。"

又晃一晃两颗变红的眼珠,扬扬自得地说道:"有一回,是我杀头最出奇得意的一回,听呀,那个强盗呢,也是好汉,身体和猪一样肥,项颈几乎似吊桶。临上法场的时候,他托我,'大哥!做做好些。'我说,'磨了三天刀,怎样?'他脸色一点不变答,'好!你手腕不可松,这是第一!'临杀了,我刀方去,我又在他后颈一拍,——实在他自己已伸很直了,不用我拍,我戏他说,'不酸么?要凉快,还……'他强声喝,'快来!'但说时迟,那时快,他'快'字刚叫出,我立刻一刀去,他头立刻在三步之前,还说'来!'人们看呆了,而更呆,是我的刀上,一点血也没有,一点血也没有!以后,顽皮的孩子在我背后喊,'杀人不见血,下世变好好!'我一些觉不到什么,这岂不是和游戏一样!"

一边又连着喝了几口酒。

一班听众,个个在热里打寒,全身浮上一种怕,汗珠在他们额上更涌出来。屋里全是酒气和热气,但他们仍不走开,好似他们对他是一个铁笼里的猛兽,他愈喊,人们愈愿跑去看。

这时,立着有一个黄瘦的中年人,他们说他"内功拳"很有研究的,开口问道,——因这时没一个人敢同他说话。

"你没有一刀杀不落头,要好几刀才杀落的事么?"

"有呀,碰到一回。那真苦死我焉!就是杀那个老红,老红强盗,不知怎样，臂膀不灵，刀去好似碰着钉子一般，只进了半个，吓死人，吓死人，他立刻手脚乱舞起来，尽力挣扎起来，口里吐出血来，以后知道他痛到咬碎舌头！眼珠也裂了，挂出来，全身立刻变作烤茄一般青，呀，要夺我刀了！我的弟兄，都预备着枪，但我奋起生平的力，一砍，再一砍，他大叫了一声，于是头落地了！看的人个个逃，有几个几乎死去！呀，我以后也好几夜梦老红和我作对，但总觉得没有什么。做人有什么呢？"

末句他加重地说。好似人生的意义，就是杀人的游戏。一边又喝了一口酒。

静寂了几秒钟。那个黄瘦的人又问道，——他问时眼斜斜地向人们瞧了一瞧，好似很凶恶有理由一般。

"你究竟怎样杀第一个人？"

"呀！难说，难说！"

一边他又在喝酒，但酒已完了。

"再打半斤么？"店主人问。

"也好。"他说。

一边摇了两摇头，好似打划什么似的。一边用了一条发汗臭的手巾，揩一揩脸上和身上的汗。

酒打来了，他又大喝了一口。

"你们想不到，我自己也想不到，一个人会杀起人来。——这其间很似有定数般的！"

他又止住，一回又立起来，用扇子扇了扇屁股，又重坐下。

"阎罗叫我杀人，我逃不了不杀人，否则，第一案子为什么会发生呢？哈，有趣！"

他们仍是一声不响听着。虽则脸上所表出的悲乐不同，却同一的汗珠挂在额上。

"想一想你们不知道么？——宣统三年的三月里，金臣川老爷的第四个姨太太和他第一个儿子，是不是忽然同死的么？虽则有谣言，死得太奇怪，人疑是臣川老爷谋害的，他们二人生前很相好，死后也同葬一块，怎样没有可疑的痕迹呢？但谁知啊！天！现在我说罢，是我杀死的！正是正三月初三夜半更！阎罗簿上注定的，一个二十四岁的少爷，一个二十二岁的姨太太，花一对的人，做我开锋的刀下鬼了！"

他们又一齐起悚起来。而他又大喝了一口酒续说道，"那夜火神庙的戏，正演的热闹。我因为没有去看戏，坐在杀人老郑的家里，——他去看戏了。我想走，而臣川老爷气死急死地跳进门，一手捻着一盏灯笼，一见我，立刻一手捻着我，拉我出去。他认错我是老郑了，就将这笔要杀人的生意，重重地交托我，使我推辞不得，说也奇怪，我一个从来没杀过人的人，突然听了十来句的话，说有两百元钱，'杀人的狠'就立刻会冲上心来！当时呢，他只说一仆一婢，想谋害他，他并没说是儿子和妾。我呢，就会拿了刀，立刻喝了半斤烧酒，什么也没有了，不想了，不怕了，好似现在一样，一个杀人的老手。算命先生说我那时有地煞星照到，真一点不错。当杀了以后，也到各处流离了一月，也有些捣鬼的样子。现在想起，一些没有什么！杀人是一些没有什么的事情，简直和玩一样。否则，我看杀人和你们现在一样，杀一个强盗是二元钱，前清倒还有四元——你们会干么？"

个个惊骇了！没一个人敢说一句话。一刻以后，还是那个黄瘦的人问了一句。

"你看杀人时的人，不是人么？"

"什么人不人，"一边接连地喝完了酒，付了钱，打算走了，续说道："和猪羊差不多的。"

他去了。

他们哗然说起来了。有的说金臣川用心太黑，杀了儿妾，且教一个从未杀过人的人，去走上杀人的路，所以背生毒疮而死。有的说这种人是地煞星，良心铁换的，下世一定要变好好。而那黄瘦的人却慢慢地说："当杀人是件游戏，世界是没法变善了！"

一九二五年七月三十日

一个春天的午后

这是一个春天的下午，阳光的泼辣是毫无情面地激动着上帝底儿女们。人类底隐约的心被蠕动了，萌芽了，似不能忍制的匍匐青草地下底毒蝎一样。

紧张而凶恶的空气中，气喘着他和她二人，在一间宽阔的书房般陈设的房内。阳光还是照着满地的和使人踏着软软的地毯一样。

她在他底眼里，当然是一位可怜的无依的姑娘，二十岁而智识又仅仅有限的弱女子。现在，他是用人类底同情心来保护她生活下去，尊重她底不可预卜的前途，还希望由他底手间接地递给她以无量的幸福。而她的看他呢？他是一位完全有学问的可信托的"先生"，而且有了妻和子的"男子"；虽则年龄告诉她他也还正在青春的阶段上留宿，但总是一位可尊敬的几乎等于偶像一般的"人"了。

这时女用人送进一封信来，他接过一看就交给她，——两人是背面坐着做事的——一边微笑地向她说："你底，不知是谁写的。我希望在这里面封着爱你的高贵而真挚的心。"

"我也还有信么？——先生不要说笑话罢。"

她欢欣地一笑，信底封口就被剪刀裁开了。

但她读这信是完全苦痛的，纠葛好似突来的火焰，焚烧着她底心屋，她气愤，暴怒，而且哭泣了。

"怎么一回事？"他不能不停笔，由狐疑而奇怪地问她。

"先生，我们女子生来就应该被人欺侮的么？我不愿爱他，也值得别人来骂我没人格么？男子永远想做女子底父亲么？"

她随即将信一条一条地撕作纷片；他一时默然。

他跟她同移坐到床边，她底泪在她底眼角上，他将他底手帕递给她，同时说："拭了罢，算她来了一张白纸就完了。为这一点小事要流泪，你底前途的泪要用蓄水池蓄着才好。一笑置之，介意他犯不着。"

"先生，他骂我住在你家里是堕落的行为，同时又骂我底批评熙是我堕落后的事实表现。我亦何曾批评熙，不过是说：我和他是不会发生爱情的，请他以后不要片面的再给我以肉麻的信。这就算没人格吗？一定要依他以前所说，这个春天搬到熙底家里去住，——去补习——他说熙底家里房子大，人口多；莫非住在房子大的人们底家里，就保持得人格了么？他又不是我底父亲，不听他底话就没有人格？——先生，我气极了！"

"随他去说罢，你真还是一个孩子。"

"先生，我一定要写信去责问他，他所说的可是负责任的话！"

"随他说去罢，是毫无意思的。"他蹙着眉似心内受着疼痛地说。

"不肯，"他扭一扭身子，"这关系我底人格，也关系你底的！"一边垂下她底头。

"先拭了泪罢；朋友们偶一来看见，以为我和你斗嘴了，不好意思的。"他仍递过手帕去。

她向他横瞧一眼，受过手帕，没心思地拭了一拭眼泪。

泪还在她底眼角上，第二场的泪了；胸膛一起一伏地紧紧呼吸着，低头坐在他底前面。

——因为她和我同住，别人就骂她没人格，我是吞人的狼么？——他深深地回味到这几句话底意义上来了。

——现在，她岂不是坐在我底前面么？而且妻已带了孩子到娘家去了。

这样他突然地呼吸急迫起来，一边更苦痛地默默地沉思起来。

他底眼望着窗外的青天，他底心想着一种人类底神秘的关系，普遍的，有力的。什么呢？他不能明显地说出来。总之，他提着笔，呆着，许久没有写下一个字。

她当然也觉察出这种滋味的盈溢了，空气似温香的温泉一般漾涤着她底周身。她抬起她刚落下的泪眼向他问："先生，这封信也妨害了你么？"

"我是毫不介意的。"

他无心的眼不瞬地答。

"那你为什么这样呢？"

"什么？"他微笑，同时眼注视着她。

"你，你，你无聊罢？"

她讷讷地说不出地问了。

"我思我底谜，请你演你底代数题目罢！"他语气严厉地，好似理性嘱咐他应这样的回答。

但她底代数题目演的没有一题对的，完全错了，完全错了！

在第一行底X3方到第二行会写作3X；25Y乘上12会等于30Y。他微皱着眉说："25乘2已经是50了，现在乘12，倒反只30了么？"

"呵，先生，落掉一个圈了！"

她大笑起来。

"你底心呢？我要打你底手心。"

她底脸很红，同时他将她底手握住很紧。两人默默半分钟，同时两人听着各人底心底跳动。

"不要算了罢，我们随便谈一回好了。"

"你也不做事么？"

"我似乎也无心做事了。"

南风从窗外吹进来；春天底温存与滋味同时就带进来，美丽底火焰烧着各人底脸孔，火焰底力也激荡着各人底心内。这时他向她问："你究竟怎样呢？"

"我倒一点没有什么，"她表面冷淡地答，"也因我不想起，前途，希望，一点不想起。假如一想起，我还能坐的安定么？东海早已是我底归宿处了！现在，先生是不会吝惜我底一口饭的，我觉得非常快乐。我在先生底翼下受各种的指导，过着和平而有进步的时间，我幸福极了。"

"假如我底生活眼前没有变化，那么你可以坐在这里等待你心爱的人到来牵你走出这门外。万一我底生活变动了，——因为我现在的地位有动摇的倾向，那么你也再跟我回到乡下去住不成么？"静默一息，又说，"不要悲伤，我们应讨论点事实问题，不要为感情的冲激将事实抹煞了。我，终究是你底先生，在先生这一点的力量上，我是可以绝对帮助于你的；不过你底，你也不需要你底爱么？"

她立刻睁大眼睛，气馁地叫："先生！"

"什么？"

"你按一按我底胸罢！我全身感到沸腾了！"接着，她眼珠迸裂的忿恨地叫："什么是爱！还有什么是爱！除了先生对于我！"

她将她底头紧靠在他底肩膀上，气几乎塞住呼不出来。他一手搂着她底头一手压在她底胸上。但这是无力来制止她底苦痛。

他从她底头发起，眼光一直从眼，鼻子，口，溜下去，经过他底手放着的胸部，到腿，到两脚。他觉得无论如何，她底美丽是令人心醉的。——但他能爱这心醉的美丽么？或者，只要他那时向她说一句"我领受你"，同时轻轻地向她底腰肢一搂，她底无力的绵羊似的一切，就会立刻供献给他了。但他是绝对没有理由可做她底爱人，也再没有权利可收受她底爱而使未来底苦痛来谴责他们了。

"那么怎样下去呢？"他暗暗地自问，"莫非我利用这个机会来欺负她一回么？呀，就应该将她底前途看得明白！"

她还是沉思地伏在他底肩膀上，将蜕化了一般，一动没有动。

"我当从此看出人类底理性来。也当从此看出我自己底理想与尊严来。莫非我尊重少女底青春，是弱者底行为不成么？还是旧传统底遗害使我不能解放的呢？哼，哼，完全不是！她现在是有被我侵夺的可能；在这可能中我却估计着她神圣的青春底价值，同自己底人格的色彩来！"

这样，他推动她底肩，慢慢地说："妹妹，我想出去走一回，你继续演习数题罢。"

于是她没精打采地走到她那把椅边去。

"先生，你到那里去呢？"

"你去吗？我们同去散步一回。"

"我不去，我似乎很无力。"

"鼓起一点勇气来，不要这样柔弱罢。你们女子都是被这种柔弱弄糟糕的！"

"你有些忿怒么？"

"不，我为什么忿怒？我不过自己觉得此刻有些无聊。"

"那么你去散步一回很好。"

"又不想去。"

"为什么？"

"独自一人去散步也是无聊的。"

"师母又走了。"她似妒忌而讥笑地说。

"你说什么话？我从来有和她同去散步过一回么？"

这样两人又深深地陷入于荒凉的国土中了。

房内底空气是更紧张的异常。一种不能宣泄的春情之毒焰，在他底身内身外延烧着。

这时，他就从写字台上无心地拿来一张剃刀片，他恨恨地将它啪的一声折作两段了。他似要从各方面找寻发泄他底忿激的路，但他底忿激却仍从各方面向他紧逼拢来。

他一边将断刀片在手掌上往还地刮，一边想起了他底妻！

"但眼前是一位处女，一位完全纯洁的处女！"

他想，他立刻心肠如绞索地，万重的罪恶加在他头上一样，随手，他用力将断刀片向手掌上深深地一割，一条约一寸长的裂痕，就神速地喷出血来了！他两眼不瞬地注视着这血。

"先生，怎么？"她惊急地问，跑近他。

他似从睡梦中醒回来一样，苦笑着脸答道："我玩出血来了。"

满手是血的手捧在她底两手内。血涌着不止，由她底手指间溜下，涔涔地滴在地上。她仓皇地不知所措，只不住地向他问："痛么？痛么？"

他苦笑地说："你也割它一下罢！究竟痛否？"一息又自语的。

"这血真美丽呀！无穷的美丽呀！有谁知道这美丽是值多少价

值呢！"

她用橡皮膏与绑布捆着他底手，捆的像锣槌一样。疲倦而苦笑地睡着。地板上的血是斑斑的。

阳光依旧泼辣的，春之毒气仍向人间到处的飘流。但在这座房内，血已经洗得它们宽驰，倦息，而冰冷了。

一九二八年八月

V之环行

每餐晚饭后，V必定从他的寓所D西一弄出来，绕过东M路转弯，兜一个圈子回来。

这个圈子约一千数百步，假如走的快，不消五分钟就够了，但V却费了三十分钟，才是他满足的需要的时间。从六时十分左右出来，到六时四十分左右返寓，——这已成了他的习惯与规则了。

表面的理由是饭后散步。

他走的慢极了。低下头，长头发披到两耳及肩，两手放在背后，长衫只长到膝盖，而裤脚倒拖到皮鞋后跟，似蔽盖他的破袜似的。他一步一步地走，好像十分无心，又像十分有力的。体态有些飘然，又有些庄重。这样，同寓的人叫他哲学家；现在又叫他为诗人了。

兜全个圈子，他都用这个沉思的绵密的垂头的态度，惟有这三处，他不能不变动一下样子了。

东M路的转角处，有一家小糖食店。管理这店的是一位头发斑白的老婆婆，年纪约六十岁以外。她是非常地和气，对什么顾客都是语轻轻地微笑着。V有饭后吃几块糖的习惯，因此，当他绕到这里的时候，他就向这小店买了八枚铜子的四块糖。V是不喜欢说话的，他买糖的时候也只用指在糖瓶内一指。而这位聪明的老婆婆，却见他买过三次以后，就认识主顾了。见V走来，她就笑迎着，用她落了齿的下巴向上钩，一边揭开糖瓶的玻璃盖，任这位冷静的顾客拿取。这个买卖是非常公平的，顺利的，有意思的，而且准时刻板的。

不过在V的散步中，算个第一回的扰乱他的脚步罢了。

再北过去有一家烟纸店。这已是冷静偏僻的街道了，而这烟纸店里的一位中年商人，却时刻忙碌着，好像生意是非常的兴隆似的。V的准时的踏过门口，必定抬起头来向店内的红色电灯光下看一看这位脸色天天在转换的商人。——看他有时坐在账桌前把着算盘子算账，统计他一天的收入，样子是像煞有介事，非常严重而剥削地。他在算盘上加上一个子，就好像在他全部的人生上加上一分幸福的保障似的。而有时则愁容满脸，呶呶不休，大概对他的一位白脸的小学生泼了火油或卖进铅角的反应。手指着这样，又指着那样，好像命令这位小学生要在三分钟以内，什么都要收拾的成就了一样。而有时则见他怡然地泰然地坐在柜台前面的一把高椅上，一手放在靠背后，一手执着纸烟，纸烟的烟在他的耳根缭绕着。脸色也润滑微红，眉眼间真显出生命已经满足而所得了的颜色。V这时，必定抬冷眼看一看他，心想："他是一位王呀；他自以为是一位店国之王呀！生命在他再也没有问题了。"

但烟纸店的门口经过是很快的，他也随手仍垂下头去了。

于是他行到西一弄对过后面的X里了。这是他最愿意走过的一块地，好像环行全世界的旅行家定要经过罗马似的。他无意间被牵动了，引诱了，使他饭后的散步成为不断的，准确的，心愿的，实际说一句，或者就是这个力驾驭着他罢了。当他走到这X里的时候，一定有三位美丽的小姑娘，和一位清秀的小弟弟在里口游戏着，歌唱或嬉笑的，——

四对小手对拍着，四个小脸对看着呢！三位小姑娘，一位约16岁，她的胸前已经怀着两朵可爱的绣球花。一位约13岁，她常穿着红色的半身的长衫，露着她的两腿和小脚。一位约10岁，是一位很肥白的小囡，脸，身小，两臂，都似天鹅绒裹在里面似的。小弟弟约14岁，学生装，革履，十分英俊活泼，这样，V很像鸦片上瘾一般对她们起了兴奋了。他停止了两足，看她们在门前活动，她们好似花园中小朵的玫瑰，她们也似动物园内的伶俐的金丝雀。她们的唱歌的声音，震动着V的心弦起一种温柔愉美的跳跃；她们的游戏的姿态，竟在V的眼内作起春天的烁动了。当初，V和她们还不过是过客的偶视，以后，也由注意到了互相微笑了。于是V之散步到此，不能不作一个目的的表示，他的头微斜了一斜，慧光之眼轻轻做笑了一笑。

这样的环行，从开始，一天，二天，……竟一月，二月，经过三个月了。除有一次大风雨，将这个黄昏完全吞落去以外，V从没有间断过一天。

但是奇迹与哲理开始发现了。

三四辆救火车停止在那家烟纸店的门首，喷水管猛力地向店内注射。这家烟纸店的一切货物，就被火神劫取光了，仅留一间店面。

"这位店国之王呀，又不知怎样地改变他命运的意向了！"

V想。事实是实在的，从此，这位商人就没有昂然地自得的态度，他不过皱着眉，在灯下柜前呆立罢了！

继之，那位糖食店的老婆婆不见了。糖几次由别人的手递给他，V很不乐意地接受过来。以后无法的问。

"你们这位老婆婆那里去了？"

"唉，先生，她死了！"

"死了？"V大骇。

"是，她算是过去了！"

店内的人答。V就沉思起来。从此也就不再吃他的糖。

这样，V沉思的低头的散步，更低头而沉思了。"命运"，"生死"，这是偶然的么？在V的心内萦环着，来代替微笑的买糖与抬头冷眼之一看了。

但环行还是环行的，不过提早十分钟回寓罢了。

最近的不久，一天不见了X里口的三位小姑娘了，第二天也不见，第三天，第四天，一星期到了，小弟弟小姑娘们，她们是天使一般，杳无影踪的飞呀，飞呀，不知飞到何处去了！V走过她们的里口，只回想四个活泼可爱的影子，在他脑内，也在门前空空地闪动罢了。

如此，V的环行之愿完全消失了。变做沙漠上的旅行，冰冷的，孤寂的。

勉强支持着盼望过半月以后，一天，他回寓向他的同伴们说："我要搬家了。"

"为什么？哲学家。"一位奇怪的问。

"住不下去，我要搬家了。"

V的语气是凄凉的。于是又一位追问："那为什么呀？诗人。"

"总之，"V答，"变故不绝地来，环境改更了，我的思路也断了！"

"什么意思呀？"

"命运，死生，迅速的变迁——过分扰乱了我的心曲。"

"又是什么一回事？你是一位哲学家，这些念头是会随着你搬到那里去的。"

"不，我无心在这里住下去了。被困在这个不是书本上范围内的问题中，我苦痛极了。"

朋友们默然。

V的环行，就到此终结。

一九二八年八月三十日

会　合

阿翠是凤翔里著名的私娼。在她的房内，有一位身体肥胖的男子，年约四十岁，穿着绸的马褂与缎的长袍，昂然挺着他的胸腹，坐在一把安乐椅上吸着雪茄烟。烟气一口口的从他的口里喷出来，一圈圈的上升，成一种青色的云雾的样子。一边他心里这么计算："我又兼了多个差使，正薪虽然不过每月多了一百三十元，然而额外的进款，至少八九倍正薪总有的，哈，哈，哈。"

一边他又在房内大声的叫："阿翠！阿翠！"

随即，一位十八九岁的美貌的姑娘跳进来，她袅着身子，叫一声老爷。

"你在那儿？"他问着，吸了一口烟，骄傲的样子，"我想将麻布巷那座房子买来怎样？"

她跳到他的膝上，撒娇的说："买它来，王老爷，买它来。"

他一边就眼眯细的将香烟塞在她的口内，好像不许她再说似的。一边用手摸到她的腿上。

突然，门口出现了一位二十六七岁的青年，一身漂亮的西装，立着。王老爷一眼看见便发呆了，两人一动也不动，各用眼睛盯一般彼此盯视着。王老爷的心动荡的想："这人就是李——，做什么？……莫非来报仇吗？……"

阿翠赶紧跳到青年的前面，叫道："李少爷，进来，这位就是王老爷，现在政府里做大官，都是自己人呢。"

同时又转过脸向王老爷说："王老爷，李少爷是革命家，从前是党员，现在是委员，也是大官呢。"

王老爷马上立起来，同他打一个招呼，说："李先生，你怎会到这里呢？"

"怎会到这里？我正要问你，你还能捉我去吗？哼！"那青年又惊诧，又愤怒，恶声地反问。

王老爷和气起来，近于谦卑的说："是，是，是，李同志，请坐，请坐。这里又香又暖，我们坐坐谈谈罢。过去究竟是怎么一回事呢？"

抱着一肚子旧仇新恨的李少爷，愤愤地在一只沙发上坐了下来。王老爷献一支香烟给他，阿翠马上忙着划火柴，给他点着。王老爷自己也换了一支香烟，两人对坐着吸起来。阿翠左右为人难，站了一忽儿，便溜了出去了。房间内陷入一种沉默而带着严肃的状态。

李少爷低着头，皱着眉，他回想起一年前，他被军阀捉去，现在眼前的人，便是当时军阀手下的走狗，要枪毙他的人。李少爷抬起眼来向他狠狠地注视了一眼，看见他现在是满脸笑容了，但是当时呀，当他在法庭上审问他时呀，他的相貌是那么的凶，他的声气是那么的恶！他一点也不容情，一定要判决枪毙他，他站在堂下在绝望中是多么的苦。……

李少爷想到这里，一股愤恨不平之气从他的心底涌起来，他把剩下的半截香烟狠狠地掷到痰盂里去。

王老爷眼瞪瞪地看着他,似乎窥见了他的心事。"哈,哈,李同志,你有什么心事呀?"他狡猾地问。

李少爷并不作答,愤愤地又拿了一支香烟,猛吸起来。房间里依然是一种严肃的沉默。王老爷用他的阅历丰富的眼睛,不绝地看看李少爷的脸色,看看窗外的天色,他好像在思量着要解决什么难事似的。

忽然,王老爷放声高唤了起来:"哈哈,李同志,你知不知道我们这一次国民革命成功的道理吗?"

李少爷心里有点诧异,但他仍不睬他。

"原来就是中庸之道呀!"王老爷深深吐了一口青烟,一字一顿的解说他的道理,好像是开导一个顽皮的孩子似的,"是的,就这两个字呀!你以前的态度是太过激了,谁都说你是共产党,我们指摘你的地方也在赤化。现在,你好了,你当然是我们党的忠实同志。我以前是帝国主义;现在,也好了,我当然也是我们党的忠实同志。所以革命成功的意义就在这一点……,"他又吐了一口烟:"你们以前是个太新的青年,现在是倒退一步;我们以前是太旧的老年,现在赶上一步;我们都成了信奉总理遗嘱的党员。这就是所谓中庸之道呀。我们中国人的精神,国民性,就在中庸二字。所谓不偏不倚,不太过,不太多。你以前太过,我以前不及。现在好了,我们同努力于三民主义,已经中庸了。照此做去,孔子的道理,孙中山先生的方法,何患国不强?何患家不富?何患洋人不服?何患倭奴不死?哈,哈,哈,李同志,你以为何如?"

青年听得莫名其妙,但仍闷声不响,他又向青年横一横眼说:"譬如这种地方,是我们以前常来玩玩的;现在李同志也来玩玩,很好的,这就证明我的中庸的理论之确实。"他顿了顿,吁了一口气说:"人生几何,寻些快乐是应当的。"

这时青年的脸上略微露一点微笑,但马上仍旧回复到严肃的神色,仍一句话也不说。他又问："李同志有什么高见？"

"没有什么。"青年懒懒地答。

"我们还是寻点快乐罢。我们以后是同党的同志了。李同志，我们打四圈牌何如？"

"……。"青年并不回答可否，但是王老爷马上便高声叫起来："阿翠！阿翠！"

当阿翠应声进来的时候，王老爷便吩咐她道："我和李先生要打牌，你再去唤一个妹妹来。"

两分钟后，阿翠便把桌子放好。泼喇一声，一百三十六只牙牌倒在桌上。那又香又暖的房间里，接着便劈拍、劈拍的响起来，其间还常常杂着得意，欢笑，懊恼，怨艾的语声，但这种语声只从三人发出的，那李少爷是除了作劈拍的牌声而外，一言也不发的，他总是没有别人那么高兴，也可以说是一点也不高兴的。直到他和了一副三番，那时，他对面的王老爷恰做着第三次的头家。他才哈哈大笑，兴高采烈了起来，似乎他从前的一切仇恨统都在这一副三番的牌中报复了，同时，他还得到了桌子下面阿翠的一条火热的腿搁到他的膝上来，更添加了他不少的兴致。

一九二八年十月

没有人听完她底哀诉

尖利的北风。巍峨古旧的城下。一位五十多岁的老婆子,坐在地上,哭她生命末路的悲哀:"天呀!命呀!我底苦痛呀!"

哭声有了半小时。

几个孩子听得悲伤。向城门边跑去。他们都是住在城脚的茅舍中的穷孩子。在这北风中,也还穿着单裤,破夹衣,没有鞋子。

可是他们都同情地围在她底面前。盯住眼睛看她涌流出来的大泪。食指放在口里,不发笑声。

老婆子继续哭道:"天呀!命呀!我底苦痛呀!"

三四个贵胄式的妇人走进城来。也听得她哭声悲哀,驻足问她道:"老婆子,什么事?"

老婆子也就诉说:"太太呀!可怜可怜我罢!我有一个六十岁的白发的丈夫,我还有三个儿子……"

于是贵妇人们互相一笑。

有的说:"还说可怜可怜她呢!我只有一个儿子,她倒有三个。"

有的说：“她还不满意，她底丈夫已经陪她到六十岁了。我底丈夫陪我到五十岁就死去。"

一边说着，一边走远了。

眼前仍留着几个孩子，呆呆地。老婆子又哭。

"天呀！命呀！我底苦痛呀！"

哭声又过去半小时。

一班学生走出城。他们也听得她哭声的凄怆，驻足问她什么事。

老婆子继续诉说道："少爷呀！可怜可怜我罢！我底大儿子，前年二十二岁。兵爷打仗，将我底儿子拉去搬炮弹。可怜从此就没有回来了！一年，两年，我底眼睛望花了。可怜从此就没有回来！……"

悲哀噎住了她底喉咙。没有等她说完，学生们气愤愤地昂头走散。

有的叫，"我们应当反对战争！"

有的叫，"我们应当提倡非战论！"

有的叫，"战争的罪恶呀！落到老婆子底身上了！"

可是她底眼前，仍是几个孩子。老婆子又哭："天呀！命呀！我底苦痛呀！"

哭声又连续半小时。

几个农人从田野中进城。他们也听得她哭声的酸悲。放下锄问她什么事。

老婆子带泪继续哭诉道："兄弟呀！可怜可怜我罢！我底第二个儿子，去年十三岁。到山上去砍柴。不知怎样一失脚，跌下岩壁来。别人抬他回家。血流太多了。到家也就死了！……"

老婆子呜咽地说不成声。

农人们听的不满意，有的说："不小心，不小心。山上我们一年要去整百次，那里会跌落岩壁？"

有的说："这是一个十三岁的第二个儿子，不要紧，还有大儿子在哩。"

一边互相拿起锄,又走远了。

她底眼前仍剩着几个痴孩子。老婆子更悲伤地哭了:"天呀!命呀!我底苦痛呀!"

哭声又经过半小时。

一群工人走出城。也听得她哭声的悲伤,走近去问她为什么这样哭。

老婆子硬咽地说不清楚的继续说:"伯叔呀!可怜可怜我罢!我底第三个儿子,六岁的一个。三个月前,我和我丈夫到田野上拔瓜藤。留他在家里玩。等我们回来,他却不见了。门口有一堆血。我们踏血迹寻去,却是深山。唉!被狼吞去了!……"

工人互相一惊。嘈杂的叹着:"山里还有狼呀!"

"狼竟会到村庄来吃人么?"

"不过这是一个小儿子,她总还该有两个大儿子在的。"

一边也匆忙地走去了。只回过一两次的头来,但不想续知她底哭诉了。

黄昏开始落下来。

在老婆子的眼前,仍是几个不懂事的孩子。她仰头向着密布天空的阴云,失望地放声大哭:"天呀!命呀!我底苦痛呀!"

城门往来的人儿稀少了。

哭声又消逝半小时。

两三个商人从乡间收账回来。钱袋在他们底肩膀上琅琅地响。他们也听得她哭声的凄楚。脚步停到她底前面,问:"老婆子,什么事?"

孩子们也抬头看着商人底脸孔。

她似有一线光明的诉说道:"唉!老板!可怜可怜我,舍我几个钱罢!我底六十岁的老丈夫,自从第三个儿子死后就病了!到现在有三个月,将死了!……"

商人们互相说:"夜了,夜了,我们要回去了。否则可以给她两角钱。虽则事情是常常如此的。"

一边又匆匆地没去他们底影子。

老婆子一时昏去了。一时又慢慢地向看呆了的孩子们说:"小弟弟们!可怜罢!我因为乡下没处讨钱,远远跑到城内来。想讨几个钱买一服药回去。……唉!虽则我底丈夫,此刻或者已经死了!可是小弟弟们,你们也有钱么?"

老婆子酸苦的说不成别的话。

而这几位听呆的孩子:有的抖抖他底衣袋,表示袋内只有一把蚕豆。有的翻转裤腰,表示身上只有一个肚脐。个个摇摇头,不声响。

老婆子却突然发狂似的问:"你们也有毒药么?你们也有刀么?我不想回家去了!"

孩子们一听到问有刀,惊怕了。逃散了。

黑夜如棉被一般盖在她底身上。朔风一阵阵地在扫清她身上底尘埃和她胸中底苦痛。

她气息奄奄地睡在城脚下,她心底未曾全灭的光,为她家中的白发丈夫似乎还得望着明日。

一九二九年十二月

死　猫

每天晚上木匠就照例到这家酒店来喝酒，两位小伙计招待他，笑眯眯的用酒放在他的身边，就请他说起关于命运的事情来。他说："做人若照你们这般，一天一天的苦干，一钱一钱的节省下来，这是做不好的！譬如皇帝，若都要自己亲身去杀贼，他还做得成皇帝么？大财主是财神光顾他的，命运里就是大财主。"

一边他举起杯来，大喝了几口酒。一位小伙计笑着问他："那么你究竟几时会发财呢？"

他答，"快了。我今年四十九年，总在五十岁以内的。"

一边他又喝了几口酒。小伙计没有再说，两人耳语了一些什么，又看他如看呆子一样的笑了一阵。

他当夜酒醉醺醺的回到家，睡在一张旧床上想："唉！我究竟几时会发财呢？莫非我的命运欺骗了我一生不成么？整包的金子，这才可以给我娶妻养子，成家立业，……现在我给别人造房子，将来我要别人来造我的房子，……什么时候呢？……但总有时候的罢？……哼，也叫别人看看我文土一生阔气几时，才得舒服！……也许今夜，财神会来叫我了，……文土！……金子，……银子，……宝贝，……"

一边，他随将灭未灭的灯光睡去了。

正是半夜，他却突然醒来。他听得很清楚，门外有人高叫他的名字。他逆着气听了一息，又什么声响也没有，他以为他自己的神经恍惚，又睡下去。果然门外又叫了："文土！快起来！银杏树下有银子！"

他急忙点亮了灯，披上衣服。但不知怎样，全身发起抖来。口里嗫嚅的自语，"财神爷爷，是你叫我么？"一边立直两条无力的腿，手拿了油灯，光幽暗而闪动的。他恨这盏灯光太黝黯，但想，也许明天可用洋灯了。而门外又叫："文土！快起来！银杏树下有金子！"

他呆站了一忽，决计走动了。他的心脏搏跳的非常厉害，他又将一件大马褂披上。于是将门开了。门外更郑重而严厉地叫："文土！你不来，银子金子没有了！"

他立刻冲向门外，……黑暗如大熊一般的站在他前面。银杏树在他的门外约十丈路，他不敢立刻走近去，只两目紧张的注视着。忽然，银杏树下发了一阵火光，银杏树也如五丈金身的恶魔般现一现它的凶相。这时，他伸一伸腰，拍一拍胸，决计放大胆向前走去。但只走两步，火光又发了一阵，隐隐中还有嘈杂的语声。于是他又吓退了。一时，第三次的火光又爆发，在火光中，他似还见一位和善的老人，但倏忽又没有了。他重又回到房内，取了一盏满是灰尘的灯笼，点亮，光古铜色的。他不顾生命的一直跑到银杏树下，他依着树根的四周照了一遍，但什么也没有。于是揣拟方才火光所爆发的地方，近着一园地的墙边，他走去，提心吊胆的。在手里发抖的灯笼照到一墙角，果然，一口布袋倒放着。袋口扎的紧紧的，这显然是金子银子了。他俯下身子去一摸，呀，袋内忽然动一下。这一动他几乎吓死，呆了想："什么？里面究竟是什么？动了，金子银子么？"

一息，他又轻叫："神爷；显示罢——。"

他提着灯又向四近照了一遍，四近是什么也没有，又回到原处，一口布袋仍放着。这样，他跪下，捧起两手来向这布袋拜两拜。就将这袋子的绳解了，很费力地解了。但一看里面，又几乎吓死去，里面是什么？——一只将死的猫！猫已经不会叫了，但两颗碧绿的眼仍向他射一射碧绿的光。他立刻丢下袋，跑回到他自家的门边。不料正是死猫所在的地方，又爆发了火光，一阵，二阵，三阵。他恐惧地坐守在门边，不敢就将死猫去拿来，虽则他想——死猫是可能的会变成宝贝。但他没有勇气去探取，他只有等待；他想，等待到天亮，再去找住这个罢。一边，他拿烟管吸起烟来。

东方起了霞色，大地的白光，辨得一切在清晨的寒气里战抖。银杏树庄严而盛气地站在他门前。他走去，先向银杏树的四周一看，还是什么也没有；于是又忙向墙角去拿布袋，但布袋呢？"唉！"他喊了！死猫已经载着布袋逃去了，没有了！他回到屋内痴痴的仰卧在床上想："假如将这口布袋拿来，死猫一定会变成金子，银子，宝物，可是我的命运过去了！"

第二天晚上，他又到这家酒店去喝酒，两位小伙计照样招待他，可是一边笑个不住。他眼向小伙计看，他并没有向任何人说出昨夜经过的事，只没精打采的喝他的酒。一位小伙计又问他："文土！你究竟几时会发财呢！"

他吃吃的说："过去了！我恐怕不会发财了！以后只得我自己用力挣扎了？"

小伙计又不禁要笑声冲出口来。

一九二八年十二月

夜底怪眼

挟着神声鬼势的海潮，一浪浪如夏午之雷一般地向宝城底城墙冲激。大块的绛色方石叠成的城墙，泰山一般坚固而威严地抵挡着，简直神色不变的，使浪涛发一声强力的叹息，吐一口白沫而低头回去罢了。

这时的城内是杀然无声，比荒凉的原始旷野还沉寂。乌鸦也不知飞到何处去了；往常的有一种的灰白的水鸟，每当太阳落下最后底光在西山之巅的时候，它们总飞出来在宝城底城上，回环的翱翔三圈，落它们底休息之影在夜之海岛底上面，今晚呢，也不知它们飞到何处去了！也没有一家犬吠。——这样，莱托娜（Latona）用同一种深黑色的葬衣，没界限地披着城内城外，——披在怒号不平的海潮上，也披上人心惶栗而不敢做声的宝城。

在隐约的一个城脚，站着几个兵士。东方的半圆的月亮，慢慢地升上地平线来，照清他们底面貌，服装，并动作。但月亮是含着泪光如嫠妇之看着她底孤儿去远征一样。

相距他们约两百步的地方，有一座小小石刻的神龛，悬出的靠着城墙，二方尺那么大小。神永远不笑也不怒地守望着宝城，似计数着宝城里底生命而不愿他们有一个无辜地放到海外去。这时在神龛底前面，却跪着两位不幸的女人，一位头发苍白的约五十余年纪的老妇，一位是十四五岁的小姑娘，她们的心简直被锁在铁之门内般绝望，脸灰白和死人一样。

"那儿是谁？叫她们滚开！"兵士中底一个说。

"让她会一会她底儿，也让她会一会她底姊罢。我认识的。"另一个兵士远远地对她们挥一挥手。

"长官有命令，不准谁瞧着的！谁瞧着就连谁死在该地！"

"那让她们也死在一块罢。"

他们对着月光冷笑了一冷笑。

海潮继续怒号地；夜光与冷气继续凝固地。

就在远处，飓风似的来了另几个兵士，簇拥着一位青年与一位女子。他们没有光也没有火，只烟一般的，魔鬼一般的向城边来。

老妇人与小姑娘继续跪着。

八个兵士迎着，青年与女子就如绵羊一般地绑在两条木桩上。惨淡的月光照见他们底脸上已没有一分的血色，两堆密长的乌头发，遮了他俩全个额。

离他俩二十步外，两个兵士举起步枪瞄准，枪水平地在两个兵士底肩臂上。

"让她会一会她底儿，也让她会一会她底姊罢。我认识的。"那个兵士又远远地对她们挥一挥手。

"放！"

接着就是这一个口令。天呀！在这夜色苍茫当中，只见两道火光，好像怪神底眼睛底一闪，随着枪底声音射出来。四位不幸者，青年与女子，老妇人与小姑娘，就同时倒在地上了！

一分钟后，老妇人与小姑娘就从吓碎的灵魂中醒回来，生命底全力支不住战抖的肢体。她们挣扎，颠仆，奔跑，啜泣，向着青年与女子底尸体。

"你们是谁？不准跑近！"兵士中一个说。

"让她会一会她底儿，也让她会一会她底姊罢。我认识的。"那位兵士仍向她们挥一挥手。

"赶快！吊上城，放下小船，运到海中葬了！"另一个兵士说，猫头鹰一般的眼，注视着老妇人与小姑娘，绿色的。

"还我儿子底尸罢！兵爷！"

"还我姊姊底尸罢！兵爷！"

"不准声张！"兵士喝。

同时四五个兵士，就用两根粗大的麻绳，一端缚着两具死尸底胸膛上，一端丢给半分钟前爬上城头的几个兵士，预备将尸吊上城上了。

"修好罢！兵爷！还我儿子底尸！"

"修好罢！兵爷！还我姊姊底尸！"

"给你们也死在一块！"兵士喝。

一个兵士抓开老妇人紧紧地抱住她底儿子底颈的两手，一个兵士竟将枪柄插在小姑娘底胸上。老妇人与小姑娘又昏倒在青年与女子底血泊中，简直要舐完那与她们自己有关系的将凝结的污血似的。

尸慢慢地吊上城，又慢慢地向城外放下，倒泊在城脚底激浪里的小舟中。两具尸似两条古木一般横卧船板上，在摇篮里睡熟着似的荡向海中。

海潮继续地怒号着向宝城冲激，夜光与冷气继续地凝固在一切之上。几个兵士仍严肃地站立在城墙边，朦胧的月光中，待望着那第二次第三次来给他们开夜之怪神底眼睛的死因。

距他们两百步的地方，神龛底前面，蜷卧着讨不回尸首的也将死去的老妇人与小姑娘。

一九二九年四月六日夜

别

夜未央；人声寥寂；深春底寒雨，雾一般纤细的落着。

隐约地在篱笆的后面，狗吠了二三声，好像远处有行人走过。狗底吠是凄怆的，在这蒙蒙的夜雨中，声音如罩在铜钟底下一样，传播不到前山后山而作悠扬响亮的回音。于是狗回到前面天井里来，狗似惶惶不安，好像职务刚开始。抖着全身淋湿的毛，蹲在一间房外底草堆中，呜呜的咽了两声。但接着，房内点上灯了，光闪烁的照着清凉的四壁，又从壁缝透到房外来，细雨如金丝地熠了几熠。

一位青年妇人，坐在一张旧大的床沿上，拿起床前桌上的一只钢表瞧了一瞧，愁着眉向床上正浓睡着的青年男子低声叫道："醒来罢，醒来罢，你要赶不上轮船了。"

青年梦梦地翻了一身，女的又拨一拨他底眼皮，摇他身子："醒来罢，醒来罢，你不想去了么？"

于是青年叫了一叫，含糊地问："什么时候？"

"11点45分，离半夜只差一刻。"

"那么还有一点钟好睡罢,我爱!"

"船岂不是七点钟开么?"

"是的,七十里路我只消六点钟走就够了。"

说着,似又睡去了。

"你也还该起来吃些东西;天下雨,泥路很滑,走不快的;该起来了。"

可是一边看看她底丈夫又睡去了,于是她更拢近他底身,头俯在他底脸上:"那么延一天去罢,今晚不要动身罢!我也熄了灯睡了,坐着冷冷的。"

忽然,青年却昂起半身,抖擞精神,吻着她脸上说:"不能再延了,不能再延了!"

"今晚不要动身罢,再延一天罢。"

"不好,已经延了二次了。"

"还不过三次就是。"

"照时机算,今夜必得走了。"

"雨很大,有理由的,你听外面。"

他惺忪地坐在床上,向她微笑一笑:"我爱,'小'雨很大罢?还有什么理由呢?"

这样,他就将他底衣服扣好,站在她底面前了。

"延一天去罢,我不愿你此刻走。"

她将她底头偎在他底臂膀上,眼泪涔涔地流出来了。

"放我走罢,我爱,我还会回来的。"

一边,他吻着她底蓬蓬的乱发上。

"延一天去罢,延一天去罢,我求你!"

她竟将全个脸伏在他底胸膛上,小女孩一般撒娇着。

"放我走罢,我爱,明天的此刻还是要走的。方才不醒倒也便了,现在我已清醒,你已冻过一阵,还让我立刻就走罢!延一天,当他已延过一天——事实也延过二天了,所以明天此刻还是和此刻一样的,而且外边的事情待的紧,再不去,要被朋友们大骂了!放我走罢,我立刻要去了。"

"那么去禀过妈妈一声。"

青年妇人这才正经地走到壁边,收拾他底一只小皮箱,一边又说:"我希望你一到就有信来,以后也常常有信来。"

"一定的。"

"我知道你对面是殷诚;背后却殷诚到事务上去了。"

于是他向她笑了一笑,俩人同走出房外。

母亲没有起来,他也坚嘱母亲不要起来。母亲老了,又有病,所以也就没有起来,就在房内向房外站立着的他说,——老年的声音在沉寂的深夜中更见破碎:"吃吃饱些走,来得及的,不要走太快,路多滑,灯笼点亮些。到了那边,就要信来,你妻是时刻记念你的。要勤笔,不要如断了线的纸鸢一般。身体要保重,这无用我说了。你吃饭去罢。"

儿子站着呆呆地听过了,似并没十分听进去。这时妇人就提着灯去开了外门,她似要瞧瞧屋外的春雨,究竟落到怎样地步,但春雨粉一阵地吹到她脸上,身上,她打一寒战,手上的灯光摇了几摇。狗同时跑进来,摇摇它底尾,向青年妇人绕了一转,又对着青年呜呜的咽了两声,妇人底心实在忍不住,可是她却几次咽下她不愿她底丈夫即刻就离别的情绪。以后是渺茫的,夜一般渺茫,梦一般渺茫,但她却除出返身投进到夜与梦底渺茫里以外,没有别的羁留她丈夫底理由与方法了。

妻是无心地将冷饭烧热,在冷饭上和下两只鸡蛋。盛满整整一大碗,端在她丈夫的桌上。——桌下是卧着那只狗。

青年一边看表,一边吃的很快。他妻三四次说:"慢吃,来得及的。"可是青年笑着没有听受,不消五分钟,餐事就完毕了。

俩人又回到房内,房内显然是异样地凄凉冷寂,连灯光都更黯淡更黯淡下来了。青年想挑一挑灯带,妇人说:"油将干了。"

"为什么不灌上一些呢?"

"你就走了,我就睡了。"

"那么我走罢。"青年伸一伸他底背,一边又说:

"那么你睡罢。"

"等一息,送你去后。"

"你睡罢,你睡罢,门由我向外关上好了。"

他紧紧地将他底妻拥抱着,不住地在她颊上吻。一个却无力地默然倒在他怀内,眼角莹莹的上了泪珠。

"时常寄信我。"

"毋用记念。"

"早些回来?"

"我爱,总不能明天就回来的。"

一边又吻着她底手。

"假如明早趁不上轮船?"

"在埠头留一天。"

"恐怕已经要趁不上了!窗外的雨声似更大了!"

"那么只好在家里留一天?"

他微笑,她默然。

"你睡下罢,让我走。"

"你好去了,停一息我来关门。"

她底泪是滴下了。

"你睡下,我求你睡下;狗会守着门的。"

他吻着她底泪,一个慢慢地将泪拭去了:"你去好了!"

"你这样,我是去不了的。"

"我什么呢？我很快乐送你去。"

"不要你送，不要。你睡下，好好地睡下，你睡下后我还有话对你说。你再不睡下，我真的明天要在埠头留一天了。"

"那么我睡下，你去罢。"

妻掀开了棉被，将身蜷进被窝内。他伏在她底胸上，两手抱住她底头，许久，他说："我去了。"

"你不是说还有话么？"妻又下意识的想勾留他一下说："是呀，最后的一个约还没有订好。"

"什么呢？"

他脸对她脸问："万一我这次一去了不回来，你怎样？"

"随你底良心罢！你要丢掉一个爱一个，我有什么法子呢！"

"不是这个意思，我是问你你要怎样，我决不会爱第二个人的，你还不明了我底心么？可是在外边，死底机会比家里多，万一我在外边忽然死了，你将怎样？"

"不要说这不吉利的话罢。"

"我知道你不能回答了！但我这个约不能不和你订好。"

"你去罢，你可去了，你不想去么？"

"我一定去的，但你必得回答我！"

他拨拨她底脸；一个苦笑说："叫我怎样答呢？我总是永远守着你的！"

一个急忙说："你错了！你错了！你为什么要永远守着我？"

"不要说了，怎样呢？"

"万一我死了，——船沉了，或被人杀了，你不必悲伤，就转嫁罢！人是没有什么'大'意义的，你必得牢记。"

"你越来越糊涂了，快些走罢！"

"你记牢么？我真的要走了。"

"你去罢！"

可是他却还是侵在她脸上，叫一声："妻呀！"

别离的滋味是凄凉的，何况又是深夜，微雨！不过俩人底不知次数的接吻，终给俩人以情意的难舍，又怎能系留得住俩人底形影的不能分离呢！他，青年，终于一手提着小箱，一手执着雨伞，在雨伞下挂着一盏灯笼，光黝黯的只照着他个人周身和一步以前的路。他自己向外掩好门，似听着门内有他妻底泣声，可是他没有话。狗要跟着他走，他又和狗盘桓了一息，抚抚狗底耳，叫狗蹲在门底旁边。这样，他投向村外的夜与雨中，带着光似河边草丛中的萤火一般，走了。

路里没有一个行人，他心头酸楚地，惆怅地，涌荡着一种说不出的静寂。虽则他勇敢地向前走，他自己听着他自己有力的脚步声，一脚脚向前踏去；可是他底家庭的情形，妻底动作，层出不穷地涌现在他心头。过去的不再来，爱底滋味，使他这时真切地回忆到了。春雨仍旧纷纷地在他四周落着，夜之冷气仍包围着他，而他，他底心，却火一般，煎烧着向前运行。

"我为什么呢？为个人？为社会？——但我不能带得我妻走，……不过这也不是我该有的想念，事业在前面，我是社会的青年，'别'，算得什么一回事！"

这样，他脚步更走快起来，没有顾到细雨吹湿他底外衣。

一九二九年五月一日

遗 嘱

在一间简陋幽暗的房内,睡着一位喘息着她最后底微弱的呼吸的老母亲。这时她向一位青年与一位少妇无力地问道:"儿呀,此刻是什么时候呢?"

站在她床前的呆呆守候着她的青年与少妇,含着几乎要滴下来的眼泪,低低哀咽地答道:"夜了,妈妈,已点上灯了!"

老母亲沉寂着,深陷在她枯瘦而这时稍稍红晕的脸颊上边底眼球,带着四圈的黑色皱痕转了一转。床前闪着灯光,房内是浓密地排列着死神底严肃的影,一种生命底末路底苦味震撼着青年夫妇底舌头。一时,老母亲微动一动身,似她底全副精神被远处的二三声犬吠所激发,所吸收。屋之四周是萧条的,凄怆的,犬之吠声似从夜底辽远的边疆上——另一个世界传来一样。她,喉咙破塞地又同他俩问:"狗在那里叫呢?"

"妈妈,没有狗叫……"

她却苦做一做脸:"我知道,我知道……"

她又力弱地止住了房内沉寂一息,媳妇低声地问:"妈妈,你要喝一口茶么?茶内放着姜的。"

她又摇一摇头:"让我闭闭眼罢,我底眼已看不清你们两人了!"

于是青年就流下泪,而且低声地啜泣起来。她却又说:"你哭什么呢?不要哭罢,我还有话对你讲。你一哭,可以使我底心立时失去的。"

"妈妈,我没有哭。"

青年又将泪收止住。他受着时光老人的拖拉,气都不敢喘地。夜之畏追在四周,远处又送来犬底吠。母亲又急喘的低弱地说了一句:"狗好像叫在我的心上一样呢!儿呀。"

"妈妈,我给你掩住耳朵罢。"媳妇说:"无用,无用……"

"那么你想到什么呢?妈妈!"青年问。

老母亲却又含笑了一笑,昂一昂头,答:"第一,想到你过去的爸爸;第二,想到你现在的妹妹;第三,想到我以后的自己!"

"你还想这些做什么呢?"

"因为我记念着这三件事。"

"我会代你记念着的,妈妈,你安心!"

老母亲又静默着,她底脑海中掀翻着许多风涛险恶的往事——她自己是在动荡颠簸着:前面是仇人底碧绿的眼睛在暗中闪光,明晃晃的刀在空中乱舞,狼一般的心啮着他父亲底骸骨,血花高高地飞沾,好似巨浪泼到孤岛的岩石边一样;犀利的爪牙就一齐屏息地向她家中投掷进来。"天地底变色呀!"她呓语似的说了一句,又沉默着。一回,她瞧见她亲生的女儿的影子在门后流泪,蓬首垢面的,一个十二三岁的弱小的女孩;她又裸露地跪在半夜的天井中,风霜之下哀呼她自己底哥哥与母亲;她底心已如秋天的黄叶,身子寸寸地被虫豸咀嚼着;她难于捱过一时一刻的光阴,竟和小舟渡过波涛汹涌的海洋一样。于是她又轻轻地叫了一声"女儿呀！"可是青年与少妇不曾听到。但忽然，她却明了她自己底前面，有一位牛头，有一位马面，狰狞可怕的死之吏役，用铁索挂在她底头颈中，铁铐穿在她底手上，向前面，是有无数毒蛇的山谷。人们底头是颗颗的被蛇啮去带到大树底顶上。这时，老母亲狂呼了一声，好似她已堕入了万丈的深谷。青年立时摇着她，不住地叫："妈妈！妈妈！"

"呀，儿呀，我还清楚的！"

她底枯燥的眼眶润湿了！

"你又觉得怎样呢，妈妈？"

老母亲摇一摇头，

"没有什么，不过自己慌得很……"

"有你亲爱的儿子站在你面前，妈妈！"

"还有你亲爱的媳妇……"

老母亲又苦笑了一笑，无光之眼向青年俩望了一望。同时，她伸出她枯枝似的手，向空中颤抖地摸索。青年立刻问："妈妈，你要什么呢？"

"拿你们底手来。"

一边，她声音稍稍用力地："我此刻怎样？"

"妈妈底精神是很清朗。"

"不，不，不过我此刻死不去，我很慌！"她气喘地停一忽，"你们也知道狗为什么叫么？它是叫铁索的声响和无常底影子呢！"

"妈妈，不要说这话，妈妈是还会健起来的！"

媳妇流泪地。老母亲又气喘地接下说："不会了！死亦没有什么，人总有一次要死的！不过带着她生前的不甘心，到阴司去受罪，真是一件最苦痛的事……"

青年凑近她，低声问："妈妈，我会做的，你说什么呢？"

老母亲点一点头。

"是的，可是在我死后，你第一件事做什么呢？"

青年凄凉地低头说："领回妹妹来，你记念着的；而且领回以后，不再放她回那家去了，我永远保护她！"

老母亲仍点一点头。

"是的，可是在我死后。你第一件事做什么呢？"

青年呆着一忽，同时房内杀静一忽，于是激昂地："当先代爸爸……"

可是老母亲还是点一点头，隐晦而悲伤地说："是的，你爸爸是枉死去了，你妹妹是受着苦的……不过，不过……"她枯燥的眼眶内底润湿着凝结成泪了！继续说："不过我还记念着自己底死后！"

"妈妈为什么要记念着这个呢？"青年呜咽地。

"因为我怕有罪！"

她带着泪的眼向青年射一射绝望的祈求的光。

"那么妈妈要我第一件事做什么呢？"

"你听我这话么？"

"一定的！妈妈！"青年几乎跪下去了！

"请和尚同道士来，给我超度一场罢！"

同时，她底泪是掉下了！她闭着眼继续说："听我底话罢！你爸爸底仇，仇人是逍遥复逍遥，逃在海港以外，谁能立刻找出他底影子，让你嚼着他底肉！你底妹妹呢，她当受苦不久，因为她底哭声是立刻能奋起你底臂力的！……只有我闭去两眼底一刻，儿呀，是我最难过的关卡！我心伤碎，我将被碾压在铁轮底下……"

她底话继续不上了，她底气低弱了，她几乎没有声音地最后说："记着罢，让我假睡一回……"

永久的安息之神扬起他底旗子，青年与少妇号哭了。在他俩底心上感到重重地压迫,一种难于自制的情绪似乎不能分析他母亲底最后的几句话。他昏沉地,伏他底头在他母亲底尸体上,念想着此后第一件放在他眼前所要做的事。

一九二九年五月十六日

摧　残

　　一个寒风凛冽的冬天晚上，是这位可怜的妇人产下她第一个儿子后的第三夜。青白的脸色对着青白的灯光，她坐在一堆破棉絮内，无力地对一位中年男子——她底丈夫说道："照我底意思做去罢，这样决定好了。"

　　宽松的两眼向她怀内底小动物一看，——婴儿露出一头黄发在被外。妇人继续说："现在，你抱他去罢。时候怕也不早了，天又冷，路又长，早些去罢。"

　　可是婴儿仍留在妇人底怀中，她上身向前偻一些，要抱紧一些似的。男子低头丧气地说道："不能到明天么？明天，明天，等风发发小些的时候。"

　　"趁今夜罢！"妇人又吻了一吻婴儿说。

　　"再商量……我想。"

　　"没有办法了，米一粒也没有了，柴一束也没有了，没有办法了！"妇人痴痴地摇摇头。

男子简直不自知觉地抱去婴儿，眼圈红红地跨出门外。妇人在他后面啜泣地说道："走走快些，抱抱紧些，莫忘记了拉铃。"

男子没有答话，就乘着门外的冷风跑走了。

他一口气跑了七八里路，就在一座山岭上坐着。朔风更暴猛地，鼓着两面的树林，简直使他喘不出气。婴儿是没头没脚裹着的，有如一只袋，他这时却解开袋口，似要再看看里面底将失去的宝物，可是这一看竟使他伤破胆了！婴儿底小眼已紧闭，气没有了，他闷死了！

"唉！"他大喊了一声，几从坐着的石头上滚下去，可是一点方法也没有。

"抱回家去？怎样对妻说？"他想，他决定：送到育婴院以后的孩子是和死相差无几的。他还是就葬这个小尸在这山上罢！

他痴痴坐着，死婴在他底膝上。他一点勇气也没有，只泪不住地流。一时，他竟号哭起来。山岭上管山的人家奇怪地走出来了，他就向他们借了锄。他们同声的说，安慰他："穷人原不配有儿子，不要伤心！何况你年轻，将来也不患没有儿子。"说完，他们也就进去了。一位年老的婆婆，还烧了一撮纸钱在门口。

他不能立刻就回家，为的要使他妻不疑心，他可以将这发生瞒过。他坐着，他坐着，夜过的非常慢。风声，水声，树木的动摇声，他都听得非常清楚，他镇静着他自己抵御一切可怕的夜声底侵袭。

他慢慢地推进他家底门。妇人仍在床上坐着一动没有动。她哭过了，眼之四周红肿地。这时他懒懒地走近问："你为什么不睡呢？"

"等你回来。"

妇人轻声地答。他站在她前面，几乎失声哭起来，可是他用他全力制止住。于是妇人问："你已送去了么？"

"送去了。"

"送到育婴院了么？"

"送到了。"

声音同回音似的，妇人眨一眨眼，又问："你拉过铃么？"

"拉过了。"

"你听到先生们出来抱去的么？"

"听到的。"

"你也听到这时娃娃哭么？"

"哭的，可是你不要多问了！"

男子不耐烦地，妇人却苦笑一笑，说："这样，我放心了！"

"你可以放心。"

"那么，我还是明天去呢，后天去？"

"那里去？"

男子稍稍奇异的。

"到育婴院做乳母去。"

"到育婴院做乳母去？"

"是呀，我早这样对你说的，忘记了么？"

男子却几乎要昏去一样："你仍旧要看护你自己底儿子么？"

"是的。"

"不行罢！"

"因为这样是好方法，一边我有饭吃，又有钱赚。"

"你定要这样做？"

"不是么？你怎么失落了魂在山岭上似的？"

男子悲伤的呼喊起来，同时坐下椅上。

"唉！唉！这是不成功的，明天不要去罢！"

妇人独断地苦笑说："那么后天去罢。"

第三天，妇人终于进了城内底育婴院。

她开始一个一个的将婴儿认过去，可是在这数十个婴儿中没有她自己底婴儿。于是再向各乳母询问那几个是男孩，结果男孩只有两个，而且这两个都有四个月以上了。她非常地奇怪，她畏畏缩缩地跑到事务室的门外，探头向一位事务员做笑地问："先生，前天夜里没有人丢婴儿到这里过么？"

事务员向壁上挂着的婴儿出入表一瞧，说："有的，你问这个做什么？"

妇人更做笑地答："我不过想询问一问，因为邻舍……一位姑娘私产下了一个孩子……先生，你能告诉我这孩子是男的，还是女的么？"

那位事务员又向壁上一瞧，也微笑的说："男的。"

"真的么？那真是有趣的事！我还可以将这个笑话告诉先生，假如先生肯告诉我现在这个婴儿在那里，让我见一见面的话。"

那位事务员却摇一摇头，带着阴险的恶毒的脸色说："你真见鬼！告诉你，我是骗你的，前夜那里有什么孩子！男的，女的，私生的，恰恰前夜，一个都没有。此外是每夜都有的。"

妇人一时酸软了两腿。她极力忍制住她从内心所爆发的悲伤。而那位事务员继续问："你有没记错日子呢？那你还能告诉我你底邻舍姑娘私生孩子的故事么？"

妇人低下头，一边移动脚步，一边说："不必告诉了，那她所生的孩子一定死了！"

她坐在育婴室内，两手抱着两个不知是谁底两个初生的女孩，发着呆。她简直无从着想，似陷在山洞中望着落日一样，她恨不得立刻就回家，询问她底丈夫；但事实不能使她就走。

第三天，她丈夫来探望她，她却拉了她丈夫到一阴角询问道："我们自己底孩子呢？"

她丈夫慢慢地答："没有在院里么？"

"没有，我简直将近数天丢来的孩子都认过了，没有一个是的。"

"那我不知道。"

"你怎么不知道呢？"

男子低下头说："恐怕死去了！"

"没有！没有！"妇人张声的说，"就是死了，这里也有收账的，那一夜简直没有！"

男子呆着，妇人又逼他道："你说，怎么一回事，将娃娃藏到那里去了呢？"

许久，他记起那夜别人劝他的一句话，他说："穷人原不配有儿子的，不要伤心！"

"什么呀？"

他极力想忍制住不说，可是声音冲出口边来："那夜在路里就死了！我给他葬在那山边！"

"怎么呀？你说……"

同时她放声哭了。

那位事务员与乳母们跑拢来，事务员知道了这秘密，就高声地向男子和妇人说："你们犯法了！将自己底孩子丢到这里来，而自己又来做乳母，这是犯法的。叫警察，送你们到警察所里去罢！"

妇人一边收止泪，一边说："先生，我已经没有儿子了，我底孩子已经死了！这里那个是我底儿子呢？"

那位事务员说："不管的，你们要想这样做，就送你们到警察所里去！"

妇人几乎跪下的哀求道："莫非我生了一个儿子还犯法么？先生，我现在也终究没有儿子了！先生，饶恕我们罢！"

事务员忿怒地向事务室走去，妇人却晕倒在她丈夫底臂上了。

一九二九年五月十七日

希　望

　　李静文吃过了晚饭，觉得非常无聊，阴闷的秋天一般的，走了两圈天井又回到书桌前坐着。点着一支卷烟，袅袅的青烟是引他思想的：爱情，幸福，美丽，家庭，他回念了一周，于是又站起，轻轻地自说了一句："还是密司脱刘夫妇那里去坐一趟罢，"就走着出去了。

　　密司脱刘底妻有美丽的眼睛和头发，这是他时常记着的；眼睛不在笑的时候也迷媚的，头发却细卷地披在头后，他常对刘说："要是我底妻有你底妻底这两样，无论她不识字，脚小，尽够抵得过了！"

　　这时他站在他们底门外，他所谓幸福的家庭底门外。门是开着的，他却没有一直走进去，只拣了阴暗的檐下，侦探似的暗看门内刘与他妻底行动。两人正在吃饭，"真是一对鸳鸯呀，"他摇首。可是一个却更显出快乐，一个却更显出妩媚，刘用五香烧肉拈在他妻底碗上，他妻却用这个拈到刘底口中，两人推让着，作客一般地。一时，刘妻又奔到厨间，不知拿来了什么，放在刘底面前；又不知讲了什么，刘"哈"的一声大笑了；——他几乎也跟着失声大笑了——饭喷上了菜和桌，刘妻拿出帕，稍稍愠怒地说："三岁的小孩子一般，不好转过头去的么？"刘应声轻笑说："我要嚼糊喂在你口子里，看你怎样？"简直看影戏一般，使他忍不住了，就在门外，用掌啪，啪，啪的拍了三声。

"那个？门外，吓死人。"

刘妻吃惊地探头向外。李静文却气馁地走进去，一面说："还不是白眼看看人的我么？"

"李先生，你怎么啦，不走进来。"

"白鸽样一对，我要赏鉴你们底幸福。"

"笑话，笑话，幸亏我们没有秘密呢！"

他却不待他们"请"，就坐下一把摇椅上，一边说："除接吻外，都表现着了。"

可是他们没有说，匆匆吃完饭。女用人在旁收拾。

这时刘递烟卷给他，刘妻就擦洋火给他点上火。他一边在点火的时候，一边眼睛看着她底眼，还横上看了她底头发。刘吸了一口烟，就向他问："你底夫人怎样？消息——"

"一点也没有，一点也没有。"

他喷着青烟，摇摇头。

刘妻笑了一笑，接着说："应当有一点了，李先生，你不肯告诉我们么？"

"为什么不肯告诉你们？孩子生出来是不会同他母亲一样黄头发，缠过脚的。"

"冤枉，"刘说，"你总说她黄头发，我看来是非常黑的。"

"就是黄头发也没有什么，外国女人底头发岂不是比中国女人底美丽么？"刘妻不自足地接着说。

屋内稍稍静一息，烟气缕缕地轻擦着各人底鼻管。李静文忽然叹息说："算了算了，黄也算了，白也算了。"

刘却暗笑地兴奋地说："不会算了的，静文，人底命运说不定，转变是非常快的。"同时他向他妻瞟了一眼。"你底父亲真的到现在还没有给你一封信么？"

"真的，三个月了。三个月前的来信，他明说不久怀爱夫要生产了。"又吸了一口烟，"可是到现在还没有消息。"

"你自己计算计算月数怎样呢？"

"十四个月了，十四个月了，去年七月离家……"

刘却没有等他说完，接着说："一定有了意外了。"

"什么呢？"

"难产也说不定。"

"难产？"他兴奋起来，"怎样难产？莫非我妻死了么？"

"说不定。"刘冷冷的。

"就是难产，父亲也应该有信来。"

"难产了，当然没有信；空使你哭一场，什么用？"稍停一忽，"否则怎么会没有信？就是生下一个女儿，也是你底第一个女儿，你父亲断不会忘记告诉你消息的。只有，只有难产了，你夫人不幸牺牲了，那你再等一个月，消息还是不会自动传来的。"

"是呀，"他底眼睛睁的大大的，从摇椅上站起来，又坐下。"莫非真的有什么不测么？"

"事情有些可疑了，生理学上断没有十四个月还不生孩子的。"刘补充理由说。

李静文微蹙着眉，静默一息，凄凉的说："假如真的难产了，这怎么办？"

刘又向他妻瞟一眼，——她只是笑着坐着，没有说一句话。——冷淡地讥笑般说："假如真的难产了，那只好另求别爱罢。"

这样，李静文却又跳起来，好似无聊到这时是完全没有了。提高声音说:"我虽不希望她死,可是她却真的死了,那我未来的爱的幸福,还有偿补的机会罢!爱情底滋味怎么样,我一些没有尝到过;恋爱的滋味,新婚的滋味,我真梦似的将自己底青春送过了。一个完全不识字的她,上字会掉头读作下字的,不,简直掉头也读不出来!使我何等苦痛呢?即如现在,生了孩子也不晓得,不生孩子也不晓得,刘,你看,只要她能够写一个'生'字,或生字上再写一个'已'字,幸福就增加不少了!我读读只有'已生'两个字的一张信纸,也必不如现在这么无聊,这么寂寞。所以她由难产而死了我是不希望的;万一她由难产而死了,刘,你想,那我……"

他没有说完,刘底妻却咯咯的笑个不住了。这时她问:"依你怎样呢?李先生,你们男人底心理?"

"依我,"李怡然地说。同时他向壁上瞟了一眼,好像在这壁上他看出他理想的妻底美丽的影子。他就照着这影子,描摹出来地说道:"至少认得几个字,会写流畅的信的。也不要缠过足,穿上一双高跟皮鞋。"

"头发黄不要紧么?"刘妻笑着问。

"给她烫一烫;总之,头发黄是有个数的,我不知道怎样恶运星,恰恰碰着鬼打脸。"

刘妻又问道:"还要怎样呢?李先生。"

"自然和我住在一道。我底收入是可以供给一个爱妻过活的,只要她不浪费,不买钻石戒指,不买金链条,其余,做件绸的粉红色的衣服,都可以;那穿起来,我们同到影戏院去看看影戏,也使得别人眩眼,我也分沾着光辉的。"

"但是看了影戏回来,她却对你发起脾气来,你怎么样?"同时她向她默笑的丈夫看一眼,"我是常常和他看了影戏回来要闹的。"

"刘?闹?你们要闹?"他惊骇地问刘,"我假如有像你这样的夫人，是会跪下去求她笑起来的。"

这样，三人统统大笑了。

"那么，"刘说，"你祷告罢，祷告你底夫人已经难产死去了。"

"这也不忍。不过她真的死了，我也不悲伤的，她太给我不满意了。"

"你们男人底心理，我现在懂得了。"刘妻转过头说。

"你不要说这样话，"他起劲地，"假如我底妻是和你姊妹，那我一定会和她同死的！同生同死！"

刘妻微笑了："奴婢一般地侍奉她么？"

"上帝一般的侍奉她。"李静文应声说。

"那做你底夫人真有幸福。"

"不过描写在天国中！刘，你以为是么？虽则人间也存在着的；有时跑马路，洋车上，汽车上，见到不少的天仙似的姑娘，——活泼，妩媚，动人，妖艳，轻盈的微笑，迷魂的眼色，可是谁底妻呢？谁底幸福与谁底极乐园？我，我，一个结过旧式的女子的婚底人，妻又是小脚而不识字的，简直不能同她在街上玩，真悲伤，一想到这里，……刘，你为什么不响呢？你笑什么？"

李静文竟唠唠叨叨地说了。这时，刘答："此后你不悲伤了，希望来了。"

"还有什么希望。"他仰睡在摇椅上，摇着，叹息的。刘说："因为你不满意的人上帝带她回去了，在这次的难产，一定的。"

他继续着摇，同时向刘底妻看一眼，叫道："梦，梦。"

"你写封信去间接的打听一下罢，假如真的起变故，可以积极进行以后底。"

同时刘妻说："假如真的起变故，你一滴泪也不流么？"

"流泪是假的。"

"那你为什么和她生着孩子呢？"

三人底目光互相关照了一下。

"谁知道，问造化去罢。"

刘妻又笑说："所以做你底夫人真冤枉！"

"同时我也冤枉了，你们女人总是帮着女人说话的。"

"因此，"刘笑说，"男人还是帮着男人，我劝你赶紧祷告罢。祷告你旧的夫人难产死了，希望在你新的来，走近你，偎近你，洗雪你底冤枉。"

"完了完了，不说空话了，"同时他向门外望了一望，似有他新的美丽姑娘进来一般，但门外底阴影仍留住他底眼光，"我要回去了，写封信，切实去问个明白。"

他站起来，虽则刘和刘底妻再三要他再坐一息，再谈一息，而他终于开步走了。

路相隔是近的，可是他思想却奔跑的很远很远。他一回愁着，一回又笑了；一回追想起旧式婚姻的憎恨，一回又演现出新的夫人底美艳了；生活的单调，幸福的失落，他轻轻叹息说："希望，希望，转机就在这一着了。"同时他跨进寓里他自己底房门，向桌上一看，红色的长方的信，箭一般射入他眼内，他急忙拿起一看，不错的！是家书，他父亲底亲笔！他急忙拿剪裁了封口，一边心里想愿——在这封信内所封藏着的："汝妻不幸，一产病故！"

唉，没有人知道他那时底心境和急促！他抽出信纸来，目光如电闪似的读："吾儿静文：三月前汝妻安然养下一子，肥白可爱……"

"唉！"他极乐地叹息了，又极悲地笑起了。他不愿读下去了，捻着这封信，卧倒在床上，自语的，空虚而失望。

"算了算了，恋爱，幸福，美丽，梦想，一切完了！"

一九二九年六月二十一日夜

怪母亲

六十年的风吹，六十年的雨打，她底头发白了，她底脸孔皱了。

她——我们这位老母亲，辛勤艰苦了六十年，谁说不应该给她做一次热闹的寿日。四个儿子孝敬她，在半月以前。

现在，这究竟为什么呢？她病了，唉，她自己寻出病了。一天不吃饭，两天不吃饭，第三天稀稀地吃半碗粥。懒懒地睡在床上，濡濡地流出泪来，她要慢慢地饿死她自己了。

四个儿子急忙地，四个媳妇惊愕地，可是各人低着头，垂着手，走进房内，又走出房外。医生来了，一个，两个，三个，都是按着脉搏，问过症候，异口同声这么说："没有病，没有病。"

可是老母亲一天一天地更瘦了——一天一天地少吃东西，一天一天地悲伤起来。

大儿子流泪的站在她床前，简直对断气的人一般说："妈妈，你为什么呢？我对你有错处么？我妻对你有错处么？你打我几下罢！你骂她一顿罢!妈妈，你为什么要饿着不吃饭，病倒你自己呢？"

老母亲摇摇头，低声说："儿呀，不是；你俩是我满意的一对。可是我自己不愿活了，活到无可如何处，儿呀，我只有希望死了！"

"那么，"儿说，"你不吃东西，叫我们怎样安心呢？"

"是，我已吃过多年了。"

大儿子没有别的话，仍悲哀地走出房门，忙着去请医生。

可是老母亲底病一天一天地厉害了，已经不能起床了。

第二个儿子哭泣地站在她床前，求她底宽恕，说道："妈妈，你这样，我们底罪孽深重了！你养了我们四兄弟，我们都被养大了。现在，你要饿死你自己，不是我和妻等对你不好，你会这样么？但你送我到监狱去罢！送我妻回娘家去罢！你仍吃饭，减轻我们底罪孽！"

老母亲无力地摇摇头，眼也无光地眨一眨，表示不以为然，说："不是，不是，儿呀，我有你俩，我是可以瞑目了！病是我自己找到的，我不愿吃东西！我只有等待死了！"

"那么，"儿说，"你为什么不愿吃东西呢？告诉我们这理由罢。"

"是，但我不能告诉的，因为我老了！"

第二个儿子没有别的话，揩着眼泪走出门，仍忙着去请医生。

可是老母亲的病已经气息奄奄了。

第三个儿子跪在她床前，几乎咽不成声地说："妈妈，告诉我们这理由罢！使我们忏悔罢！连弟弟也结了婚，正是你老该享福的时候。你劳苦了六十年，不该再享受四十年的快乐么？你百岁归天，我们是愿意的，现在，你要饿死你自己，叫我们怎么忍受呢？妈妈，告诉我们这理由，使我们忏悔罢！"

老母亲微微地摇一摇头，极轻的说："不是，儿呀，我是要找你们底爸爸去的。"

于是第三个儿子荷荷大哭了。

"儿呀，你为什么哭呢？"

"我也想到死了几十年的爸爸了。"

"你为什么想他呢？"

儿哀咽着说："爸爸活了几十年，是毫无办法地离我们去了！留一个妈妈给我们，又苦得几十年，现在偏要这样，所以我哭了！"

老母亲伸出她枯枝似的手，摸一摸她三儿底头发，苦笑说："你无用哭，我还不会就死的。"

第三个儿子呆着没有别的话；一时，又走出门，忙着去请医生，可是医生个个推辞说："没有病；就病也不能医了。这是你们底奇怪母亲，我们底药无用的。"

四个儿子没有办法，大家团坐着愁起来，好像筹备殡事一样。于是第四个儿子慢慢走到她床前，许久许久，向他垂死的老母叫："妈妈！"

"什么？"她似乎这样问。

"也带我去见爸爸罢！"

"为什么？"她稍稍吃惊的样子。

"我活了十九岁，还没有见过爸爸呢！"

"可是你已有妻了！"她声音极低微的说。

"妻能使妈妈回复健康么？我不要妻了。"

"你错误，不要说这呆话罢。"她摇头不清楚地说。

"那妈妈究竟为什么？妈妈要自己饿死去找爸爸呢？"

"没有办法。"她微微叹息了一声。

第四个儿子发呆了，一时，又叫："妈妈！"

"什么？"她又似这样问。

"没有一点办法了么？假如爸爸知道，他也愿你这样饿死去找他么？"

老母亲沉思了一下，轻轻说："方法是有的。"

"有方法？"

第四个儿子大惊了。简直似跳地跑出房外，一齐叫了他底三个哥哥来。在他三个哥哥底后面还跟着他底三位嫂嫂和他妻，个个手脚失措一般。

"妈妈，快说罢，你要我们怎样才肯吃饭呢？"

"你们肯做么？"她苦笑地轻轻的问。

"无论怎样都肯做，卖了身子都愿意！"个个勇敢地答。

老母亲又沉想了一息，眼向他们八人望了一圈，他们围绕在她前面。她说："还让我这样死去罢！让我死去去找你们底爸爸罢！"

一边，她两眶涸池似的眼，充上泪了。

儿媳们一齐哀泣起来。

第四个儿子逼近她母亲问道："妈妈没有对我说还有方法么？"

"实在有的，儿呀。"

"那么，妈妈说罢！"

"让我死在你们四人底手里好些。"

"不能说的吗？妈妈，你忘记我们是你底儿子了！你竟一点也不爱我们，使我们底终身，带着你临死未说出来的镣链么？"

老母亲闭着眼又沉思了一忽，说："那先给我喝一口水罢。"

四位媳妇急忙用炉边的参汤，提在她底口边。

"你们记着罢，"老母亲说了，"孤独是人生最悲哀的！你年少时，我虽早死了你们底爸爸，可是仍留你们，我扶养，我教导，我是不感到寂寞的。以后，你们一个娶妻了，又一个娶妻了；到四儿结婚的时候，我虽表面快乐——去年底非常的快乐，而我心，谁知道难受到怎样呢？娶进了一位媳妇，就夺去了我底一个亲吻；我想到你们都有了妻以后的自己底孤独，寂寞将使我如何度日呀！而你们终究都成对了，一对一对在我眼前；你们也无用讳言，有了妻以后的人底笑声，对母亲是假的，对妻是真的。因此，我勉强的做过了六十岁的生辰，光耀过自己底脸孔，我决计自求永诀了！此后的活是累赘的，剩余的，也无聊的，你们知道。"

四个儿子与四位媳妇默然了。个个低下头，屏着呼吸，没有声响。老母亲接着说："现在，你们想救我么？方法就在这里了。"

各人底眼都关照着各人自己底妻或夫，似要看他或她说出什么话。十八岁的第四个儿子正要喊出，"那让我妻回娘家去罢！"而老母亲却先开口了："呆子们，听罢，你们快给我去找一个丈夫来，我要转嫁了！你们既如此爱你们底妈妈，那照我这一条方法救我罢，我要转嫁了。"稍稍停一忽，"假如你们认为不可，那就让我去找你们已死的父亲去罢！没有别的话了，——"

六十年的风吹，六十年的雨打；她底头发白了，她底脸孔皱了！

一九二九年七月十四日夜

夜 宿

有一年冬天，我和二位朋友从三台中学回里。时候已经黄昏，我们走错了山路。山路是到处一样荒茫的，落日也自傲地径自下山去了。我们坐在一株苍霭的大树下预备将大树当作寄宿舍；拾拢枯枝来，烧它一夜的野火。

人影是还能辨别的，却辨别出人影来了。"狼么？"一位朋友玩笑说。开始是草丛中簌簌地响，终于一位约六十岁以上的老婆婆走近我们。她手里提着一只空篮，粗布衣服，又不像叫化子的样子。两眼似乎哭过，可看不清眼泪在她眼上。不知怎的，却将她这惫疲的眼盯住我们——不，还是我——不瞬地看。我们本轻轻议论将问她出路的，可是被吓住了。一位朋友有意玩笑地自语说："怎么呢？东边？西边？"可是老婆婆却不及料地战抖的走近我身边，几乎叫喊般问："你们都是人么？"

我奇怪极了！我想她定是疯婆子，在这落日后的荒山上。可是她又说："你们都是先生么？"

于是我答:"迷了路的青年!"

"先生们往那里?"

"海城。"

她呆着一息,却异常和善地说:"错得远了,离这里还有三十五里。先生,"她简直对我一人说,"你到我底家里住一宵罢!夜已有寒霜,山里的夜更有野兽的。"

当然,我们是跳起来地欣从了。我们稍稍怀疑:"这老婆婆是怎样的人呢?"但我们互说:"茅舍比树下总要安全一点。"何况各人底肚子饿,她也总得有法想,——麦面或蕃薯汤,医我们底胃叫。

可是奇怪的老婆婆,她叫我们足足走了五里路,还不曾到她家。我们只记得在山上弯来弯去,绕过一丛林,又绕过一丛林。而且走上山头,又走下山头;我们底腿本来已酸软,那还经得起藜藿的刺戳呢?老婆婆飞也似的在前面引路跑,口里过一分钟说一句,"近了,先生。"可是谁相信呢?简直要疑心她要卖了我们了。幸得那时土匪不和现在这么多,所以无论如何还不能说她是个土匪的奸细。

终于到了,大家安心。非但稍可安心,简直使我们非常舒适了。似小康的农家,五六间房子,修葺的整洁的,长工模样的男子两三位招待我们进去,他们个个和善的。灯并不亮,可是空气异常温暖。我们喝过热茶,各人坐着,到了自己底家一样,思想也凝固了。

老婆婆却非常忙碌,从这门进去,从那门出来,一息叫这长工到园里去拔菜,一息又叫那长工往酒店去买酒,总之,和女婿到了一样。但我们这位好探消息的朋友却轻向我说:"为什么没有一位妇人帮她底忙呢?饭烧的慢极了。"我微笑没有答。

菜蔬异常丰满,热而适口,虽则是素菜一类,却使得我们狼吞虎咽般吃。她并且坚要我们喝酒,虽则父亲告诫我,旅路上不可贪酒,可是我为兴奋自己底精神一下,终于从老婆婆手里得了解放了。我们都是陶然了，脸微微发烧，时候怕也半夜了，长工们都已睡了。老婆婆收拾了我们底饭碗以后，就叫我们去睡，可是不知什么缘故，送我两位朋友到了左边一间，却坚要我独自睡在右边的一间。我再三说，我们三人可以同在一床睡，而她竟流出眼泪地说："先生，我不会害了你的！"

天知道，右边的一间，是她自己睡的一间！

我就跟这位慈爱的老婆婆，睡在和她底床成直角的靠窗下的一张床上。我非常狐疑——这床往常是谁睡的呢？可是老婆婆并不睡，呆坐在床上，一忽，向我问："先生在那里读书的？"

"三台，"我没精打采地答。

一息，她又问："先生的家里？"

我不耐烦地，"父母兄弟姊妹都好的。"

简直不知她想起了什么，又问："先生明天就要走的么？"

"一早就要走。"我似乎发怒了。

这样，她睡下。我在青布棉被中，几乎辗转反侧了有两点钟不曾睡着。鸡叫了，远处鸡叫了，——也听得老婆婆睡在她自己床上一点声音也没有——我这才恍恍惚惚地从鸡叫声里睡去。

可是一忽，我醒来，我疑心我底额上满是汗，我用手去揩，怪了，几乎跳起了，这是谁落在我脸上的泪，我非常惊异地昂起半身，从和萤火底光差不多的灯火中看那老婆婆，而老婆婆已不在她自己底床上了！我惊怪了，简直要叫喊出声音来。可是在窗下的一角，暗得辨别不出她底影子，她悲哀地向我说道："先生，宝贝，你安睡罢！"

我听她底声音，不知怎的也似心内要涌哭的样子，我问："妈妈，你为什么？"

"宝贝，你睡下罢！"

我不答，似有意要她知道我在愁闷的。

"宝贝，你睡罢！你疲倦了。"

"妈妈心里藏着什么呢？"

她却不说，向我走近来了。天呀，我衰弱的神经又疑心这老婆婆是真的有些发疯的了！

"妈妈，你为什么？"我稍重的又同样问一句。可是这时我瞧见她底眼泪是和冰冻一般挂在她眼上。于是我坐起，垂下头。

"宝贝，你要受寒的呢！"

她底声音颤动地。我问："你为什么这样叫我？"

她一时没有答。我心里是胡思乱想，可是找不到一点头绪。许久，听她说道："让我这样叫你一回罢！我失去我永久的宝贝了！我是曾经有过一个宝贝，似你一样的！"

我这才明白了！从最初路里注意看我起，一直到那时，我明白她全部待我的意义了。这时，我才伸出手，怜悯地执着她底。我没有话，她却不叫我睡，竟呜咽地拥抱起我，紧紧地拥抱起我，恰似我是她失去的宝贝的获得，将头伏在我肩上，许久许久。她不哭了，她对我温和地，简直似母亲般的说："孩子，睡下去罢，我要使你受凉了。"

我仍没有话，因我不知道说句什么安慰她好。于是我给她扶着睡下了。

我一时睡不着，终于以走了一天旅路的疲倦关系，或者也因为她究竟不是我自己底母亲，所以亦不知什么时候，仍睡去了。

天大亮，醒来。朋友们在窗外讲话，讲的是山里的竹和小鸟。我擦一擦眼，就先看床上的老婆婆，可是床空着，她不在了。亦不知她什么时候出去，昨夜一夜，她有否睡过。我急忙起来，扣好衣服，开出门，迎着朋友，问好了一下。于是朋友们去找老婆婆，要告别，可是老婆婆不见了。一位长工对我们说，同时眼睛瞧着我，我难以为情地转过脸了。他说："她大概到她儿子那里去了。她有过一个儿子，很好的，今年十六岁，春间，死去了。现在，她时常到她儿子坟上那里去，哭一场。昨晚遇见你们,她就从那里回来。此刻怕又到那里去了,先生们随便走罢!"

两位朋友摇摇头,表示悲哀。一边就拿出八角钱,送给他们,算当昨夜的饭费。长工们再三不肯受,我们终于放着,走出来了。

我心里记念着老婆婆,想对她告别一声,可是没处找她了。

一路走,我没有话,虽则朋友逗我说,我仍没有话。

一年后,我偶然遇着一位住这山村的乡人,打听她底消息,可是据说她早已死了,简直和死在我这经过以前一样。

一九二九年七月十八夜

为奴隶的母亲

她底丈夫是一个皮贩,就是收集乡间各猎户底兽皮和牛皮贩到大埠上出卖的人。但有时也兼做点农作,芒种的时节,便帮人家插秧,他能将每行插得非常直,假如有五人同在一个水田内,他们一定叫他站在第一个做标准。然而境况总是不佳,债是年年积起来了。他大约就因为境况的不佳,烟也吸了,酒也喝了,钱也赌起来了。这样,竟使他变做一个非常凶狠而暴躁的男子,但也就更贫穷下去,连小小的移借,别人也不敢答应了。

在穷底结果的病以后,全身便就成枯黄色,脸孔黄的和小铜鼓一样,连眼白也黄了。别人说他是黄胆病,孩子们也就叫他"黄胖"了。有一天,他向他底妻说:"再也没有办法了,这样下去,连小锅子也都卖去了。我想,还是从你底身上设法罢。你跟着我挨饿,有什么办法呢?"

"我的身上?……"

他底妻坐在灶后,怀里抱着她底刚满三周的小男孩——孩子还在啜着奶，她讷讷地低声地问。

"你，是呀，"她底丈夫病后的无力的声音，"我已经将你出典了……"

"什么呀？"他底妻几乎昏去似的。

屋内是稍稍静寂了一息。他气喘着说："三天前，王狼来坐讨了半天的债回去以后，我也跟着他去，走到了九亩潭边，我很不想要做人了。但是坐在那株爬上去一纵身就可落在潭里的树下，想来想去，总没有力气跳了。猫头鹰在耳朵边不住地口转，我底心被它叫寒起来，我只得回转身，但在路上，遇见了沈家婆，她问我，晚也晚了，在外做什么。我就告诉她，请她代我借一笔款，或向什么人家的小姐借些衣服或首饰去暂时当一当，免得王狼底狼一般的绿眼睛天天在家里闪烁。可是沈家婆向我笑道：

"'你还将妻养在家里做什么呢，你自己黄也黄到这个地步了？'

"我低着头站在她面前没有答，她又说：

'儿子呢，你只有一个了，舍不得。但妻——'

"我当时想：'莫非叫我卖去妻了么？'

"而她继续道：

"'但妻——虽然是结发的，穷了，也没法。还养在家里做什么呢？'

"这样，她就直说出：'有一个秀才，因为没有儿子，年纪已五十岁了，想买一个妾；又因他底大妻不允许，只准他典一个，典三年或五年，叫我物色相当的女人：年纪约三十岁左右，养过两三个儿子的，人要沉默老实，又肯做事，还要对他底大妻肯低眉下首。这次是秀才娘子向我说的，假如条件合，肯出八十元或一百元的身价。我代她寻了好几天，总没有相当的女人。'她说：现在碰到我，想起了你来，样样都对的。当时问我底意见怎样，我一边掉了几滴泪，一边却被她催的答应她了。"

说到这里，他垂下头，声音很低弱，停止了。他底妻简直痴似的，话一句没有。又静寂了一息，他继续说："昨天，沈家婆到过秀才底家里，她说秀才很高兴，秀才娘子也喜欢，钱是一百元，年数呢，假如三年养不出儿子，是五年。沈家婆并将日子也拣定了——本月十八，五天后。今天，她写典契去了。"

这时，他底妻简直连腑脏都颤抖，吞吐着问："你为什么早不对我说？"

"昨天在你底面前旋了三个圈子，可是对你说不出。不过我仔细想，除出将你底身子设法外，再也没有办法了。"

"决定了么？"妇人战着牙齿问。

"只待典契写好。"

"倒霉的事情呀，我！——一点也没有别的方法了么？春宝底爸呀！"

春宝是她怀里的孩子底名字。

"倒霉，我也想到过，可是穷了，我们又不肯死，有什么办法？今年，我怕连插秧也不能插了。"

"你也想到过春宝么？春宝还只有五岁，没有娘，他怎么好呢？"

"我领他便了。本来是断了奶的孩子。"

他似乎渐渐发怒了。也就走出门外去了。她，却呜呜咽咽地哭起来。

这时，在她过去的回忆里，却想起恰恰一年前的事：那时她生下了一个女儿，她简直如死去一般的卧在床上。死还是整个的，她却肢体分作四碎与五裂。刚落地的女婴，在地上的干草堆上叫："呱呀，呱呀"声音很重的，手脚揪缩。脐带绕在她底身上，胎盘落在一边，她很想挣扎起来给她洗好，可是她底头昂起来，身子凝滞在床上。这样，她看见她底丈夫，这个凶狠的男子，飞红着脸，提了一桶沸水到女婴的旁边。她简直用了她一生底最后的力向他喊："慢！慢……"但这个病前极凶狠的男子，没有一分钟商量的余地，也不答半句话，就将"呱呀，呱呀，"声音很重地在叫着的女儿，刚出世的新生命，用他底粗暴的两手捧起来，如屠户捧将杀的小羊一般，扑通，投下在沸水里了！除出沸水的溅声和皮肉吸收沸水的嘶声以外，女孩一声也不喊——她疑问地想，为什么也不重重地哭一声呢？竟这样不响地愿意冤枉死去么？啊！——她转念，那是因为她自己当时昏过去的缘故，她当时剜去了心一般的昏去了。

想到这里，似乎泪竟干涸了。"唉！苦命呀！"她低低地叹息了一声。这时春宝拔去了奶头，向他底母亲的脸上看，一边叫："妈妈！妈妈！"

在她将离别底前一晚，她拣了房子底最黑暗处坐着。一盏油灯点在灶前，萤火那么的光亮。她，手里抱着春宝，将她底头贴在他底头发上。她底思想似乎浮漂在极远，可是她自己捉摸不定远在那里。于是慢慢地跑回来，跑到眼前，跑到她底孩子底身上。她向她底孩子低声叫："春宝，宝宝！"

"妈妈，"孩子含着奶头答。

"妈妈明天要去了……"

"唔，"孩子似不十分懂得，本能地将头钻进他母亲底胸膛。

"妈妈不回来了，三年内不能回来了！"

她擦一擦眼睛，孩子放松口子问："妈妈那里去呢？庙里么？"

"不是，三十里路外，一家姓李的。"

"我也去。"

"宝宝去不得的。"

"呃！"孩子反抗地，又吸着并不多的奶。

"你跟爸爸在家里，爸爸会照料宝宝的：同宝宝睡，也带宝宝玩，你听爸爸底话好了。过三年……"

她没有说完，孩子要哭似的说："爸爸要打我的！"

"爸爸不再打你了，"同时用她底左手抚摸着孩子底右额，在这上，有他父亲在杀死他刚生下的妹妹后第三天，用锄柄敲他，肿起而又平复了的伤痕。

她似要还想对孩子说话，她底丈夫踏进门了。他走到她底面前，一只手放在袋里，掏取着什么，一边说："钱已经拿来七十元了。还有三十元要等你到了后十天付。"

停了一息说："也答应轿子来接。"

又停了一息："也答应轿夫一早吃好早饭来。"

这样，他离开了她，又向门外走出去了。

这一晚，她和她底丈夫都没有吃晚饭。

第二天，春雨竟滴滴渐渐地落着。

轿是一早就到了。可是这妇人，她却一夜不曾睡。她先将春宝底几件破衣服都修补好。春将完了，夏将到了，可是她，连孩子冬天用的破烂棉袄都拿出来，移交给他底父亲——实在，他已经在床上睡去了。以后，她坐在他底旁边，想对他说几句话，可是长夜是迟延着过去，她底话一句也说不出，而且，她大着胆向他叫了几声，发了几个听不清楚的音，声音在他底耳外，她也就睡下不说了。

等她朦朦胧胧地刚离开思索将要睡去，春宝又醒了。他就推叫他底母亲，要起来。以后当她给他穿衣服的时候，向他说："宝宝好好地在家里，不要哭，免得你爸爸打你。以后妈妈常买糖果来，买给宝宝吃，宝宝不要哭。"

而小孩子竟不知道悲哀是什么一回事，张大口子"唉，唉，"地唱起来了。她在他底唇边吻了一吻，又说："不要唱，你爸爸被你唱醒了。"

轿夫坐在门首的板凳上，抽着旱烟，说着他们自己要听的话。一息，邻村的沈家婆也赶到了。一个老妇人，熟悉世故的媒婆，一进门，就拍拍她身上的雨点，向他们说："下雨了，下雨了，这是你们家里此后会有滋长的预兆。"

老妇人忙碌似的在屋内旋了几个圈，对孩子底父亲说了几句话，意思是讨酬报。因为这件契约之能订的如此顺利而合算，实在是她底力量。

"说实在话，春宝底爸呀，再加五十元，那老头子可以买一房妾了。"她说。

于是又转向催促她——妇人却抱着春宝，这时坐着不动。老妇人声音很高地："轿夫要赶到他们家里吃中饭的，你快些预备走呀！"

可是妇人向她瞧了一瞧，似乎说："我实在不愿离开呢！让我饿死在这里罢！"

声音是在她底喉下，可是媒婆懂得了，走近到她前面，眯眯地向她笑说："你真是一个不懂事的丫头，黄胖还有什么东西给你呢？那边真是一份有吃有剩的人家，两百多亩田，经济是宽裕，房子是自己底，也雇着长工养着牛。大娘底性子是极好的，对人非常客气，每次看见人总给人一些吃的东西。那老头子——实在并不老，脸是很白白的，也没有留胡子，因为读了书，背有些偻偻的，斯文的模样。可是也不必多说，你一走下轿就看见的，我是一个从不说谎的媒婆。"

妇人拭一拭泪，极轻地："春宝……我怎么能抛开他呢！"

"不用想到春宝了，"老妇人一手放在她底肩上，脸凑近她和春宝。"有五岁了，古人说：'三周四岁离娘身'，可以离开你了。只要你底肚子争气些，到那边，也养下一二个来，万事都好了。"

轿夫也在门首催起身了，他们噜苏着说："又不是新娘子，啼啼哭哭的。"

这样，老妇人将春宝从她底怀里拉去，一边说："春宝让我带去罢。"

小小的孩子也哭了，手脚乱舞的，可是老妇人终于给他拉到小门外去。当妇人走进轿门的时候，向他们说："带进屋里来罢，外边有雨呢。"

她底丈夫用手支着头坐着，一动没有动，而且也没有话。

两村的相隔有三十里路，可是轿夫的第二次将轿子放下肩，就到了。春天的细雨，从轿子底布篷里飘进，吹湿了她底衣衫。一个脸孔肥肥的，两眼很有心计的约摸五十四五岁的老妇人来迎她，她想：这当然是大娘了。可是只向她满面羞涩地看一看，并没有叫。她很亲呢似地将她牵上阶沿，一个长长的瘦瘦的而面孔圆细的男子就从房里走出来。他向新来的少妇，仔细地瞧了瞧，堆出满脸的笑容来，向她问："这么早就到了么？可是打湿你底衣裳了。"

而那位老妇人，却简直没有顾到他底说话，也向她问："还有什么在轿里么？"

"没有什么了。"少妇答。

几位邻舍的妇人站在大门外，探头张望的，可是她们走进屋里面了。

她自己也不知道这究竟为什么，她底心老是挂念着她底旧的家，掉不下她的春宝。这是真实而明显的，她应庆祝这将开始的三年的生活——这个家庭，和她所典给他的丈夫，都比曾经过去的要好，秀才确是一个温良和善的人，讲话是那么地低声，连大娘，实在也是一个出乎意料之外的妇人，她底态度之殷勤和滔滔的一席话：说她和她丈夫底过去的生活之经过，从美满而漂亮的结婚生活起，一直到现在，中间的三十年。她曾做过一次的产，十五六年以前了，养了一个男孩子，据她说，是一个极美丽又极聪明的婴儿，可是不到十个月，竟患了天花死去了。这样，以后就没有再养过第二个。在她底意思中，似乎——似乎——早就叫她底丈夫娶一房妾。可是他，不知是爱她呢，还是没有相当的人——这一层她并没有说清楚。于是，就一直到现在。这样，竟说得这个具着朴素的心地的她，一时酸，一会苦，一时甜上心头，一时又咸的压下去了。最后，这个老妇人并将她底希望也向她说出来了。她底脸是娇红的，可是老妇人说："你是养过三四个孩子的女人了，当然，你是知道什么的，你一定知道的还比我多。"

这样，她说着走开了。

当晚，秀才也将家里底种种情形告诉她，实际，不过是向她夸耀或求媚罢了。她坐在一张橱子的旁边，这样的红的木橱，是她旧的家所没有的，她眼睛白晃晃地瞧着它。秀才也就坐到橱子底面前来，问她："你叫什么名字呢？"

她没有答，也并不笑，站起来，走到床底前面，秀才也跟到床底旁边，更笑地问她："怕羞么？哈，你想你底丈夫么？哈，哈，现在我是你底丈夫了。"声音是轻轻的，又用手去牵着她底袖子。"不要愁罢！你也想你底孩子的，是不是？不过——"

他没有说完，却又哈的笑了一声，他自己脱去他外面的长衫了。

她可以听见房外的大娘底声音在高声地骂着什么人，她一时听不出在骂谁，骂烧饭的女仆，又好像骂她自己，可是因为她底怨恨，仿佛又是为她而发的。秀才在床上叫道："睡罢，她常是这么噜噜苏苏的。她以前很爱那个长工，因为长工要和烧饭的黄妈多说话，她却常要骂黄妈的。"

日子是一天天地过去了。旧的家，渐渐地在她底脑子里疏远了，而眼前，却一步步地亲近她使她熟悉。虽则，春宝底哭声有时竟在她底耳朵边响，梦中，她也几次地遇到过他了。可是梦是一个比一个缥缈，眼前的事务是一天比一天繁多。她知道这个老妇人是猜忌多心的，外表虽则对她还算大方，可是她底嫉妒的心是和侦探一样，监视着秀才对她的一举一动。有时，秀才从外面回来，先遇见了她而同她说话，老妇人就疑心有什么特别的东西买给她了，非在当晚，将秀才叫到她自己底房内去，狠狠地训斥一番不可。"你给狐狸迷着了么？""你应该称一称你自己底老骨头是多么重！"像这样的话，她耳闻到不止一次了。这样以后，她望见秀才从外面回来而旁边没有她坐着的时候，就非得急忙避开不可。即使她在旁边，有时也该让开一些，但这种动作，她要做的非常自然，而且不能让旁人看出，否则，她又要向她发怒，说是她有意要在旁人的前面暴露她大娘底丑恶。而且以后，竟将家里的许多杂务都堆积在她底身上，同一个女仆那么样。她还算是聪明的，有时老妇人底换下来的衣服放着，她也给她拿去洗了，虽然她说："我底衣服怎么要你洗呢？就是你自己底衣服，也可叫黄妈洗的。"可是接着说："妹妹呀，你最好到猪栏里去看一看，那两只猪为什么这样噢噢叫的，或者因为没有吃饱罢，黄妈总是不肯给它们吃饱的。"

八个月了，那年冬天，她底胃却起了变化：老是不想吃饭，想吃新鲜的面，番薯等。但番薯或面吃了两餐，又不想吃，又想吃馄饨，多吃又要呕。而且还想吃南瓜和梅子——这是六月里的东西，真稀奇，向那里去找呢？秀才是知道在这个变化中所带来的预告了。他整日地笑微微，能找到的东西，总忙着给她找来。他亲身给她到街上去买橘子，又托便人买了金柑来。他在廊沿下走来走去，口里念念有词的，不知说什么。他看她和黄妈磨过年的粉，但还没有磨了三升，就向她叫："歇一歇罢，长工也好磨的，年糕是人人要吃的。"

有时在夜里，人家谈着话，他却独自拿了一盏灯，在灯下，读起《诗经》来了：

关关雎鸠，

在河之洲，

窈窕淑女，

君子好逑——

这时长工向他问："先生，你又不去考举人，还读它做什么呢？"

他却摸一摸没有胡子的口边，怡悦地说道："是呀，你也知道人生底快乐么？所谓：'洞房花烛夜，金榜挂名时。'你也知道这两句话底意思么？这是人生底最快乐的两件事呀！可是我对于这两件事都过去了，我却还有比这两件更快乐的事呢？"

这样，除出他底两个妻以外，其余的人们都大笑了。

这些事，在老妇人眼睛里是看得非常气恼了。她起初闻到她底受孕也欢喜，以后看见秀才的这样奉承她，她却怨恨她自己肚子底不会还债了。有一次，次年三月了，这妇人因为身体感觉不舒服，头有些痛，睡了三天。秀才呢，也愿她歇息歇息，更不时地问她要什么，而老妇人却着实地发怒了。她说她装娇，噜噜苏苏地也说了三天。她先是恶意地讥嘲她：说是一到秀才底家里就高贵起来了，什么腰酸呀，头痛呀，姨太太的架子也都摆出来了；以前在她自己底家里，她不相信她有这样的娇养，恐怕竟和街头的母狗一样，肚子里有着一肚皮的小狗，临产了，还要到处地奔求着食物。现在呢，因为"老东西"——这是秀才的妻叫秀才的名字——趋奉了她，就装着娇滴滴的样子了。

"儿子，"她有一次在厨房里对黄妈说，"谁没有养过呀？我也曾怀过十个月的孕，不相信有这么的难受。而且，此刻的儿子，还在'阎罗王的簿里'，谁保的定生出来不是一只癞虾蟆呢？也等到真的'鸟儿'从洞里钻出来看见了，才可在我底面前显威风，摆架子，此刻，不过是一块血的猫头鹰，就这么的装腔，也显得太早一点！"

当晚这妇人没有吃晚饭，这时她已经睡了，听了这一番婉转的冷嘲与热骂，她呜呜咽咽地低声哭泣了。秀才也带衣服坐在床上，听到浑身透着冷汗，发起抖来。他很想扣好衣服，重新走起来，去打她一顿，抓住她底头发狠狠地打她一顿，泄泄他一肚皮的气。但不知怎样，似乎没有力量，连指也颤动，臂也酸软了，一边轻轻地叹息着说："唉，一向实在太对她好了。结婚了三十年，没有打过她一掌，简直连指甲都没有弹到她底皮肤上过，所以今日，竟和娘娘一般的难惹了。"

　　同时，他爬过到床底那端，她底身边，向她耳语说："不要哭罢，不要哭罢，随她吠去好了！她是阉过的母鸡，看见别人的孵卵是难受的。假如你这一次真能养出一个男孩子来，我当送你两样宝贝——我有一只青玉的戒指，一只白玉的……"

　　他没有说完，可是他忍不住听下门外的他底大妻底喋喋的讥笑的声音，他急忙地脱去衣服，将头钻进被窝里去，凑向她底胸膛，一边说："我有白玉的……"

　　肚子一天天地膨胀的如斗那么大，老妇人终究也将产婆雇定了，而且在别人的面前，竟拿起花布来做婴儿用的衣服。

　　酷热的暑天到了尽头，旧历的六月，他们在希望的眼中过去了。秋开始，凉风也拂拂地在乡镇上吹送。于是有一天，这全家的人们都到了希望底最高潮，屋里底空气完全地骚动起来。秀才底心更是异常地紧张，他在井上不断地徘徊，手里捧着一本历书，好似要读它背诵那么地念去——"戊辰"，"甲戌"，"壬寅之年"，老是反复地轻轻地说着。有时他底焦急的眼光向一间关了窗的房子望去——在这间房子内是有产母底低声呻吟的声音。有时他向天上望一望被云笼罩着的太阳，于是又走向房门口，向站在房门内的黄妈问："此刻如何？"

　　黄妈不住地点着头不做声响，一息，答："快下来了，快下来了。"

　　于是他又捧了那本历书，在廊下徘徊起来。

这样的情形，一直继续到黄昏底青烟在地面起来，灯火一盏盏的如春天的野花般在屋内开起，婴儿才落地了，是一个男的。婴儿底声音是很重地在屋内叫，秀才却坐在屋角里，几乎快乐到流出眼泪来了。全家的人都没有心思吃晚饭，在平淡的晚餐席上，秀才底大妻向用人们说道："暂时瞒一瞒罢，给小猫头避避晦气，假如别人问起，也答养一个女的好了。"

他们都微笑地点点头。

一个月以后，婴儿底白嫩的小脸孔，已在秋天的阳光里照耀了。这个少妇给他哺着奶，邻舍的妇人围着他们瞧，有的称赞婴儿底鼻子好，有的称赞婴儿底口子好，有的称赞婴儿底两耳好；更有的称赞婴儿底母亲，也比以前好，白而且壮了。老妇人却正和老祖母那么地吩咐着，保护着，这时开始说："够了，不要弄他哭了。"

关于孩子底名字，秀才是煞费苦心地想着，但总想不出一个相当的字来。据老妇人底意见，还是从"长命富贵"或"福禄寿喜"里拣一个字，最好还是"寿"字或与"寿"同意义的字，如"其颐"，"彭祖"等。但秀才不同意，以为太通俗，人云亦云的名字。于是翻开了《易经》，《书经》，向这里面找，但找了半月，一月，还没有恰贴的字。在他底意思：以为在这个名字内，一边要祝福孩子，一边要包含他底老而得子底蕴义，所以竟不容易找。这一天，他一边抱着三个月的婴儿，一边又向书里找名字，戴着一副眼镜，将书递到灯底旁边去。婴儿底母亲呆呆地坐在房内底一边，不知思想着什么，却忽然开口说道："我想，还是叫他'秋宝'罢。"屋内的人们底几对眼睛都转向她，注意地静听着："他不是生在秋天吗？秋天的宝贝——还是叫他'秋宝'罢。"

秀才立刻接着说道："是呀，我真极费心思了。我年过半百，实在到了人生的秋期；孩子也正养在秋天。'秋'是万物成熟的季节，秋宝，实在是一个很好的名字呀！而且《书经》里没有么？'乃亦有秋'，我真乃亦有'秋'了！"

接着，又称赞了一通婴儿底母亲：说是呆读书实在无用，聪明是天生的。这些话，说的这妇人连坐着都觉得局促不安，垂下头，苦笑地又含泪地想："我不过因春宝想到罢了。"

秋宝是天天成长的非常可爱地离不开他底母亲了。他有出奇的大的眼睛，对陌生人是不倦地注视地瞧着，但对他底母亲，却远远地一眼就知道了。他整天地抓住了他底母亲，虽则秀才是比她还爱他，但不喜欢父亲。秀才底大妻呢，表面也爱他，似爱她自己亲生的儿子一样，但在婴儿底大眼睛里，却看她似陌生人，也用奇怪的不倦的视法。可是他的执着他底母亲愈紧，而他底母亲的离开这家的日子也愈近了。春天底口子咬住了冬天底尾巴；而夏天底脚又常是紧随着在春天底身后的。这样，谁都将孩子底母亲底三年快到的问题横放在心头上。

秀才呢，因为爱子的关系，首先向他底大妻提出来了：他愿意再拿出一百元钱，将她永远买下来。可是他底大妻底回答是："你要买她，那先给我药死罢！"

秀才听到这句话，气的只向鼻孔放出气，许久没有说，以后，他反而做着笑脸地："你想想孩子没有娘……"

老妇人也尖利地冷笑地说："我不好算是他底娘么？"

在孩子底母亲的心呢，却正矛盾着这两种的冲突了：一边，她底脑里老是有"三年"这两个字，三年是容易过去的，于是她底生活便变作在秀才底家里底用人似的了。而且想象中的春宝，也同眼前的秋宝一样活泼可爱，她既舍不得秋宝，怎么就能舍得掉春宝呢？可是另一边，她实在愿意永远在这新的家里住下去，她想，春宝的爸爸不是一个长寿的人，他底病一定是在三五年之内要将他带走到不可知的异国里去的。于是，她便要求她底第二个丈夫，将春宝也领过来，这样，春宝也在她底眼前。有时，她倦坐在房外的沿廊下，初夏的阳光，异常地能令人昏朦地起幻想，秋宝睡在她底怀里，含着她底乳，可是她觉得仿佛春宝同时也站在她底旁边，她伸出手去也想将春宝抱进来，她还要对他们兄弟两人说几句话，可是身边是空空的。

在身边的较远的门口，却站着这位脸孔慈善而眼睛凶毒的老妇人，目光注视着她。这样，她也恍恍惚惚地敏悟："还是早些脱离罢，她简直探子一样地监视着我了。"可是忽然怀内的孩子一叫，她却又什么也没有的只剩着眼前的事实来支配她了。

以后，秀才又将计划修改了一些：他想叫沈家婆来，叫她向秋宝底母亲底前夫去说，他愿否再拿进三十元——最多是五十元，将妻续典三年给秀才。秀才对他底大妻说："要是秋宝到五岁，是可以离开娘了。"

他底大妻正是手里捻着念佛珠，一边在念着"南无阿弥陀佛，"一边答："她家里也还有前儿在，你也应放她和她底结发夫妇团聚一下罢。"

秀才低着头，断断续续地仍然这样说："你想想秋宝两岁就没有娘……"

可是老妇人放下念佛珠说："我会养的，我会管理他的，你怕我谋害了他么？"

秀才一听到末一句话，就拔步走开了。老妇人仍在后面说："这个儿子是帮我生的，秋宝是我底；绝种虽然是绝了你家底种，可是我却仍然吃着你家底餐饭。你真被迷了，老昏了，一点也不会想了。你还有几年好活，却要拼命拉她在身边？双连牌位，我是不愿意坐的！"

老妇人似乎还有许多刻毒的锐利的话，可是秀才走远开听不见了。

在夏天，婴儿底头上生了一个疮，有时身体稍稍发些热，于是这位老妇人就到处地问菩萨，求佛药，给婴儿敷在疮上，或灌下肚里，婴儿底母亲觉得并不十分要紧，反而使这样小小的生命哭成一身的汗珠，她不愿意，或将吃了几口的药暗地里拿去倒掉了。于是这位老妇人就高声叹息，向秀才说："你看，她竟一点也不介意他底病，还说孩子是并不怎样瘦下去。爱在心里的是深的；专疼表面是假的。"

这样，妇人只有暗自挥泪，秀才也不说什么话了。

秋宝一周纪念的时候，这家热闹地排了一天的酒筵，客人也到了三四十，有的送衣服，有的送面，有的送银制的狮狻，给婴儿挂在胸前的，有的送镀金的寿星老头儿，给孩子钉在帽上的，许多礼物，都在客人底袖子里带来了。他们祝福着婴儿的飞黄腾达，赞颂着婴儿的长寿永生。主人底脸孔，竟是荣光照耀着，有如落日的云霞反映着在他底颊上似的。

可是在这天，正当他们筵席将举行的黄昏时，来了一个客，从朦胧的暮光中向他们底天井走进，人们都注意他：一个憔悴异常的乡人，衣服补衲的，头发很长，在他底腋下，挟着一个纸包。主人骇异地迎上前去，问他是那里人，他口吃似的答了，主人一时糊涂的，但立刻明白了，就是那个皮贩。主人更轻轻地说："你为什么也送东西来呢？你真不必的呀！"

来客胆怯地向四周看看，一边答说："要，要的……我来祝祝这个宝贝长寿千……"

他似没有说完，一边将腋下的纸包打开来了，手指颤动地打开了两三重的纸，于是拿出四只铜制镀银的字，一方寸那么大，是"寿比南山"四字。

秀才底大娘走来了，向他仔细一看，似乎不大高兴。秀才却将他招待到席上，客人们互相私语着。

两点钟的酒与肉，将人们弄得胡乱与狂热了：他们高声猜着拳，用大碗盛着酒互相比赛，闹得似乎房子都被震动了。只有那个皮贩，他虽然也喝了两杯酒，可是仍然坐着不动，客人们也不招呼他。等到兴尽了，于是各人草草地吃了一碗饭，互祝着好话，从两两三三的灯笼光影中，走散了。

而皮贩，却吃到最后，用人来收拾羹碗了，他才离开了桌，走到廊下的黑暗处。在那里，他遇见了他底被典的妻。

"你也来做什么呢？"妇人问，语气是非常凄惨的。

"我那里又愿意来，因为没有法子。"

"那么你为什么来的这样晚？"

"我那里来买礼物的钱呀？！奔跑了一上午，哀求了一上午，又到城里买礼物，走得乏了，饿了，也迟了。"

妇人接着问："春宝呢？"

男子沉吟了一息答："所以，我是为春宝来的。……"

"为春宝来的？"妇人惊异地回音似的问。

男人慢慢地说："从夏天来，春宝是瘦的异样了。到秋天，竟病起来了。我又那里有钱给他请医生吃药，所以现在，病是更厉害了！再不想法救救他，眼见得要死了！"静寂了一刻，继续说："现在，我是向你来借钱的……"

这时妇人底胸膛内，简直似有四五只猫在抓她，咬她，咀嚼着她底心脏一样。她恨不得哭出来，但在人们个个向秋宝祝颂的日子，她又怎么好跟在人们底声音后面叫哭呢？她吞下她底眼泪，向她底丈夫说："我又那里有钱呢？我在这里，每月只给我两角钱的零用，我自己又那里要用什么，悉数补在孩子底身上了。现在，怎么好呢？"

他们一时没有话，以后，妇人又问："此刻有什么人照顾着春宝呢？"

"托了一个邻舍。今晚，我仍旧想回家，我就要走了。"

他一边说着，一边揩着泪。女的同时硬咽着说："你等一下罢，我向他去借借看。"

她就走开了。

三天以后的一天晚上，秀才忽然问这妇人道："我给你的那只青玉戒指呢？"

"在那天夜里，给了他了。给了他拿去当了。"

"没有借你五块钱么？"秀才愤怒地。

妇人低着头停了一息答："五块钱怎么够呢！"

秀才接着叹息说："总是前夫和前儿好，无论我对你怎么样！本来我很想再留你两年的，现在，你还是到明春就走罢！"

女人简直连泪也没有地呆着了。

几天后，他还向她那么地说："那只戒指是宝贝，我给你是要你传给秋宝的，谁知你一下就拿去当了！幸得她不知道，要是知道了。有三个月好闹了！"

妇人是一天天地黄瘦了。没有精彩的光芒在她底眼睛里起来，而讥笑与冷骂的声音又充塞在她底耳内了。她是时常记念着她底春宝的病的，探听着有没有从她底本乡来的朋友，也探听着有没有向她底本乡去的便客，她很想得到一个关于"春宝的身体已复原"的消息，可是消息总没有；她也想借两元钱或买些糖果去，方便的客人又没有，她不时地抱着秋宝在门首过去一些的大路边，眼睛望着来和去的路。这种情形却很使秀才底大妻不舒服了，她时常对秀才说："她那里愿意在这里呢，她是极想早些飞回去的。"

有几夜，她抱着秋宝在睡梦中突然喊起来，秋宝也被吓醒，哭起来了。秀才就追逼地问："你为什么？你为什么？"

可是女人拍着秋宝，口子哼哼的没有答：秀才继续说："梦着你底前儿死了么，那么地喊？连我都被你叫醒了。"

女人急忙地一边答："不，不，……好像我底前面有一圹坟呢！"

秀才没有再讲话，而悲哀的幻象更在女人底前面展现开来，她要走向这坟去。

冬末了，催离别的小鸟，已经到她底窗前不住地叫了。先是孩子断了奶，又叫道士们来给孩子度了一个关，于是孩子和他亲生的母亲的别离——永远的别离的命运就被决定了。

这一天，黄妈先悄悄地向秀才底大妻说："叫一顶轿子送她去么？"

秀才底大妻还是手里捻着念佛珠说："走走好罢，到那边轿钱是那边付的，她又那里有钱呢，听说她底亲夫连饭也没得吃，她不必摆阔了。路也不算远，我也是曾经走过三四十里路的人，她底脚比我大，半天可以到了。"

这天早晨当她给秋宝穿衣服的时候，她底泪如溪水那么地流下，孩子向她叫："婶婶，婶婶，"——因为老妇人要他叫她自己是"妈妈"，只准叫她是"婶婶"——她向他咽咽地答应。她很想对他说几句话，意思是："别了，我底亲爱的儿子呀！你底妈妈待你是好的，你将来也好好地待还她罢，永远不要再记念我了！"

可是她无论怎样也说不出。她也知道一周半的孩子是不会了解的。

秀才悄悄地走向她，从她背后的腋下伸进手来，在他底手内是十枚双毫角子，一边轻轻说："拿去罢，这两块钱。"

妇人扣好孩子底纽扣，就将角子塞在怀内的衣袋里。

老妇人又进来了，注意着秀才走出去的背后，又向妇人说："秋宝给我抱去罢，免得你走时他哭。"

妇人不做声响，可是秋宝总不愿意，用手不住地拍在老妇人底脸上。于是老妇人生气地又说："那么你同他去吃早饭去罢，吃了早饭交给我。"

黄妈拼命地劝她多吃饭，一边说："半月来你就这样了，你真比来的时候还瘦了。你没有去照照镜子。今天，吃一碗下去罢，你还要走三十里路呢。"

她只不关紧要地说了一句："你对我真好！"

但是太阳是升的非常高了，一个很好的天气，秋宝还是不肯离开他底母亲，老妇人便狠狠地将他从她底怀里夺去，秋宝用小小的脚踢在老妇人底肚子上，用小小的拳头搔住她底头发，高声呼喊她。妇人在后面说："让我吃了中饭去罢。"

老妇人却转过头，汹汹地答："赶快打起你底包袱去罢，早晚总有一次的！"

孩子底哭声便在她底耳内渐渐远去了。

打包裹的时候，耳内是听着孩子底哭声。黄妈在旁边，一边劝慰着她，一边却看她打进什么去。终于，她挟着一只旧的包裹走了。

她离开他底大门时，听见她底秋宝的哭声；可是慢慢地远远地走了三里路了，还听见她底秋宝的哭声。

暖和的太阳所照耀的路，在她底面前竟和天一样无穷止地长。当她走到一条河边的时候，她很想停止她底那么无力的脚步，向明澈可以照见她自己底身子的水底跳下去了。但在水边坐了一会之后，她还得依前去的方向，移动她自己底影子。

太阳已经过午了，一个村里的一个年老的乡人告诉她，路还有十五里，于是她向那个老人说："伯伯，请你代我就近叫一顶轿子罢，我是走不回去了！"

"你是有病的么？"老人问。

"是的。"

她那时坐在村口的凉亭里面。

"你从那里来？"

妇人静默了一时答："我是向那里去的；早晨我以为自己会走的。"

老人怜悯地也没有多说话，就给她找了两位轿夫，一顶没篷的轿。因为那是下秧的时节。

下午三四时的样子，一条狭窄而污秽的乡村小街上，抬过了一顶没篷的轿子，轿里躺着一个脸色枯萎如同一张干瘪的黄菜叶那么的中年妇人，两眼蒙胧地颓唐地闭着。嘴里的呼吸只有微弱地吐出。街上的人们个个睁着惊异的目光，怜悯地凝视着过去。一群孩子们，争噪地跟在轿后，好像一件奇异的事情落到这沉寂的小村镇里来了。

春宝也是跟在轿后的孩子们中底一个，他还在似赶猪那么地哗着轿走，可是当轿子一转一个弯，却是向他底家里去的路，他却伸直了两手而奇怪了，等到轿子到了他家里的门口，他简直呆似的远远地站在前面的，背靠在一株柱子上，面向着轿，其余的孩子们胆怯地围在轿的两边。妇人走出来了，她昏迷的眼睛还认不清站在前面，穿着褴褛的衣服，头发蓬乱的，身子和三年前一样的短小，那个八岁的孩子是她底春宝。突然，她哭出来地高叫了："春宝呀！"

一群孩子们，个个无意地吃了一惊，而春宝简直吓的躲进屋内他父亲那里去了。

妇人在灰暗的屋里坐了许久许久，她和她底丈夫都没有一句话。夜色降落了，他下垂的头昂起来，向她说："烧饭吃罢！"

妇人就不得已地站起来，向屋角上旋转了一周，一点也没有气力地对她丈夫说："米缸内是空空的……"

男人冷笑了一声，答说："你真在大人家底家里生活过了！米，盛在那只香烟盒子内。"

当天晚上，男子向他底儿子说："春宝，跟你底娘去睡！"

而春宝却靠在灶边哭起来了。他底母亲走近他，一边叫："春宝，春宝！"

可是当她底手去抚摸他底时候，他又躲闪开了。男子加上说："会生疏得那么快，一顿打呢！"

　　她眼睁睁地睡在一张龌龊的狭板床上，春宝陌生似的睡在她底身边。在她底已经麻木的脑内，仿佛秋宝肥白可爱地在她身边挣动着，她伸出两手想去抱，可是身边是春宝。这时，春宝睡着了，转了一个身，他底母亲紧紧地将他抱住，而孩子却从微弱的鼾声中，脸伏在她底胸膛上，两手抚摩着她底两乳。

　　沉静而寒冷的死一般的长夜，似无限地拖延着，拖延着……

一九三〇年一月二十日

船 中

最恨而最觉无聊的,是置我身于嚣扰的群众中;而尤其是在旅路之船内,现种种不洁和欺诳的景象,令我苦闷与烦恼。

所以船中一日,好像世上三秋。

这次要算最幸福了!从没这样的使我愿意在船中:而反恨船之抵埠为太急。好似这回船主,和我特意开玩,命令烧煤者加速率一般。现在一回溯,人的心,真奇怪!而人心一部分时间的观念,更为外力牵引的奇妙莫测了。美的力的伟大呵!爱的力的神奇呵!

我跳上船舱的第一眼,即觉四号房舱中有一个"伊"。一闪的吸引力,早将我身失了自主的地步。恰好,茶房以我的行李搬入五号。我霎地的不觉心花之灼灼,愿对这茶房鞠三十六躬礼,谢他是美爱的撮引者。

伊——一个面如满月的小姑娘,两眼十二分地目兮兮生动,两颊时现微笑着的笑窝。一套柳条的白纱衫裤,飘飘然漾动着。正在胸部处,微隆起两只已发育的乳房,半球形的曲线,令人生无限的酥柔堪爱。白色的鞋，映出微青色的丝袜，颇似占跳舞的优美。三缕结的黑辫子，垂在背后，还结着一白绸的结，在脊柱之回旋椎处，当伊转动时这发结更显出金鱼的尾巴般的美来。我可决定伊是十六七岁的姑娘，因为幽秘的眼色，和天真的体态，表现出伊非不懂事的少女与尚未濡染大人风范的拘束。

N君和我同行。这时我已禁不住对N君叫道，

"呀！今朝何幸！我恨不能拿伊的芳名在唇边甜甜地一吻。N君，伊是笑的使者，让我叫伊为Miss Smile罢！两个可爱的笑窝，两个可爱的笑窝呀！"

N君对我微笑。

船已出泊了。我过伊房舱门前，有意寻求关于伊的事迹。果然，第一，伊和一位小弟弟，——穿着灰色的猎装——低读《儿童世界》。第二，铺着红绸小被的床下，放着一只网篮，边写着三个英文字母，T.M.F.我回向N君说，

"哗，N君，我获得了一个大发现。我知道伊的芳名了。在伊的网篮上有T.M.F.三字，T是丁，M.F.是美芬，可知伊一定丁姓，美芬其名了。美芬妹妹呀，你母亲呼你的名字，能令我猜度的不错么？而且，N君，伊定还是高小学生，因为和一位小弟弟仔仔细细的在读《儿童世界》。"

"你的想象力用在这种地方分外美满，Miss Smile可叫Miss丁了。"

"你何苦要相信实际论者，Miss Smile是何等赋有滋味呀！你可叫，低低地叫一声Miss Smile，伊必更快乐于听你唤伊为美芬妹妹的名词呵。"

N君也不过表示一种快乐的态度，嘱我向隔壁通无线电话罢了。

悠扬间，一缕清脆的歌声来了。

暖和的太阳，太阳，太阳，

　　太阳他记得：

　　照过金姐的脸，

　　照过银姐的衣裳，

　　也照过幼年时候的秋香。

醉心于歌声的琼浆中哟，我忘记了我的自主，和着不相吻合的声带依依的唱起了。我对N君说道，

"《可怜的秋香》！——伊会唱《可怜的秋香》，一定会唱《小孩子和麻雀》《葡萄仙子》等。伊既从壁缝中赠我们以灵的宝物，我们当报之以——高高的云儿罩着哟，N君，你一唱罢？"

"我只有享受，或者代你打拍子也好。你唱呀！我万想不到在这茫茫的大海中，会得闻九天玄女般的歌声！"

这样不知过了多少时。太阳也停在天边的海上，像同我一样在窥听隔壁问答的声音：

"你的父母都好？"一位男性的腔调问道。

"好的。"清脆幽柔的声音答着。

"你这次到S埠为什么没人送？就是一个弟弟。"

"四叔在船主房里，到那边姑母也会派人来接的。"

"你是投考中学的呀？"

"是的，不过这样想想。弟弟要到M小学校插班，因他不肯用功，上半年还是五年级。"

以后，当然还有很多的谈话，不过，我不愿再述说了。就这几句，够印入心头，使我周身热一阵，冷一阵，苦痛的不堪！热的，自然是庆伊运命所遭际的幸福，冷的，却怨伊生在资本家，正恐前途为幸福而挫折。再想自己，太似街头小丐了！

一夜辗转不曾睡。听听隔壁的一声一息一言一笑，证明自身之不应在此时此世生存，无足异疑！唉，伊！伊的真理思想，伊的爱美要求，伊的人生观念，——全部的伊，一个"生"的安琪儿，何等高超，伟大，灿烂，宣明！我痛切地对N君说道，

"我愿现在变成一个'疯人'，闯入伊的门，向伊紧紧一拥抱，至跪死在伊的膝上！随后抛身于这茫茫的大海中，且使飞起的浪花，沾着伊的脸，混和拢伊的泪。我愿极了，我确不怨阎王之残忍与凶暴！"

东方渐渐发白，流舞于天空的绚烂云霞，倒印在波纹卷曲的海上，更显出此时我四周天地之华美可爱。

我立在船栏边眺望，至尊的太阳，光明夺了一切。

这时伊的小弟弟，清晨的小雀般，在船边看着为船所激起的浪花，态度颇快活。我微微向他一笑，他也似曾相识地看我，我忍不住至爱的感情的冲动，低低向他问道：

"弟弟，你今年几岁？"

"十一岁。"

"家里哪里？"

"Z城。"

"到S埠去么？做什么？"

他嗫嗫地说道：

"我的姊姊想考学校，我是望望姑母。"

"我知道的，你要到M小学校插班，是么？"

这一问他大怪起来，笑道：

"你怎样知道？"

"我知道的。"

"那末，你知道我姊姊考哪一学校呢？"

"一个女子中学。"

他大笑起来了，笑声被他的姊姊听到了，伊伸首照我们细细一看，——伊总在微笑的，——还轻轻的叫了一声：

"芳弟！"

他也再难多谈了，只望着离开了我，回到自己的舱内。

加速率的船已抵岸。N君催我下埠，我没精打采的说道：

"我看伊俩去远了再走，愿送仙子入仙乡，我不愿爱惜时间，减少了我的运气，因为昂首观明月，是我一生唯一的幸福了！"

伊们起身走了。伊弟弟向我点头道别。伊呢，也对我一笑。唉！这一笑是何等希罕尊贵来比拟千金，我应怎样的谨谨慎慎深藏着，留之永久！不料跟在后面的一个漂亮朋友，——大概是伊四叔了——仔仔细细地向我一注目，我不觉低了头，顿红起了脸儿，伊赠我的幸福与美丽，被他夺回去了，被他夺回去了！

惆怆的我，何等惆怅！

街头的小丐哟，你只好睁开眼看看明月，将难得到一笑的馈赠哟！

一九二四年八月二十日

一线的爱呀！

绝望到他的眼前还以为是希望时，

这是何等的从错误中取得的悲哀呀！

他的脸色已纸一样白了，一对深深的眼窝，含着两颗圆大的乌珠，时常没精采的朦胧着。颧骨隆起，两颊瘦削到没一些肉了。

一个约莫廿六七岁的青年，卧在一间灰暗色的房内。房内环堵萧然，已没一样他心爱的值一文钱的东西了。只有他卧着一张四条柱子的竹床，床边一张古旧的桌子。——桌上凌乱着几张废纸，一枝秃笔，一方黏着墨膏的砚，上面还淡淡的被着一层灰，看来是好久没有用过了。此外最触目的，仅有一瓶容两百毫升药量的药瓶，——还是一刻钟前Dr.P.亲来诊他一次以后，叫人送来的，也是他最后的一服活命剂了。P.嘱他分三次服，每次隔二小时，而他既没有时计，也管不到时间，急急地喝了，剩着最后的一口。但也毫不觉得胸中有一些的变动。

他到了这时，清清楚楚的了解，所谓人生的"爱"，在他不过是一线之望了！如能在三天之内招得来，或者他还能挽救他将成过去的未来，一现数年所期待的"爱"。于是他勉强支持地从床上坐起，身觉得在风涛险恶的船中一样，东倒西歪，头的重量，似占着全身之四分之三。两眼的视线，摇摇的在波动，墙壁也似乎要倒坍了的样子。他轻轻的叹了一息，接着又咳嗽了二声，慢慢地伸出手，（手也只是皮和骨了。）颤颤抖抖的将这两百毫升药瓶所剩着的最后的一口药液，一倾倾在砚上，好似忿怒这一口药于胸中是没有影响了，只拿来作别的一口希望样子。再慢慢的整叠起散乱在桌上的废纸——里面还有四五张是药方。再提起这枝秃笔，到砚上一瞧一瞧着，也没有墨可来磨了。于是想在纸上要写，但一边又精力不胜地停着，眼睛也更朦朦的一闭，头也更在桌上斜下去，笔也似要落在纸上的样子。又忽然一惊，好像心坎上刺了一针一样。随即在纸上写着，

    一线的爱呀！

  五个潦倒的字，反还苍劲似的。看来好似算一个题目。接着悠悠地一默，断断续续的写道：

    唯一的A呀！
    何处是翩翩的你！
    你还是乘着天风在翱翔？
    你还是随着流水在波荡？
    你还是被着月色，
    在一座美丽的花园中跳舞呀？
    轻愁呢？还是微笑哟？
    低苦呢？还是高欢哟？

你心中所有？

你脸上所现着的呀！

秋色和黄昏窘逼着我，

一个凄凉中的C呀！

流完了他的泪了，

喊哑了他的喉了，

你若不再速来他的眼前时，

一切都将静悄悄地，

成了他的最后了！

何处是翩翩的你？

唯一的A呀！

　　写至此，他实不能再续了。他的思想如火燃烧，又如水激荡；一回高，一回低，全身颤动的很厉害，他提起最后的原力，不过又写了一句。

　　唯一的A呀！

　　而已。他头渐渐的向桌上眠倒，笔触着了纸，纸上晕开了一个淡淡的墨痕。他由疲惫恍惚的状态中，一步步走入睡乡。忽地，到了钱塘白堤上，恰似去年流落着一样，一边尝着放浪的生涯，一边盼爱人之渡过重洋，速来眼内。他慢慢的徘徊着，眼看看长阴的秋云，和憔悴的杨柳，柳叶一片片飞落，还有一二片飞落在他的头上。他心怀里似有无限的蕴结，口里不觉幽幽地唱道，

　　天若有情天亦老，

摇摇幽恨难禁！

似乎在这时，断桥上走上二人。他偶然地触着这新奇的印象，一个西装的美公子，一个正是翩翩的她。不觉顿麻了神经，突起两颗眼珠来看。一些不错，她已被夺了。他的臂已挽着了她的了。他即刻地变成了一个疯人，呼呼地走向她的前面，高声问道，

"你不认识了我么？"

接着，他已被她的一切软化了。愁苦地说道，

"A，你何日渡过重洋，来到圣湖堤上的呀？我接到你报告我回国的消息后，足足一年了，我真待的再待不下去了！A，爱人呀！"

他随即张开两手向她拥抱，可是抱了一个空，她已躲开不见了。还在耳边隐隐地留着一句清脆的回声，

"我早已忘了你了！"

立刻一惊，猛然醒来。他呀，泪珠已在他的眼上了。回溯明明白白的梦境，他想，

"唉！一个不祥的梦呀！梦神爱我，这怕是事实的缩影罢！"

由是，他反起劲起来，昏昏的回想去年九月，漂泊钱塘，秋风秋雨的一夕，接到爱人A定十月回国的消息。当时他何等快乐，重整起理想，想以A回国之后，实现真人的新生活。不料，日望一日，爱人既不知回到何国，而爱人的信息，也不知飘到何乡了！有时想A莫非不幸夭亡了？有时想A或另有他遇了？但总不肯死心塌地相信这罪过的猜想是事实。因为当他流泪眷顾的时光，他总相信她于他以外，决不看重别人。所以虽厌倦枯干的生活，当且离弃城市，潜逃到乡村里来，于什么事情都无心去做，竟渐渐病了。但还是望着，——A会到他的眼前来，医救他的生命。

此时连最后的药都喝完了，他的全人生所留有，差不多只有一疋马

跑过的时刻,而他还想草一篇——一线的爱哟!招得伊来。不料梦神错爱,用好意来赠他了生的警告,引他过了一番梦幻之后,一心纯粹去领受这绝望的回声的"死"!

他决定梦境全是事实了!最后的"一线的爱哟!"也没有存在而遗留的价值了。除出一个"死",人间再没有什么得安慰可医救他的生命之物了!

他向枕边取出一盒火柴,抽出二根,向盒边一擦,火柴立刻燃烧起来。火光在暗灰色的房内,焰着绿光,格外显出房内的凄凉和悲惨。他一手拿了这篇未完成的诗稿,点着这火,诗稿也表示同情焚烧起来。他手所执着,正是诗稿上端,"一线"两个字执火柴的一手,随即慢慢地伸展。两眼向着火光,经过了一番红焰,再淡淡地低弱了去,几张白纸,此时已变成黑的,整千万颗的火星,在黑的上游离流走,他,身渐渐的向后侧倒,迷茫恍惚,随这火星至无穷之境。

一九二四年九月十四日

大师经典

书信

柔石精品选

致双亲

(约1917年)

父母亲：儿于昨日接读阿哥信后，知双亲福体安好，甚慰儿念。儿自得双亲前函后，无日不念家中情况，恨不能插翅飞来，一见双亲以为乐。儿亦转念，儿若能平安在校，于身体则晨昏谨慎，饮食适宜；于功课则克勤自进，努力前行；修养品性，完美人格，双亲亦乐而不念矣。故儿现今居校，靡不战战兢兢，如临深渊，如履薄冰也。近日天气日冷，……（原信至此，后缺）

致许峨

（1930年10月20日）

亲爱的同学、许峨兄：

  我们相见虽只有三数次，但我们早有互相的了解，所以我不辞冒昧地写给你这封信，希望你安静地读完，如有错误的见解，更希望有所指正。

  你现在或者在怨我，在骂我，我都接受。因为在这个时代，紧要的是我们的事业。我们的全副精神，都应该放在和旧时代的争斗上。"一谈恋爱，便无聊了"，我常常是这样说，这并不是诅咒恋爱，轻贱恋爱，因为恋爱多半有角，有角便有纠纷，有了纠纷便一定妨害事业。贤明如兄，想早知道的。

  在我，三年来，孤身在上海，我没有恋爱。我是一个青年，我当然需要女友，但我的主旨是这样想："若于事业有帮助，有鼓励，我接受；否则，拒绝！"我很以为这是一回简单的事。

一月前，冯君给我一封信，我当时很踌躅了一下；继之，因我们互相多于见面的机会的关系，便互相爱上了。在我，似于事业有帮助，但同时却不免有纠纷；这是事实告诉你我，使我难解而且烦恼的。

你和冯君有数年的历史，我极忠心地希望人类的爱人，有永久维持着的幸福。这或许冯君有所改变，但你却无用苦闷，我知道你爱冯君愈深，你亦当愿冯君有幸福愈大；在我，我誓如此：如冯君与你仍能结合，仍有幸福，我定不再见冯君。我是相信理性主义的。我坦白地向兄这样说。兄当然不会强迫一个失了爱的爱人，一生跟在身边；我亦决不会夺取有了爱的爱人，满足一时肉欲。这其间，存在着我们三个人的理性的真的爱情，希望兄勿责备冯君。我们的前途是光明的，我们所需要做的是事业，恋爱，这不过是辅助事业的一种次要品。在我们，我们是新时代的新青年，我相信一定可以解释明了，圆满结束的。所以我向兄写这封信。

闻兄近来身体不好，希善珍摄！并祝努力！

弟柔上
十月二十日

致冯雪峰

（1931年1月24日）

　　雪兄：我与三十五位同犯（七个女的）于昨日到龙华。并于昨夜上了镣，开政治犯从未上镣之纪录。此案累及太大，我一时恐难出狱，书店事望兄为我代办之。现亦好，且跟殷夫兄学德文，此事可告大先生，望大先生勿念，我等未受刑。捕房和公安局几次问大先生地址，但我哪里知道。诸望勿念。祝好！

赵少雄
一月二十四日

　　〔背面〕：洋铁饭碗，要二三只，如不能见面，可将东西望转交赵少雄。

致王清溪

(1931年2月5日)

请将此信挂号转寄至闸北横浜路景云里23号王清溪兄收。

清溪兄：在狱已半月，身上满生起虱来了。这里困苦不堪、饥寒交迫。冯妹脸堂青肿，使我每见心酸！望你们极力为我俩设法。大先生能转托得一蔡先生的信否？如须赎款，可与家兄商量。总之，望设法使我俩早日脱离苦海。下星期三再来看我们一次。借钱给我们。丹麦小说请徐先生卖给商务。

祝你们好！

雄

五日